魅丽文化 花火工作室

我就喜欢他那样 2

蒋牧童 著

江苏凤凰文艺出版社
JIANGSU PHOENIX LITERATURE AND ART PUBLISHING, LTD

图书在版编目（CIP）数据

我就喜欢他那样. 2 / 蒋牧童著. -- 南京 : 江苏凤凰文艺出版社，2018.3

ISBN 978-7-5594-1590-5

Ⅰ. ①我… Ⅱ. ①蒋… Ⅲ. ①长篇小说－中国－当代 Ⅳ. ①I247.5

中国版本图书馆CIP数据核字（2018）第028443号

书　　名	我就喜欢他那样2
作　　者	蒋牧童
出版统筹	黄小初　邹立勋
选题策划	丐小亥
责任编辑	胡小河　姚　丽
文字编辑	八　柚
责任监制	刘　巍　江伟明
出版发行	江苏凤凰文艺出版社
出版社地址	南京市中央路165号，邮编：210009
出版社网址	http://www.jswenyi.com
印　　刷	湖南凌宇纸品有限公司
开　　本	880 mm×1230 mm 1/32
字　　数	264千字
印　　张	9.5
版　　次	2018年3月第1版，2018年3月第1次印刷
标准书号	ISBN 978-7-5594-1590-5
定　　价	32.80元

（江苏凤凰文艺版图书凡印刷、装订错误可随时向承印厂调换）

我就喜欢他那样2

目 Contents 录

我就喜欢他那样2

目录 Contents

第一章

中枪的人是我喜欢的人

WJXHTNY

白羽在医院看到霍慈的时候，脸色一下就白了，趴在病床边，一个劲儿地问："这是怎么回事啊，好好的怎么就中枪了呢？"

这几天没联系上霍慈，白羽都快急死了，好在他还有杨铭的联系方式，发了信息过去，那边好半天才回，说霍慈没事儿，就是手机丢了，得回国才能补办。白羽想跟霍慈说几句话，可那边很快就挂断了。今儿要不是杨铭联系让他到军总医院来，他还不知道霍慈中枪的事情。

中枪，这可是中枪啊！

中国的治安好到拿刀捅人都能上社会新闻，要是中枪那可就是大事件了。他怎么也想不到，霍慈还能摊上这事儿。

瞧着白羽眼眶都泛了泪，霍慈嗤笑一声："把眼泪憋回去，我这不是好好的吗？"

"这都卧床了，还能叫好好的？霍慈，你胆子真是太大了，连这么大的事情都不告诉我，你到底把我当什么了！"

白羽发怒了。

他和霍慈相识已久，认识霍慈之前，他就是杂志社里小打杂的，每天被人指使来指使去的，做着最琐碎的工作。可他也不生气，整天安安静静的。有一天他碰到来给杂志社拍片的霍慈，就见一个瘦瘦高高的小姑娘站在那里，不说话，冷冰冰的，气场比模特还要足。

后来白羽才知道，她就是刚拿了国际摄影比赛金奖的那个人，据说背后的人来头很大。

霍慈虽然显得很冷，但并不随便对人发火，除了工作，其他时候很少说话。她吃的也是与普通工作人员一样的盒饭。

他们偶尔遇到打过几次招呼，直到有一次，霍慈碰到白羽被杂志社几个眼高于顶的女人奚落，喊着让他拿东西，他才勉强脱身。那天霍慈离开的时候，问他："要不你当我的经纪人吧？我现在正好缺个帮我打理这些琐事的人，我看你干得挺在行。"

这是他们认识以来，霍慈说得最长的一段话。

接下来的几年，霍慈慢慢成了最当红的摄影师，所有杂志社争先抢后地邀请她拍封面、拍大片，越来越多的明星指定让她拍写真。微博上她有千万粉丝，随便发一条微博都能上热门，她穿的服饰，粉丝们争相模仿。两个人从最初打拼到现在，关系就跟家人一样。所以他一生气就说了这样的话。

霍慈抬了下眼皮，感觉身后男人的脸阴沉得厉害。

平时白羽就是这样和她说话的，只是以前她和易择城没什么关系，如今两人确认了关系，白羽这话确实会让易择城不舒服。

她赶紧说："我手机掉了，你去帮我补办一张卡吧。"

"现在是说手机的事儿吗？你少在这儿给我转移话题。"趁易择城出去接电话的空当，白羽这才委屈地跟她抱怨，"这都什么事儿啊，我跟你说，这次咱们一定要叫他们赔，赔偿到底。你出国前签的那份合同，幸亏我特地加上了保护人身安全的条款。你现在这样儿，得耽误多少事儿。"

霍慈面无表情地瞧着他："原来你是怕耽误赚钱啊。"

"少给我下套啊。"白羽横了她一眼，"你明知道我不是这意思。"

霍慈这才露出了点儿笑意。

没多会儿，易择城就回来了，他看着霍慈轻声地说："刚刚家里打电话让我回去，我让杨铭给你找了陪护。午饭有专门的阿姨送过来，我先回去一趟，马上回来。"

听他一口气说了这么多话，白羽眼睛都直了。他和易择城也接触过几次，这位爷实在是太冷，眼角眉梢都透着一股寒气，往那儿一立，身上就写着四个字：生人勿近。

此刻，他看着易择城走过来，亲了霍慈一下，还伸手揉了揉她的头发，柔声地说："你乖乖的。"

等人走远了，白羽才猛地从床边跳起来，原地转悠了三圈，嘴里嘟囔着："刚才发生了什么？那是我的幻觉？"最后他转过头，定定地看着霍慈，"你真把他追到手了？"

这世界太玄幻了，一个月前，他在机场送他们时，人家连眼神都不带给霍慈一个的。

躺在病床上的姑娘倒是一脸的宠辱不惊，淡然地看着他：“这很奇怪？”

“你知道他爸爸是谁吗？知道他外公的家族企业有多少资产吗？知道他以后能继承多少个亿吗？”不是白羽俗气，而是易择城虽然为人低调，可关于他的信息不低调。

上回艾莉在海晏被易择城他们救了，当时好几个模特也在，连圈里豪爽出了名的夏袁航夏大少都在他们手里吃了亏，自然有人来和白羽攀关系打听。

一开始白羽还模棱两可，暧昧不明的，毕竟明盛集团也是座大靠山，他怎么着都不吃亏嘛。可世上没有不透风的墙，后来他才知道，人家亲妈是明盛集团的，亲爹却是四九城里的大人物，家里都是曾为共和国抛头颅洒热血的人物。

他就是一小经纪人，实在是不敢沾上这样的大人物。

一开始他也想劝霍慈来着，可转念一想，霍慈和他这种小城市里打拼出来的人不一样，再不济人家还有个好妈，别看母女俩关系不好，可她妈后来嫁的那个丈夫，也不是普通人。如果她有点儿事，她妈肯定还是得维护她的。要是俩人真成了，那就如日中天了。

白羽怎么都没想到，霍慈就去了趟非洲，竟然真成了。

霍慈瞧着他，不屑地哼了声：“俗。”

霍慈睡了一小会儿，醒来白羽就把手机和卡都给她弄好了。给她换卡的时候，白羽还叮嘱：“先发条微博吧，你出去一个月，就发了一条，多少粉丝嗷嗷待哺呢。”

床上的人没说话，谁知刚开了机，电话就来了。

白羽瞧着是莫星辰的名字，呵呵一笑：“这电话还真够及时的。”他把手机递给霍慈，这边刚接通，手机还没放到耳边，就听见那边凄惨的哭声传过来。

莫星辰哀号道："你到底在干吗，怎么打你电话也打不通啊。"

一听这哭声，霍慈脸就冷了，立即问："怎么回事？"

坐在床边支棱着耳朵听的白羽心想，莫星辰这丫头心大，八百年都难见她哭一回。

"咱们老大自杀了，现在可怎么办啊？"

霍慈心里"咯噔"一下。

老大，在霍慈这里只指一人，就是她们大学时寝室里的寝室长邵宜。

B大医学部406寝室，有两个仙女，一个绿叶，还有一个是关心每个人的老好人学霸。现在一个仙女不知道去了哪儿，难道还要再没一个？

霍慈的心一直往下沉，大脑却异常清醒，立刻问："你们在哪儿呢？"

"我们在军总，老大刚洗完胃，我陪着她在病房里休息呢。"莫星辰是借口出来倒水，在外面打的电话。

莫星辰平时就大大咧咧的，遇到这事儿是真慌神了，脑袋整个是蒙的，只想着给霍慈打电话。她们俩在一起，霍慈是主心骨。可一打电话就是对方已关机的提示音，这好不容易接通了，她的眼泪却没出息地掉了下来。

霍慈一愣，合着北京就剩下军总这一家医院了。

不过她也顾不得想那么多了，沉声说道："你先照顾她，我马上过来。"

莫星辰原本还抱着她不在北京的最坏打算，一听她说要过来，心里立马松了口气，赶紧挂了电话进去照顾邵宜了。

可怎么也没想到，这马上居然是十分钟。

而且霍慈还是坐在轮椅上被推过来的。

这会儿邵宜已经醒了，正在打点滴。她和莫星辰瞧着霍慈，一身的病号服，还是坐轮椅来的，神色都不对了。

莫星辰又要哭了，带着哭腔问："你又怎么了啊？"

原本还指望霍慈给她们撑腰呢，可是她居然这样了。

霍慈冷着脸，眉头紧蹙："阑尾炎，刚做完手术。"

白羽在身后听着她胡说八道，脸都要气歪了。可瞧着躺在床上的姑娘，他又实在说不出别的话，干脆沉默下来。

对面那两人倒是神色都放松了下来。

病床上的邵宜叹了口气说："我让星辰别给你打电话，她就是大惊小怪。"

"都到医院洗胃了，还大惊小怪？"霍慈挑眉，瞧着她神色憔悴的样子，有点儿心疼。

邵宜性子平和，但也不是书呆子。大学的时候，作为寝室老大，她没少照顾她们三个，后来没了一个，就照顾她们两个。霍慈因为工作累倒，在校医院挂了一个星期的点滴，邵宜就偷偷在寝室里用炉子给她煲粥，谁知买的假冒伪劣的电炉子，把整栋楼的电都烧停了。

后来她被全校通报批评，连奖学金的资格都被取消了。

邵宜有点儿尴尬，解释说："你别听星辰瞎说，我真不是自杀，就是吃了两片安眠药还没睡着，之后起来喝了点儿酒。我是真忘了吃安眠药的事儿了。"

一旁的莫星辰就差没跳起来，她看着霍慈说："霍慈你信这话吗？别说她是一个医生了，就是一个没医学常识的人，都知道酒和安眠药不能一块儿服用。"

莫星辰眼珠子都红了，她是真吓着了。

要不是她半夜起来上厕所，发现邵宜趴在外头，只怕等第二天早上，看见的就是一具尸体了。

邵宜还是坚决为自己辩解，她真是躺在床上实在睡不着才起来的，结果看见冰箱有酒，就忘了之前吃过安眠药的事了。

霍慈靠在轮椅背上，不声不响地瞧着她俩说话，冷不丁地开口："那谁能告诉我，究竟发生了什么事儿？"

一听这话，那两个人都蔫了。

邵宜闭着眼，安静地躺着打点滴。

莫星辰眼珠子转了转，又看了眼躺在床上的邵宜，一副欲言又止的样子。

"白羽，你先出去等我吧。"霍慈淡淡地说。

白羽也瞧出来了，这是有事儿。他应了一声，就出去了，还顺手把门关上了。隔壁床的人现在也不在，估摸是出去散步或者检查身体了。

莫星辰等了半天，也不见邵宜说话，她心一横，道："还是我来说吧，陈忻劈腿了。"

陈忻是邵宜男朋友，他们从大学就开始谈了，谈了六七年，早段时间还听说他们快要结婚了。

霍慈来之前，已经猜到了大概，可此时听到，还是冷不丁地脑子一炸。她朝着窗边看了一眼，冷冷地骂了句："这浑蛋！"

她一直觉得劈腿是这世上最没种，也最吃力不讨好的事。可偏偏还是有人乐此不疲，前赴后继着。

莫星辰总算找着知音了，自从知道这事儿之后，她就憋着一口气，可当着邵宜的面，还不能骂得太狠。

"你知道最过分的是什么吗？他居然在咱们班重新建了个小群，就没拉咱们仨，要不是其他同学私底下问我，我都不知道这浑蛋要结婚了。"

"砰！"

莫星辰说完，就知道自己引爆了一颗炸弹。

她心里藏不住事儿，原本好不容易憋着没告诉邵宜，可是看见霍慈在这儿，就跟看见主心骨似的，什么话都倒了出来。

邵宜抬起头，这次她脸上的表情不再平静了，满脸的不敢置信，眼里一片凄凉，看着就叫人心疼。

她问："他要结婚了？"

陈忻是上周提出的分手，其实很早之前，邵宜就察觉到他变得冷淡了。但她总以为是工作太忙了，毕竟作为一名医生，每天要接待那么多病人，动不动就几台手术连轴转，还要值夜班，累是正常的。直到他提出分手，她还不敢相信。

圣诞节的时候，他们还商量着结婚的事情。

莫星辰垂着头，低声说："是咱们班的刘婷说的，你也知道她就是个大嘴巴。"

“你知道他在哪儿结婚吗？”霍慈淡淡地问。

她脸上没多少表情，淡淡的，跟戴着一层面具一样，眉梢眼角都是淡淡的，瞧不出来生气的模样。但莫星辰跟她认识这么多年，能不了解她？知道她这模样才是最可怕的。

莫星辰小心地问：“霍慈，你想怎么办？”

“怎么办？”霍慈抬头看着她们两个，伸手拨弄耳边的长发，轻声说，“好歹都认识这么多年了，他结婚，我们不去，不是太不近人情了？”

霍慈瞧着窗外，北京的冬天真冷。

她轻声说：“再过几天，就要过年了。”

提到过年，莫星辰看着身边这俩人，一个洗胃，一个割阑尾。她郁闷地说：“这年末到底是怎么了，怎么这么多事情。”

霍慈懒得搭理，只直直地看着邵宜，问：“邵宜，最重要的是你的想法。”

邵宜沉默地看着她。

霍慈说：“现在或许你会很生气，心里恨着他的劈腿。可你不问清楚，以后慢慢地，你就会想，是不是自己哪里做得不够好，他才这么对你的。”

久病成医，霍慈曾经因为心理问题，去看过心理医生。有很多劈腿的案例，最后被抛弃的女方，反而成了自怨自艾的那个。她们萎靡不振，对爱情失去信任，最后对自己失去信心。

邵宜不是刚强的人，但也绝不懦弱，霍慈只希望她以后不要走上这样的路。

莫星辰还算有点儿手段，很快就搞到了陈忻结婚的地点。她报了个酒店的名字，是五星级的，要预订，也得提前半年。要么就是这家人有关系插队了，要么就是半年前就订了这地方。

莫星辰冷哼了一声：“倒是人模狗样的，订这么好的地方。”

“陈忻家是县里的，条件一般。”邵宜轻声说。

房间里顿时没了声音，现在连劈腿的理由都知道了。在这种五星级酒店，随便办一场婚礼都要几十万。要是陈忻家真有这么多钱，他也不至于之前拖着不结婚了。

这是攀上富贵高枝了。

再说下去也没意思了，邵宜说困了，见霍慈这模样，也让她赶紧回去休息。

莫星辰送霍慈出门，她自己也不敢走远，就站在门口和霍慈低声说："我都问了，陈忻和小三好像是看病时认识的。"

霍慈一挑眉，忍不住笑了，自己还真是小瞧了莫星辰，这都叫她打听到了。

莫星辰生气地说："渣男现在满世界跟别人说，他和邵宜半年前就分手了，只是没告诉别人而已。他说对小三是一见钟情，觉得遇见对的人了，两个月亲事就定了下来。渣男脸皮真是比砖墙还厚，我认识他这么多年，居然没瞧出来，真是瞎了眼。"

这些话，莫星辰都是从同学那里听来的。要是陈忻这会儿在她跟前，她真是恨不得挥起巴掌扇过去。

霍慈眼神冰冷，嘴上挂着讥讽的笑。

临走的时候，她说："放心，他蹦跶不了几天。"

所谓得来全不费工夫，大概就是指现在这种情况吧。

霍慈睡了一觉，柳如晗就到了。军总这边人多，她怕有沈方棠的熟人，干脆让白羽打电话给柳如晗，告诉她，自己在军总做了阑尾炎手术。

白羽已经打点好护士了，请她们千万别说漏了嘴。

柳如晗来的时候，带了家里的保姆阿姨，保姆手里提着汤，一起急匆匆地赶了过来。

她坐下来就心疼地瞧着霍慈："怎么不提前和妈妈说，妈妈也好来陪陪你。"

"小手术而已。"霍慈语气冷冷淡淡的。

柳如晗也不生气，亲自盛了汤端给她，见她乖巧地接过去，心底一舒，可转念又心疼地说："我早说过了，你也该找个知冷知热的人。"

“行。”霍慈应了一声。柳如晗开心得连眉毛都要飞起来，然后听她淡淡地说，“你给我也找个保姆吧。”

柳如晗噎了下，眨着一双美眸，盯着霍慈看。

许久，她转移话题说：“你还记得陆璐吗？”

霍慈照旧喝汤。

“就是以前总和沈茜一起玩的那个女孩，人家最近都要结婚了，老公好像和你是校友，而且我瞧着挺眼熟的。你说她比你年纪还小呢，都……”

她没念叨完，霍慈就抬头了，眼神凌厉得跟冰针一样，直扎到人心里。

“我哪个同学？”

柳如晗还以为她生气了，讪笑着说：“也不一定是你同学，估计是同校吧，反正也是 B 大毕业的。”

“叫什么？”

柳如晗略想了下，说道：“好像姓陈。她妈妈昨天亲自送了请柬到家里来，说了好久，反正挺满意这个准女婿的。说小伙子模样长得好，学历也不错。”

周围不少孩子都结婚了，柳如晗瞧着霍慈这么多年连个男朋友都没找过，心里怎能不着急，况且她更怕霍慈还没放下沈随安。

“陈忻是吧？”霍慈把汤喝完，随口说了名字。

柳如晗一顿，恍悟道：“还真是你同学啊。”

“你的请帖呢，正好那天我也要去，到时候我去家里接你一起吧。”霍慈看着她，语气淡淡地说。

柳如晗没想到她能主动这么说，都没顾得上问她为什么跟自己要请帖，高兴得连连点头。

为了请帖，霍慈让白羽送她们回去，顺便把请帖要了回来。

瞧瞧，连老天爷都这么帮她们呢。

易择城是被易怀泽秘书的一个电话叫回家的，电话那头说了，让他立即回家。易怀泽性子就是这样，他要做的事情，就得马上去办，一刻都缓不得。

院子外有汽车声音传来时，已是天黑之后了。易择城正在给霍慈打电话，他原本打算见过易怀泽就立即回医院的。谁知一直等到现在，人才回来。

他轻声说："你乖乖吃饭，我待会儿就去看你。"

对面的霍慈应了一声，两个人这才挂了电话。没一会儿，他的房门就被敲响了，门口传来一个声音："择城，你在吗？"

是易怀泽的秘书张序文，易择城没想到他也来了。

易择城走过去开门，就见穿着军绿色常服的张序文正瞧着他，轻声说道："你爸叫你去他书房一趟呢。"

易择城面色淡然地点点头，出门就要过去。张序文跟在他旁边，提醒道："有什么话，好好说清楚，你爸爸也不是不通情达理的人。"

突然，易择城的脚步停下，他转头看着张序文，问："是因为我跟军总打招呼的事情吗？"

都说知子莫若父，而了解父亲的，往往也是儿子。

易择城从小到大，没少挨易怀泽的打，大多都是因为跟着院里几个孩子胡闹。虽然他不是主谋，但也跟着一块，所以每回易怀泽没少收拾他。后来，他出国留学、工作，每年回家的天数十个手指头都能数得过来。

这些年，他再没因为什么事情被教训过。

今天一接到张序文让他回家的电话，其实他心里就有底了。

"你也知道，如今外头多少双眼睛盯着呢，你爸爸又一向作风低调。"张序文呵呵笑了声，又赶紧解释道，"当然我也知道你一向不是张扬的人，这次肯定是有原因的。待会儿你就把这原因跟你爸爸好好说说。"

张序文是易怀泽身边的老人了，跟了很多年，也算是瞧着易择城长大的。

别看他这位老领导对儿子面上是严肃的，私底下心里不知多得意，对自己的儿子更是满意得很。寻常开会遇到老战友聊天的时候，提到易择城，他当着人家的面儿都夸不尽的，只是到了易择城跟前，总是板着个脸儿。

易择城不在意地笑了下，跟张序文说了声谢谢。

到了书房门口，他在房门上轻敲了两下，直到里面传来一声沉稳的“进来”，他才推门进去。

“爸。”易择城走进来，就叫了一声。

易怀泽刚到家，常服外套已经脱了，军绿色衬衫外头还套了一件军绿色毛衣。他身形保持得极好，丝毫没有中年男子常见的发福，一身军装穿在身上，依旧英挺霸气。

说实话，易择城的长相虽然不像易怀泽，但眉宇间还是有些相似。

易怀泽正坐在桌子后面看文件，听到他进来也没抬头。父子两个谁都没开口，直到易怀泽把手里的文件放下，这才抬头看他。

“这次出去如何？”易怀泽开口，一副闲话家常的模样，丝毫没有先前火急火燎让张序文打电话把人叫回来的劲儿了。

易择城微微一愣，开口道：“原本一切正常，只是在南苏丹的时候，遇到了问题。”

“说说看。”易怀泽略沉吟，朝他示意。

“爸，我之所以叫军总的救护车在机场等着，是因为这次与我一起去的人中，有人中枪了。”易择城说这话的时候，声音有点儿发涩。

即便到今天，即便是现在，想到当时那个场景，他都无法释怀。

他庆幸当时有中国的维和官兵在，庆幸霍慈的父亲就在南苏丹，且冒着生命危险来寻找他的女儿。

易怀泽倒是头一回听说这事，派去南苏丹那边的中国维和军人，一向是西南那边几个军区的事情。不过确实听说之前有生出几分乱子。他前几天在沈阳开会，今天才回来，刚回来就听说易择城兴师动众地叫了军总医院的救护车去了机场。

他把人叫回来，打算亲自问清楚。

“中枪的人是我喜欢的人。”房中清冷的声音再次响起。

易怀泽定定地看着儿子，半晌才问："是个姑娘？"

易择城打小便是寡言的性子，三十来岁的男人了，易怀泽却从未听过他感情上的事。实在忍不住的时候，他也问过徐狄，可她也同样是一问三不知。自己也算是见多识广的人，有时候也怀疑易择城或许不喜欢女孩，毕竟从小到大，他身边都是大院里的那帮男孩，人家追姑娘，他跟着在后面瞧热闹，他自己正经的追求却是一回都没有。

易怀泽心底的疑虑谁都没敢告诉，就连徐狄，他都没说过。

甚至他都做好了心理准备，若是儿子真回来跟他坦白了，他该怎么办。

一生铁血英勇的男人，思来想去，还是心疼儿子。

易择城被他问得一愣，不过立即点头，说："是个姑娘。"说完，他似乎觉得太简单了，又说，"是个特别好的人。"

易怀泽这回是真高兴了，连连说："那回头带回来给你妈和我瞧瞧。虽然工作确实重要，但你的个人问题也确实应该解决了。"

他说这话时，脸上是发自内心的高兴的表情，与平时不笑时的严肃面容不同，这会儿心情应是真的不错。

"爸。"易择城又叫了一声。易怀泽见他表情有点儿不对，脸上喜色稍微敛了敛。

他说："她身上中的那枪是为我挡的。"

这回易怀泽脸上的震惊没绷住，他直愣愣地看着儿子，半晌才问："那姑娘现在身体怎么样？还好吗？回头要不要叫你妈过去瞧瞧？"

是该去看看，不说这是儿子喜欢的人，就挡枪这事儿，那都是过命的恩情。

人命之事，岂能儿戏？

易择城摇头，轻声说道："身体还很虚弱，需要静养。这事儿您先别告诉我妈了，免得她担心。等回头她身体好了，我再领着她回来。"

"也是，要不再给安排专家会诊？"易怀泽皱着眉头问道。

先前火急火燎把人叫回来，如今反倒是他先提出来。

易择城拒绝了，本来今天这事儿就有点儿高调了。他一向不是仗着权势就得意忘形的人，霍慈确实没有性命之忧了，如今静养就好。

“以后您和我妈记得对人家好点儿，毕竟是您儿子的救命恩人。”

他这话把易怀泽说愣住了。

一直等到他出去了，易怀泽才回过神，敢情这臭小子是给他媳妇在他们面前挣面子呢。

这恩爱都秀到他老子跟前来了，易怀泽气得从椅子上站起来。

正好徐狄上来喊他们吃饭，从他书房门口经过，连步子都没停，就说了一句：“下来吃饭了。”

然后就听到她温柔的声音在不远处响起：“城城，你快点儿出来吃饭吧，妈妈今天亲自下厨，给你做了你喜欢吃的菜。”

易怀泽突然觉得一直挺好的心脏有点儿疼。

“要不我过两天就出院吧。”霍慈伤势恢复得很好，不想再在医院待着了。

她不喜欢医院。

易择城正在穿衣服，他昨晚和霍慈躺在一张床上，医院的床就那么大点儿地方，他还得小心地缩着身子怕碰着她，怕她伤口再裂开了。

两个人别别扭扭地躺在床上睡了一晚，一起来，都觉得有点儿别扭。

“不行，你还得再住一周。”昨晚他刚看过她的伤势。

霍慈“哼”了一声，这就是找个前外科医生做男朋友的“好处”，想蒙他都不行。

易择城要去公司了，见她还是一脸的不开心，伸手摸了摸她的脸颊，轻声道：“再住一周，我就带你回家。”

“我就带你回家。”这句话成功地取悦了霍慈，她总算是笑了。

易择城出了门，杨铭的车就在楼下等着。霍慈趴在窗口，冲着楼下挥手。不过她住在二十一层，估计他也瞧不见。

等挥完手，她就给莫星辰打电话。

没一会儿，莫星辰拿了袋子过来，她去霍慈家帮霍慈拿来了衣服。

霍慈一瞧是白色毛衣和羊绒外套，立即皱眉问：“怎么都是白的？”

“你不是说要弄死陈忻那个贱人？咱们俩都穿白的，正好给他送葬。”莫星辰咬牙切齿地说。

霍慈问她：“我的车你开来了吗？”

“开来了，我还买了红油漆，到时候咱们泼他个狗血淋头。”

等霍慈换了衣服，两个人就下楼了。这次婚宴是午宴，中午十二点零八分仪式正式开始。她们从医院出去的时候，已经十点了。

从军总到那家五星级酒店，也就一个小时车程。

“咱们去这么早，要是客人没到场，我们闹起来岂不是不尽兴？”莫星辰坐在副驾驶座上，有点儿可惜地说。

霍慈没说话，面无表情地开车。

等到了之后，霍慈拿了两张请柬出来，递了一张给莫星辰。莫星辰看了一眼，还真是自己的名字，她好奇地问道：“你是怎么搞到这个的？”

她知道霍慈骗了她妈妈的请柬。

“有脑子什么都能弄。”霍慈冷冷地说。

下车之后，莫星辰赶紧去后车厢拿她的装备，这回她买了好多东西，灌装油漆就有好多罐，就等着待会儿给陈忻泼出一身彩虹色。最绝的是，还有防狼喷雾，以防待会儿吃亏。

她准备了这么多，霍慈却是两手空空。

结果，两人给了请柬就简简单单进去了，客人都还没到呢，只有工作人员在里面准备。

婚礼的策划人员正在做最后的现场确认，而音响视频设备也在调试当中。

霍慈走过去，和现场负责的小哥攀谈起来。她长得美，又是拿了请柬进来的，这边问一句，那边设备小哥恨不得回十句，看得莫星辰在一旁干着急。

又过了半个小时，宾客陆续进场。男的西装革履，女的衣着华贵妆容精致，怎么看都是一场豪宴规格。

等陈忻穿着一身黑色西装出现的时候，两人都看了过去，莫星辰眼睛都红了。

那天她亲眼看见邵宜躺在地上的时候，半条命都快要吓掉了。明明犯错的是渣男，最后真正痛苦的却是邵宜。

“他真够无耻的。”霍慈冷冷地看着陈忻。

宴会厅极大，摆了六十六桌，此时不少人正围着陈忻。她们还看见几个大学时的同班同学，虽然很多人知道他这婚结得有猫腻，可还是来了。

莫星辰咬牙：“你瞧瞧他们笑得，真谄媚。”

因为霍慈她们一直站在影像设备附近，所以陈忻没发现她们。

直到婚礼要开始，大屏幕上原本滚动播放着的新郎新娘拍摄的婚纱照，突然一下子变成了另外一个视频。视频上面依旧还是陈忻，只是他是跪着的。

“小宜，嫁给我吧。”

他的声音越来越大，后来是一声清晰又嘹亮的大吼：“邵宜，我爱你，嫁给我吧。”

全场一片哗然，因为今天的新娘叫陆璐。

所有人都盯着大屏幕，视频里只有陈忻的脸及他的声音。霍慈站在角落，冷冷地看着陈忻一脸惊慌地四处张望。

“把绿色油漆给我。”霍慈伸手。

莫星辰本来也一脸震惊，听她这么说，立即从包里掏出了绿色油漆给她。幸亏她今天准备得全，赤橙黄绿青蓝紫，各色都有。

霍慈拿了油漆，直接打开，奔着陈忻三两步就走了过去。等她到了跟前，陈忻才发现霍慈。他眼中带着惊慌，开口问：“霍慈，你怎么来了？”

她一甩手，大半罐的油漆全泼到了陈忻身上。他的黑色礼服和白色衬衫都被喷上了绿色油漆，整个人看起来滑稽又可笑。

有人惊叫了起来，此时宴会场里已经乱了。

霍慈冷冷地看着陈忻，讥诮地说：“你不是喜欢劈腿吗？我让你尝尝浑身绿油油的滋味。”

陈忻请的伴郎团多数是他大学时的朋友，也有和霍慈认识的，赶紧上来劝说。有人说："霍慈，今天是陈忻大喜的日子，你这么来闹场不好吧？"

"你还真说对了，我就是来闹场的。今天要不是他结婚，我还不来呢。"

霍慈一双眸子冷冷地看着人家，说的话有点不讲道理，她说出来却自带一种理所当然的气场。

"新郎陈忻，大家都知道吧，视频里他求婚的这位，是他的前女友，一个月前他刚提了分手，现在就结婚了。"霍慈讥讽地说。

和前女友分手一个月？

这个五星级酒店比较难预订，婚礼宴会厅都已经排到了明年，得提前半年预订。

所有人都朝着新郎望了过来，"嗡嗡嗡"的声音，骤然被放大。

陈忻站在原地，听着周围的议论之声。

新娘的家人赶了过来，一个穿着蓝色西装的男人指着陈忻骂道："你到底是怎么回事，让人闹到这里来了？！"

说完，他转头大喊："保安，保安呢，怎么还不把人给我赶出去，这都是什么人啊！"

"霍慈，你不要太过分！"陈忻眼珠子都红了，又恨又怒。

陈忻这人一向要脸面，要不然也不会在同学群里撒那样的弥天大谎。他就是太了解邵宜了，知道她不是那种能豁出去闹腾的人。可他怎么都没想到，一向冷冰冰的霍慈，居然头一个替邵宜出头。

他那还算长得不错的脸，此刻苍白又灰败，十分钟之前，他还是意气风发的新郎官，十分钟之后，就成了渣男。

霍慈淡然地看着他："你当初求婚的时候，不是让我们从今以后好好监督你的？"

"我今天就是照着你的话做的。"她长得好看，表情冷漠，做事又有条不紊，几句话就把陈忻踩到脚底。

宴会厅里多数都是新娘家的人，都只顾着看热闹，根本没几个上来拉的。

况且人家姑娘从头到尾也就泼了他一罐绿油漆而已，算什么哦。

那个喊保安的大概是新娘的哥哥，他扯着嗓子在骂。莫星辰听烦了，上去就用防狼喷雾一顿喷，她也学着霍慈冷笑着说：“你妹妹当小三，你还有脸出来叫，今天我就教教你怎么做人。”

陈忻见莫星辰动手，立即上前准备拦着。霍慈今天特地穿了一双靴子，上去就是一脚。她腿长有力，这一脚更是没客气，对着心窝就踢过去，踢完之后，她小腹疼得厉害，心底却痛快得很。

陈忻也没想到她竟然这么狠，他一个没留神，被霍慈踢得往后退了好几步。

幸亏他身边站着伴郎，众人赶紧把他扶住了。

“陈忻，你要攀富贵，谁都不会拦着你。但你不能这么糟蹋人，你不能把别人几年的真心往地上踩，邵宜怎么对你的，不用我提醒吧。你扪心自问，你对得起她吗？”

霍慈是真生气了，邵宜和陈忻两个都是从外地考到北京的。两人读大学的时候就确定了关系，一路到毕业，然后留在北京。

毕业之后，邵宜自己的工作也忙，但仍然把他照顾得妥当，转头，他一句分手就把人打发了。

“那也是我和她之间的事情，与你有什么关系，况且我们早就分手了。”陈忻咬着牙，看着她。

霍慈忽然轻笑了一下：“对啊，是和我没关系。我就是看你不爽，想弄死你。”

她这话说完，周围都安静了。这姑娘真是天生一股子傲气劲儿，她说这话的时候，让人都生出一种理所当然的感觉。

“霍慈，你……”陈忻这回是红了眼眶，恨不得立即冲上来手撕了霍慈。

他刚一张嘴，霍慈一甩手就把手里剩下的小半罐油漆又甩他身上去了，冷笑着说：“我的名字，也是你随便能叫的？”

酒店的保安也过来了，被莫星辰喷了的男人指着她们就喊：“报警，报警，赶紧报警。”

“报警就报警，谁怕谁啊。”莫星辰哼笑，她们过来砸场子，早就有心理准备了。

原本在休息室内候场的新娘子，大概是听说了这里的事情，急匆匆地跑了过来。她穿着一身曳地婚纱，雪白蕾丝头纱披在身后，在见到陈忻身上的惨状时，一脸慌张又着急的样子。

“陈忻，你没事吧。”新娘子见他脸色惨白，心疼得眼泪都掉了下来。

这边保安就要把两个闹场的人请出去，还没碰到人呢，就听莫星辰大吼一声：“我怀孕了，你们谁要是敢动我一下，伤着我肚子里的孩子，就等着蹲大牢吧。”

她这么一吼，所有的保安都不敢动了。天大地大，孕妇最大。

这要是真的磕着碰着，他们赔不起啊。

她这么一吼，连霍慈都一脸震惊地看着她。

莫星辰一只手摸着自己的肚子，一只手拿着防狼喷剂，像个拿着炸药包的女战士，随时准备慷慨就义。

保安不敢动了，新娘的哥哥更生气了，指着他们气急败坏地大骂：“你们还有没有用，连两个女人都对付不了。”

“陆先生，您别着急，我们已经报警了。”酒店主管赶紧出来安抚。

姓陆的嘴都气歪了，报警有个屁用，他们陆家的脸面今天被人当众撕了下来，而且撕得血淋淋的。偏偏众目睽睽之下，他们也拿这两个女人没办法。

莫星辰得意地哼笑了一声，又见旁边新娘一脸心疼地摸着陈忻的脸，当即冷笑：“渣男小三，一对狗男女，真是般配。”

说完，她忽然又笑着对身边的霍慈说：“霍慈，你说这场子咱们是不是砸错了，应该祝这对狗男女百年好合来着。”

“没关系，他们脸皮厚，咱们砸完了，他们能继续百年好合。”

霍慈难得应和她，两人一唱一和，简直是把新郎新娘的脸皮当众扯下来，扔在地上摩擦。杀人不过头点地，这俩人今天是豁出去要弄死陈忻。

“你们不要脸！”新娘子气得脸色煞白。不管怎么说，这可是她的婚礼，被人当众这么羞辱，她气得身子发抖。

“哟，恶人先告状啊，到底谁不要脸啊，当小三的时候，你怎么不要点儿脸。”莫星辰嘴皮子利索，霍慈一向都是能动手就不动嘴。

她不爱打嘴仗，这种戳心窝子的事情，直接就交给莫星辰了。

新娘子也不是个善茬，当即就驳斥：“你算什么东西，凭什么管我们的事情？我和陈忻两个是光明正大交往，谁还没个前女友。她自己不够好，活该被甩，怨得了谁啊？”

这句话是要点炸了这两个人。

霍慈冷笑，她今天原本只想教训陈忻，毕竟他才是对不起邵宜的那个浑蛋。现在看来，也难怪这俩人能勾搭到一块儿。

“她没资格管，我总该有资格问吧。”身后传来一个声音，所有人都往后看，这才发现一个穿着黑色大衣的女子，安静地站在那里。

陈忻没想到邵宜真的会来，脸色一下子就惨白起来。

邵宜走到他跟前，也不看旁边的新娘子，只盯着他一个人，说：“陈忻，咱们从大学时就在一起，就算分手，你也该给我一个交代。”

“邵宜。”陈忻在霍慈她们面前还能强撑着，等见了邵宜，突然什么话都说不出来了。

这一个月以来，他像个提线木偶一样，被赶着往前走。拍婚纱照，领结婚证，还有订酒店办婚宴，看房子，他就像是活在一场梦里。

现在梦被敲醒了。

“啪——”

邵宜也不问了，上来就是一巴掌，这一巴掌算是把她的青春，把她心底残存的那点儿奢念都打掉了。

一巴掌甩完之后，陈忻旁边的新娘子先尖叫起来，她怒道：“你凭什么打人？”

新娘子刚问完，又是“啪”地一巴掌，这巴掌依旧甩在陈忻的右脸上，他皮肤还算白，两巴掌下去，五个手指印清楚得很。

“你……”新娘子没想到今天这一个两个的都这么横，见陈忻不反抗，就要上去拦着。

结果她还没上去，就被霍慈挡住了，霍慈一把将她推开，冷笑：“人家前任之间了结恩怨，关你什么事？”

“就是，一边待着去。”莫星辰跟着一起挡着。

身后巴掌声“啪、啪、啪”地响着，连伴郎都不敢拦。都是大学同学，大家心里都知道是什么事儿，原本就是陈忻做得不地道。

况且还有莫星辰这个孕妇在，连保安都不敢上来。这会儿他们就盼着警察赶紧过来，好把这三位祖宗请走。

等邵宜甩完了耳光，她淡淡地看着陈忻说：“陈忻，你欠我的，都还了。”

从此以后，咱们老死不相往来吧。

陈忻木然地看着她，事情闹到这种地步，谁都走不回去了。

警察在大家的惋惜声中到来，原本一场豪华婚礼，活脱脱被闹成豪华闹剧。中间不知道多少人举着手机拍呢，现在社交媒体这么发达，估计明天真能成头条。

民警来了就要把人带走，毕竟这是聚众闹事。只是闹事的三个女人，一个比一个坦然，大概是该发泄的都发泄了，其中两个特别淡然地就准备跟着走。

谁知霍慈靠在花柱边上，半天都没动弹。

莫星辰回头看了她一眼，说：“霍慈，走啊，咱别叫警察为难。”

一旁的民警一听，说：“呵，这姑娘还挺懂事明理。”

可是看完，她就觉得不对劲了，霍慈脸都白了，额头上直冒汗，连民警都瞧出来了。莫星辰去扶她，结果一靠近就闻到她身上一股子血腥味，特别浓。

莫星辰吓得直问：“霍慈，你怎么了？”

还是邵宜冷静，过来直接解开霍慈大衣的扣子，一打开衣服，众人都被吓住了：她里头穿着的白色毛衣被染红了好大一片，就连白色大衣的里衬都染得通红。

莫星辰刚才还横得跟什么似的，这下直接被吓哭了，就问她："霍慈，你怎么了，你别有事啊。"

"我大概是伤口裂开了，送我去医院吧。"霍慈自个儿反而特冷静。

邵宜虽然没哭，可嘴唇发抖，又气又难受，就问她："你不要命了，身上这么重的伤，还跑到这里来。"

她知道，霍慈是为了帮自己出头。

"咱们说好了，谁要是被欺负了，一定得替她出头。"

别说她们没想到，就连警察和在场的人都没想到。这姑娘受了这么重的伤，还来帮朋友出头，这简直是豁出命来帮朋友啊。

再瞧瞧新郎和新娘身边的那些个伴郎和伴娘，闹出这么大的事情，谁都没动弹。这社会啊，还是想着自己的人多，想着别人的人少啊。

这姑娘够血性，够仗义！

"别号了。"霍慈扫了莫星辰一眼，搭着她的肩膀说，"赶紧送我回医院吧。"

见她这样，警察哪里还敢带她去警局啊。

原本准备找个担架抬着她出去的，霍慈冷眼瞧着一旁的新郎新娘，笑道："我既然是走着进来的，也得走着出去。"

莫星辰哭着瞪她："这时候还逞强，疼死你活该。"

这样说着，她还是让霍慈靠在自己身上，邵宜和她两个人，一左一右扶着霍慈出去。

出了宴会厅，她们两个扶着她去等电梯，旁边的民警跟着她们一起，瞧着霍慈这脸色，也是有点儿不忍。

"叮"的一声轻响，电梯到了。当电梯门缓缓打开的时候，霍慈就看见了里面的人。为首站着的男人，脸上的表情清冷淡漠，眉头紧蹙，身上一股子生人勿近的味道。

电梯里站着满满的人，男人身后都是穿着黑色西装的人，瞧着像是保镖。

莫星辰先回过神来，她没想到居然能在这里看见易择城。不过她这会儿倒是想起来，之前霍慈隔着千山万水打电话跟她秀恩爱，她男朋友是谁啊？

杨铭没想到，霍慈会是以这模样出现的，瞧着她白毛衣上的血迹，他吓得心跳都要没了。他再小心地看看自家老板，面色冷漠，居然没立即上前扶着霍小姐。

只怕是被气疯了吧。

想着老板这一路上的表情，杨铭都觉得自己小命快要休矣。

谁都没动，直到电梯门又要关上时，霍慈突然开口了。

她说："易择城，我疼。"

第二章

过年跟我回家吧

WJXHTNY

“易择城，我疼。”

霍慈的声音软绵绵的，脸上满是委屈，眼眶微微泛红，好像是在委屈自己居然没上前扶她。

从刚才看见她就气得说不出话的男人，突然在心底暗暗叹了口气。

她真是吃定自己了。

简直是疯了，易择城在来的路上就已经想好，待会儿看见霍慈要怎么教训一下她。她刚受了那么重的伤，人在鬼门关转了一圈，居然还敢由着性子跑到这里来胡闹。这次，自己怎么都要给她一个教训，叫她知道什么叫作轻重缓急。

现在，她一句话，就让他脑子里的那些惩罚，那些原则都烟消云散了。

他上前一步，将她抱了起来。

霍慈温顺地靠在他怀里，又委屈地说了声：“特别疼。”

“活该。”易择城冷着脸说。

这话说得真重，也是真心疼。

自打两人捅破了那层窗户纸之后，易择城就事事顺着霍慈，就算对别人依旧是冷淡模样，对霍慈已是极尽可能温和。现在听他这样说话，真叫霍慈心虚。

她自个儿心虚，所以也不敢生气，乖乖地靠在他怀里。

一米七二的姑娘，如今一百斤还不到，被男人稳稳地抱在怀里。就她这纸片身板，还事事都冲在前头。自他们认识以来，她都闯了几次祸了。

说句不好听的，易择城不怕她闹事，就怕她不顾着自己的身体。

这会儿还站在电梯外头的莫星辰和邵宜都傻眼了，还是民警问了一句：“您是？”

“她男朋友。”易择城面色依旧清冷，却开口认下了这个小闯祸精。

民警一听赶紧说：“家属来了正好，这位小姐与她的两位朋友把人家婚礼闹得一塌糊涂，结果自个儿身上还带着伤。我们正准备送她去医院，回头还要做笔录。”

霍慈把头埋进了易择城的怀抱，砸场子的时候是觉得痛快了，这会儿说出来，还真有点儿丢人。

至于另外两个，也是垂着脑袋，谁都没吭声。

说真的，这三个谁都不是爱惹事的性子。特别是邵宜，成长经历如同教科书一般标准，进警局真是头一遭。心底的那股子怒气发泄完，她也有点儿不好意思了。

况且还连累霍慈的伤口裂成那样，邵宜心底也难受。

大家都挤进了电梯。等到了楼下，刚出电梯，易择城就偏头对杨铭说：“打电话叫金律师过来一趟。”

还是舍不得啊，接着给她收拾烂摊子呗。

他们下来的时候，正好碰上新郎新娘也一块儿下来了。反正婚礼是办不下去了，都得到警局去做笔录。毕竟打电话的时候，说是聚众斗殴，既然是聚众，双方都有责任。

谁都别想跑了。

这边因为霍慈有伤，就派了两个民警送她去医院。

莫星辰和邵宜也坚持要陪着一起去，好在民警刚才了解了情况，知道是情感纠纷，这几位也不是真坏人，就是来砸场子恶心人，干脆把她们都拉到医院去了。

霍慈是病人，跟着易择城的车走了。其他两位“特别待遇”——坐着警车过去。

上了车，莫星辰扒着车窗，羡慕地看着旁边的一行轿车，打头是一辆迈巴赫，后面跟着的都是黑色奔驰。她趴在警车的铁窗前，幽幽地说：“你看人家霍慈，坐的是迈巴赫，演的是霸道总裁偶像剧，咱们两个是铁窗情深。”

别说邵宜被逗笑了，就连车里的两位民警大哥都忍不住笑了。

你说说现在这些小年轻，都想什么呢。

莫星辰默默地趴在铁窗前，看着外面的迈巴赫绝尘而去。

不过这会儿迈巴赫上气氛也不是很融洽，杨铭开着车，后面安静得很。易择城抱着人放进了车子，然后就坐在旁边，也不说话，眼睛都没瞧霍慈一下。

没一会儿，霍慈开始小声地吸气，声音不大，可在这安静的车厢里就特别明显。

她吸一下气，旁边的男人脸色就难看一分。

直到他敲了敲驾驶座的椅背，吩咐："开快点儿。"

霍慈抿嘴得意地笑："闷骚。"

旁边的男人歪着头看窗外，就是不看她。

她也有点儿无奈，只得伸出手指，勾他大衣下摆，拽了一下，没反应。拽了两下，还是不回应。拽了第三下，结果男人竟往旁边挪了挪。

霍慈："这男人还真是小气。"

霍慈这会儿疼得难受，也知道他是太担心自己才这么生气，正想着怎么哄哄他，手机突然响了。

她拿出手机一看，是白羽打的。

霍慈没多想，接通，还没开口，就听到对面崩溃的声音。

"霍慈，我被你毁了，我这辈子都毁在你手里了。你为什么要这么对我，为什么？！"白羽鬼哭狼嚎地喊。

霍慈反倒很冷静，语气淡淡地说："说重点。"

"你知不知道，你大闹婚礼的事情被人直播了啊，有一百多万人在线观看，一百多万啊。"白羽这会儿气得肝疼，要是霍慈现在在他面前，说不准他就和她同归于尽了。

他这么激动，霍慈却更淡然，毫不在意地说："哦，那又怎么样？"

"那又怎么样？你居然还和我说那又怎么样？这么多年来你的形象就是高冷神秘的女神，你是女神啊，不是随便砸人家婚礼的泼妇！现在一百多万人观看你砸婚礼的现场直播，你还怎么维持你现在的形象？"

娱乐圈最可怕的就是人设崩塌，一旦炒起人设来，只要崩了，就面临着断崖式的掉粉儿。

霍慈虽然不是明星，可这么多年来，她一直走着商业路线。能成为如今商业价值最高的摄影师，一是靠她自己的实力，还有就是靠着身后一群不输给明星的铁杆粉丝。

“高冷女神”，陡然大闹人家婚礼，还给新郎“泼绿油漆”。

白羽在看完整段直播之后，恨不得立刻昏过去。如今社交媒体这么发达，随便一个普通网友，都能成为直播现场的主持人。

霍慈问：“那怎么办？”

她虽然问了，可语气太淡然太不经心了，白羽虽然没看见她的表情，但也能猜到她说这话时候的漫不经心。

白羽恨不得现在就扑到她面前和她拼命，他说：“你要是真看不过渣男，你跟我说啊，我亲自帮你砸，反正我就是个经纪人，大不了我在拘留所蹲十五天。你去干吗，你身上还有伤呢。”

她还淡淡笑着安慰：“别这么激动，或许没你想的这么严重呢。”

“呵呵。”对面传来白羽嘲讽的笑声，然后那边有人小声地告诉他，霍慈已经空降热搜第一，一百多万的搜索量，一个大红色“爆”字，就跟在她名字后面。

霍慈腹诽：“现在喜欢看热闹的人还挺多的。”

“还说没那么严重，你和莫星辰两个，没一个让人省心的，你到底在想什么呢，平时那么冷静的一个人，怎么脑子就抽了？”

“要不你趁机给我改人设，行侠仗义的人设也不错。”霍慈自己还觉得挺得意，轻声笑了起来。

“霍慈，你现在在哪儿，你告诉我你在哪儿，我现在就去弄死你，我要跟你同归于尽，你赶紧把地址告诉我。”白羽几乎是吼着说完的。

霍慈见他真气得不行，正打算稍微安抚一下，手机却被旁边的人抽走了，只见易择城一脸冷漠地说：“她现在和我在一起，还有，以后别再拿这种小事来烦她，她需要静养。”

说完，他直接把电话挂断了。

霍慈瞧着他，见他手里拿着自己的手机，嘴角紧抿，还是一副冷漠的模样。她伸出手指，扯了扯他的袖口：“易择城，我疼。”

易择城瞧着她脸上的表情，再看她身上被染红的白毛衣，现在连刚刚硬着心肠说的那句“活该”，都说不出来了。

他转头盯着霍慈，眉头紧锁，下定决心般地说：“霍慈，你要是下次再敢这么胡闹，我……”

“我保证。”霍慈想也不想，立即说道。

她说完，易择城淡淡地扫了她一眼。他不紧不慢地把手机拿出来，然后调出录音，放在她手心里：“保证吧，省得空口无凭。”

霍慈眨了下眼睛，低头看着手心里的黑色手机，迷糊了。

“不用这么认真吧。”霍慈谄笑了下。

易择城看着她，轻声说道：“不好意思，我就是这么认真的人。”

霍慈：“……”

她说：“你这样做，很容易得罪你女朋友的。”

“我女朋友现在已经把我得罪了。”

好吧，她每句话说完，人家都有话等着她。霍慈自知理亏，问：“我要怎么保证，你才满意？”

易择城不紧不慢地说了一遍，霍慈愣住了，立即说：“我现在是伤患，你不能强迫我签订不平等条约。”

但是，最后霍慈还是一脸屈辱地把他刚才说的话重复了一遍。

之前还牛气冲天的霍小姐，现在就跟只软弱的小猫一样满脸委屈，活像是被谁欺负了。

易择城看着她的表情，知道她就是个小骗子，故意装样子想让他心疼。

可明知道是这样，他这心啊，还是疼了。

到了医院，易择城直接抱着她进了电梯，回病房时，医生已经在等着了。见她这一身的血，连医生都被吓了一跳。

其他人都在外面等着，易择城在房间里看着。

伤口确实裂开了，而且有缝合线把伤口的范围撕裂增大的趋势，需要重新缝合。

等重新处理好了之后，民警就进来找霍慈做笔录。她脸色苍白地躺在床上，仍特别客气地请民警在沙发上坐着。本来是应该带她回去的，可看这架势，估摸着是走不了了。

况且民警也不是没眼色的，军总医院的高级病房，这可不是谁都能住的地方。

易择城就站在她床边，高大英俊的男人浑身散发着矜持冷漠的气质，病房门口还站着三四个穿着西装的保镖。

民警问话的时候，都客客气气的。

霍慈砸了人家场子，早就有心理准备了，特别淡定沉稳地说："要是对方告我，一切损失都由我负责。"

"那怎么能行，本来这事就是我的事情，就算赔钱，也该是我自己赔。"邵宜瞧她伤成这样，心里本来就不好受，又怎么愿意让她再承担损失。

钱，霍慈是不在乎的。可邵宜怎么也不愿让她承担损失。

"还有我，东西我也砸了，要赔我也一起赔。"莫星辰一点儿也不在乎。

民警见她们还抢起来了，颇觉好笑地说："放心，是你们的，一个都跑不了。"

易择城叫的律师很快就到了，和民警这边沟通了下，也没什么大事，毕竟没真打起来，就是闹腾得厉害了点儿，看对方是要一告到底还是和解。

三人都在笔录上签了字，又留了电话号码，反正有什么事儿，还是要联系她们的。

易择城和金律师亲自送民警出去，虽然易择城一直站在一旁没说话，可他气场太过强大，让两个民警问话的时候，都和气了三分。

这边人一走，莫星辰就嚷嚷起来了，她说："霍慈，你不是说做的阑尾手术，怎么又变成枪伤了，你什么时候中枪了？"

见她站起来，霍慈打量着她的肚子，冷笑："我还不知道你什么时候怀孕的呢？"

莫星辰当众嚷嚷着自己怀孕了的时候，邵宜还没赶到呢，她也是头一回听说，当即就转过头看着莫星辰的肚子问：“你什么时候怀孕的？”

说到这个，莫星辰有点儿不好意思。

她支支吾吾了半天，才说：“我怕保安对我们动手，灵机一动，就想出这个法子了。”

“怎么样，我聪明吧？”她特别得意地冲着霍慈眨眼，似乎挺自豪自己能想到这个点子，毕竟她一说出来，那些保安谁都不敢上来碰她了。

霍慈这回是真震惊了，目瞪口呆。

“你知不知道我们今天闹场的事被人直播了，你当着一百多万人给自己造谣，你够可以的啊。别人是为辟谣跑断腿，你是主动给自己造谣。”霍慈口中的“蠢货”两个字，在嘴边绕来绕去，还是忍了回去。

莫星辰一时语塞。

她看着霍慈和邵宜，半天才干巴巴地问：“那我现在怎么办？”

“你最好祈祷你家七大姑八大姨全不会上网。”霍慈冷笑一声。

莫星辰刚要哀号，房门再次被推开，易择城回来了。

“这次真是谢谢您呢。”邵宜赶紧起身。

莫星辰跟着起身，还是满脸的沮丧。

他淡淡地看了莫星辰一眼，说道：“我会尽快让金律师和对方和解，你们都不用担心。”

“这次真是麻烦您了。”邵宜满脸歉意。

易择城倒是没了之前的冷漠，神色还算温和，说道：“没关系，应该的，毕竟你们是霍慈的朋友。”

莫星辰心头暗叹，这男友力，好羡慕！

不过她好歹也知道给霍慈长脸，虽然这会儿心里在翻江倒海，但面上还是特别淡然。

邵宜见霍慈累了，拉着莫星辰要离开。这时易择城的手机突然响了，他出去接电话。

他刚出门，莫星辰就往前两步，特别真诚地喊：“霍爸爸，你好。”

霍慈靠在床头，哼笑一声，差点儿又牵动伤口。邵宜被她这一声“爸爸”都喊愣住了，还没明白怎么回事呢，就见莫星辰直接扑到霍慈床边，羡慕地号了声：“霍爸爸，你教教我吧。”

霍慈看着她：“你还有一丁点儿节操吗？”

邵宜实在看不下去了，提溜着莫星辰走了。

临走的时候，莫星辰恨恨地说：“霍慈，你现在脱离了我们单身狗队伍，咱们以后做不成好姐妹了。”

“赶紧滚吧你。”霍慈一脸苍白地靠在床边，冷冷地说。

莫星辰悲愤地捂脸，邵宜见她们这会儿居然还有心情玩闹，拉着莫星辰走了。到了门口，易择城刚挂了电话回来。邵宜冲着他点头，轻声说：“易先生，今天真是对不起。”

在酒店的电梯里，易择城冰冷严肃的样子，大家都瞧见了。

邵宜比莫星辰心细，她知道这位易先生看着冷漠，其实心里一定很在意霍慈，要不然他也不会急匆匆地赶来，而且身边还带了那么多保镖。

他这是怕霍慈吃亏。

想到这里，邵宜心里更觉得过意不去。

她轻声说：“霍慈这次是因为我，一时气愤，才会帮我出头。还请您千万不要生她的气。”

易择城淡淡地看了她一眼，低声道：“言重了，我并非反对她帮你出头，只是她枪伤未愈。”

“我明白，您是担心她。”邵宜点头。

易择城颔首，让杨铭送她们回去。等他再回到病房，周围总算只剩下他们两个人了。霍慈安静地躺在床上，脸色依旧苍白。

医生给她重新处理了伤口，她刚才流了不少血，因为她穿的是白色毛衣，染色的效果着实吓人。

“先休息一会儿吧，折腾了这么久。”易择城说完，无奈地摇头。

可不就是折腾吗？

霍慈的折腾总跟别人不一样，易择城遇到几次，她强出头都不是为了自己，而是为了她身边的人。虽然她在自己面前是这么个模样，可他知道，在旁人面前，她也是冷漠又话少。

说到底，他们两个性格其实太像了：面上冷漠，可心底都有着一团火。

易择城的那团火是治病救人，霍慈的那团火是为了身边的朋友，只要有谁敢欺负她身边的人，她就绝对不会坐视不管。

她仗义、热血，心里有着一股侠气，也正是她身上这股子劲儿吸引着他，让他不自觉地靠近她，喜欢她。

“你别生气了。”霍慈伸手摸着他的手掌，软软地说。

她不傻，该软的时候，怎么软怎么来。她说的话软得像棉花糖，一咬就是一口甜，一双乌黑发亮的眸子定定地看着他，眼里全是他。

易择城脸色淡漠，眼睑微抬，琥珀色眼眸那么迷人，眼神在她脸上一扫而过，仿佛凉凉的东西在她脸上刮了一下。

她这心，咯噔咯噔的。

刚才在车上，她也看出来，他是因为自己受伤了才强忍着。如今别人都走了，只剩下他们两个。

霍慈心里乱乱的，她从来没谈过恋爱，没人告诉她惹怒男朋友应该要怎么哄。

“我知道我性格不好，沉不住气，还总爱发火，对人也总是冷冰冰的。我长这么大，也是第一次谈恋爱，所以我可能惹怒了你。可是你能不能生完气之后，就原谅我。我不是真的想惹你生气，只是你也知道，邵宜是个女生，被人欺负了，要是我不帮她出头，那就真的没人帮她了。”

邵宜是从小城考到北京的姑娘，一直以来都是老老实实的。她从来没伤害过别人，也没做过什么坏事，却让她碰上了这种渣男，把她六年的青春时光白白浪费了。

太憋屈了。

霍慈就是想给她出了这口气，不能这么憋屈了；以后要往前看，向前走；不要像自己一样，总是沉迷于过去。

她说的这些话把易择城震住了。

这么长一段话，都是她的心里话，真心话。

半晌，一声若有若无的轻叹后，他一只手摸着霍慈冷冰冰的手，见她苍白的小脸上眼皮微垂着，看不清她的眼神，另一只手摸着她的长发，如瀑般的乌黑的头发，搭在蓝色条纹的病号服上，显得那么温暖柔和。

“她是女生需要保护，你自己不是吗？”易择城低声问她。

霍慈的身子颤了一下，他又开口问：“你忙着去保护别人，有想过你自己受伤了怎么办吗？”

她抬眸看他，眼中有水光。

“我不是生气你为朋友出头，我只是生气你居然这么不顾你自己的身体。”易择城眉头锁成一道“川”字，英俊的面容带着深深的无奈。他说，“在南苏丹的时候，你就挡在我面前，为我挡枪；这次，你又为你的朋友出头。”

——你总是习惯为身边的人挡住所有的困难。

以前是易择城这么做。他是个男人，肩膀比女人要宽，天生就是来保护女人的。以前他没遇到想要保护的人，于是把所有的精力都放在了病人的身上。

现在，他心底有了想要倾尽一切来保护的人。

他摸着她的发顶，温和地说：“霍慈，你不用这么坚强，你可以软弱一点儿，可以试着依靠我。”

霍慈抬眼看着他，眸中的水光更盛。

以前她也是被保护在温室里的花朵，可不知道从什么时候开始，她习惯了去抵挡外面的一切，习惯了为身边的人遮风挡雨。其实她不喜欢这么高强度的工作，不喜欢这些商业性的东西，可她不能停下来，因为她还有一帮员工在，她要对他们负责。

“我说过，我会保护你的。”他看着她的眼睛，郑重地说。

这是自己给她的诺言，作为一个男人，给一个女人的诺言。

我会保护你，哪怕有一天你与全世界对抗，我也会站在你的身边，对抗全世界。

霍慈盯着他，身子轻颤了一下，低声说：“所以你今天带那些保镖过来，是来帮我的？”

刚才在电梯里，除了他和杨铭之外，都是穿着黑色西装的保镖。霍慈瞧得很清楚，这会儿她想听他亲口说。

易择城愣住了，表情有点儿尴尬。

霍慈偏偏打算问到底，又看着他说：“是不是啊？”

来的路上，他就在想，谁要是敢真的碰她一下……

可他刚到，事情就已经结束了，他只来得及教训这个闹腾的小姑娘。

片刻后，他板着脸冷冷地说：“不管之前他们是干什么的，现在他们是来看着你的。”

霍慈傻眼。

“从现在开始，在你伤势没彻底愈合好之前，就算出这个病房门，也得让他们跟着。”

霍慈：“……为什么我做好事，还要被看管起来？”

渣男小三的戏码，是网上永远看不够的热闹。况且这回还是亲自闹婚礼现场，五星级的酒店叫人好一通闹。现在网络真是发达，随便一个网友都能成主播。

手机摄像头一开，从泼油漆开始，就清清楚楚地全部在网上直播了。

何况，这回砸婚礼现场的还是个名人。

霍慈摄影师的名头很大，不仅在时尚圈里头响亮，网上更是有千万粉丝。她去非洲工作这一趟，就发了一条微博，下面全是嗷嗷待哺、翘首企盼她回来的粉丝。

结果倒好，人是回来了，不是拍杂志也不是拍广告大片什么的，而是现场破坏人家婚礼。

刚开始直播的时候，只有几万人看，等快结束的时候，已经有一百多万人在线观看。就连最后霍慈满身是血，被人扶着出去，都被直播到网上了。

霍慈以前一直都是高冷神秘的女神形象，长得漂亮，身材也好——

人高腿长，拍照的时候，她比模特还要有范儿。之前杂志社直播过几次她现场拍照的过程，原本是为了直播明星的，可最后跟她表白的，比跟明星表白的还多。

这事儿一闹，她的名字立马上了热搜第一，渣男和小三的名字还排在她后面呢。

看了直播，事情也都很清楚，渣男找了个富家女，抛弃了谈了六年的女朋友。身为朋友的霍慈，看不下去，挺身护朋友，大闹现场。

原本还以为她要掉粉的，一天下来，白羽发现，霍慈不但没掉粉，还增加了一百多万的粉丝。

她最新的一条微博，还是一个月前发的。

评论已经突破十万了，点进去一看，全是各种花式表白。

“‘你不是喜欢劈腿吗，我让你尝尝全身绿油油的滋味。’表白我的女神，一个被摄影事业耽误了的段子手。”这条评论，回了四千多条不说，点赞都超过了三万。

“我以为女神是高冷，不食人间烟火的，现在才发现，原来你是行侠仗义的女侠。”

“反正我是找不到男朋友了，求老天爷赐给我一个女神这样的朋友吧。”

“霍慈，我要嫁给你，娶了我吧。”这条底下，全是求嫁的评论。

白羽傻了，这世界变得太快，他都跟不上节奏了。他已经做好了“霍慈人设崩塌，狂掉粉”的准备了。

结果，没想到群众居然对她爱得如此深沉。

此时工作室的小助理默默地说：“你不觉得老板大闹婚礼现场的时候，特别帅吗？”

不到一天的时间，渣男和小三就被人爆料了。原来他们在两个月前就领证了，这下真是连劈腿的证据都不用找了。

霍慈正想着要不要给柳如晗打个电话，毕竟请柬是从她那里骗来的，是自己做得不对。

正迟疑着，门被敲响，她抬头，就看见徐斯扬的一颗大头从门外伸了进来。

“你回国了？”她一笑，问道。

徐斯扬从身后拿出一捧鲜花，来看病人，他还是知道礼节的。他把花放在桌子上，打量了一圈，摇摇头说：“你看看，你们一离开我，就出事了吧。”

霍慈“嗤”地笑了一声。

不过他也不在意，在旁边的椅子上坐下，就说：“话说，今天要不是你大闹人家婚礼，我还不知道你受伤的事情呢。现在伤势怎么样啊？”

“还行。”霍慈笑了笑。

徐斯扬摸摸头，有点儿尴尬。其实他们两个也不是很熟，不过徐斯扬能主动来看她，也确实是在非洲时结下的交情。

“不过你今天可真是太牛了，连我姐姐都说你这个小姑娘是很厉害的。”徐斯扬哈哈一笑，随口夸了她一句。

霍慈正要笑，突然愣住了。

她愣愣地问：“你姐姐？”

“对啊，我今天正好在我姐家里，结果就碰上了那个直播，我看完了，就给我姐姐也看了，还跟她说，我和择城都认识你呢，所以我姐姐就夸你厉害。”徐斯扬似乎觉得他姐姐的夸赞是什么特别了不起的事情，笑得还特别开心。

他笑完之后，却见霍慈面无表情，赶紧说：“我姐姐就是我大外甥他妈啊。”

呵呵，是啊，也是她未来的婆婆呢。

霍慈盯着他，半晌才说：“徐斯扬，我是不是上辈子与你有仇啊？”

徐斯扬傻眼了，说：“没，没有吧。”

“那你还这么害我？”

徐斯扬一愣，继而一笑：“这话是怎么说的？”

霍慈瞧着他，这会儿脑子都是蒙的。这世上怎么就能有这么巧合的事情呢，徐斯扬满世界跑的人，居然这时候回国来了，而且还正好在易择城家里，还正好把她闹事的视频给易择城妈妈看了。

“我真是谢谢你全家了。”霍慈实在不想和他说话了。

徐斯扬一扬脑袋，特开心地说：“不用谢，我之前就觉得虽然你脾气不好，但是为人够仗义。”

霍慈脑子“嗡”地一响，她直直地朝徐斯扬看去，问他：“你不会在你姐姐面前也是这么夸我的吧？”

“那当然了，我姐姐说你瞧着就是个厉害的，以后肯定不会叫人欺负了。我还和她说了你在非洲做的事情，一个人对付两个非洲黑汉子都能不落下风。”

霍慈瞧着他一脸开心的模样，心底“呵呵”地冷笑。

徐斯扬的父亲在国内也是赫赫有名的人物，照片时常登上各大商业周刊，如今年纪大了，才退居二线。那样的虎父，怎么就能把儿子养成这样的傻白甜蠢货？

徐斯扬似乎特别开心，说道：“我打电话问了我大外甥，才知道你住在这里的。霍慈，你这伤什么时候能好啊？”

“有事儿？”霍慈看着他，她就知道这傻白甜没这么好的心眼。

徐斯扬“嘿嘿”一笑，说：“你不是拍照的嘛。”

霍慈没说话，等他继续往下说。

他说：“我认识一人，挺喜欢你们这行的。”

“我们这行？”霍慈笑了，问他，“是喜欢拍照，还是喜欢被拍照？”

霍慈也不知道她该算哪个圈儿的，说她是摄影圈的吧，人家嫌她太商业；说她是时尚圈的吧，可她就是个拍照片的，虽然这么多年来，也拍了不少，可说到底还是个拍照片的。

“喜欢被拍照吧。”徐斯扬想了想。

霍慈看着他：“那你问我干什么？你直接出钱给她拍个电影，分分钟上位，时尚圈还不是打破头往娱乐圈里挤。”

模特就是个吃青春饭的行业，没人比霍慈更清楚。去年还是时装周的秀霸，今年就找不到人了。能在T台上熬下来的，少之又少。况且就算最后熬下来了，到了年纪，还不是想方设法地往娱乐圈钻：拍电影，参加综艺节目。

徐斯扬挠了挠头，有些为难，小声地说："她都不知道我是谁。况且我们也没什么大关系，我就是多嘴帮她问一句。"

霍慈冷眼看着他，合着徐大少爷还是微服私巡呢。

不过这事儿对她来说不难，反正白羽那儿也有点儿资源，带谁不是带，既然他提了，霍慈随手就帮了。

见她居然这么好说话，徐斯扬顿时高兴起来。这会儿他才想起来，嘿嘿一笑，就问："你现在跟我大外甥怎么样了啊？"

原本霍慈已经快忘了这一茬儿了，结果他非要作死地又往上提，她不客气地说："有你在里头这么搅和，我真是谢谢你了。"

"我搅和什么了，我可是一心盼着你们好的，你要是真和我大外甥成了，我姐不知道多……"说到这里，徐斯扬声音渐渐低了下去。

霍慈冷笑着看他："现在知道我为什么谢谢你全家了吧。"

徐斯扬高中就出国读书了，之后便一直留在国外，英语熟得跟母语一样，反而是时下这些话他一句都不懂。

他也就是这时候才反应过来，刚才霍慈那句谢谢他全家，不是什么好话。

"你怎么能这么跟我说话，还想不想当我外甥媳妇了？"徐斯扬瞪她。

霍慈一口气没提上来，腰上抽疼，伤口原本都好得差不多了，这会儿又裂开了，动一下都是钻心的疼。

她恨恨地看着他，一句"笨蛋"在嘴边绕来绕去，就是没骂出来。

结果，徐斯扬还特别得意地说："想骂我又不敢骂了吧，等我大外甥来了……"

他刚说完，易择城就推门进来了，问他："等我干什么？"

徐斯扬刚想借着易择城狐假虎威一下，结果人就到跟前了。他转头便说："你怎么不在公司？这会儿才五点钟，你一个总裁就下班了？"

易择城这一天就没消停，早上的会急匆匆地结束，就去酒店接霍慈。等中午把她哄好了，他又急忙赶回公司，把两个紧急的国际会议开完了，然后让杨铭把所有要看的文件都拿到医院里来了。

原本霍慈只要再住几天院，就能回家休养的。

现在倒好，因为伤口重新撕裂，她又要多住一周。

“游手好闲的人，没资格问这话。”易择城淡淡地瞥了他一眼。

徐斯扬立即闭嘴。

去年他就硕士毕业，只是他想成为赛车手，结果从他姐到他家老爷子，没一个同意的。他去塞内加尔参加汽车拉力赛，还是从易择城这里厚着脸皮要的钱。

这次回来，老爷子原本是想安排他进公司的，可他实在不喜欢。

这几天在家天天被骂，今天他干脆跑到他姐家里去了。

“你看完了吗？”易择城冷冷地看着他，徐斯扬还觉得有点儿委屈，结果自己的委屈还没来得及表达，就又听他说，“看完就走，霍慈该休息了。”

“凭什么让我走啊，我和霍慈还有话说呢。”徐斯扬梗着脖子说。

“况且你在这里，不也会打扰她休息？”

易择城懒得和他废话，徐斯扬正好也有话问他，非要他送自己到门口。

易择城冷漠地把他送到门口，徐斯扬扯着他，低声问：“你跟霍慈现在怎么样了？”

结果他也是个藏不住事儿的，一转眼就把自己在家看霍慈大闹婚礼的直播，一激动还跟徐狄一起分享了的事情说了，而且他还特别开心地告诉徐狄，这姑娘他和易择城都认识。

他说完，易择城直勾勾地看着他，脸上震惊的表情不亚于霍慈刚才的反应。

半晌，他恼怒地问：“你是笨蛋吗？”

结果，他自己又颓唐地叹了一口气：“你是。”

徐斯扬被骂得狗血淋头，自觉理亏，可怜地说：“我也不知道，她就是我外甥媳妇啊。”

“哼。”易择城从喉咙里挤出一声冷笑。

他已经彻底被徐斯扬的脑子打败了。

柳如晗在家里躺了一个下午。今天一早，她就起床洗漱打扮。沈方棠知道她是因为高兴，霍慈今天要过来接她去参加一个婚礼。霍慈难得主动亲近她，连沈方棠都替她高兴。

衣服是早就选好的香奈儿套装，外头搭了一件明艳的大衣。虽然她已经四十有余，但身材依旧保持得很好。即便和霍慈走在一起，也很少有人觉得她们是母女，只是如今她很少有机会能和霍慈走在一起。

她想起上一次她们见面，是她昏倒在家，后来霍慈去医院看她。

再上一次，是自己去工作室找霍慈，她正在给人拍照。

柳如晗站在旁边，安静地看了两个小时。霍慈工作的时候，冷静又专业，举着相机对着对面的模特一直在拍。那个模特大概是个新人吧，虽然霍慈表情冷漠，却不时提点她摆姿势的技巧。

这几年来，除非她主动去见霍慈，要不然霍慈是不会想着来找她的。

柳如晗知道霍慈在心里怨恨自己，可自己只有她这么一个女儿，无论她心里有多少怨恨，自己也想去亲近她。

她给自己细细化了个妆，连沈方棠走的时候，都夸她今天格外美艳。

结果她等到十一点不见人，等到十二点婚礼都开始了，霍慈还是没来接她。

沈方棠回来，见家里静悄悄的，皱眉，还是刘阿姨出来迎的他，接过他手里的公文包。他问：“夫人呢？”

刘阿姨压低声音：“夫人从下午睡到现在还没起来呢。”

沈方棠奇怪：“她不是和小慈去参加婚礼了吗？”

“霍小姐没来，夫人在沙发上坐到十二点，就上楼休息去了。”刘阿姨说这话的时候，很心疼夫人。

那天霍慈说要陪她参加婚礼的时候，连刘阿姨都瞧出来，柳如晗是多么高兴。

她特地去美容院做了保养，又弄了头发，就等着今天出门。

沈方棠轻声叹了口气，脱了黑色大衣就上楼去看柳如晗了。

屋子里黑漆漆的，外面的天色也早就暗了。他也没开灯，摸着黑走到床边坐下，伸手轻轻拍了下躺在床上的人，温和地问："不开心？"

没人回他，沈方棠一声轻笑："怎么还跟个孩子似的，要不我现在去医院，帮你教训霍慈一顿。"

说着，他就要起身，衣角却被人拉住了。

"算了，小慈肯定有事儿，她又不是故意的，她不是这样的孩子。"柳如晗瓮声瓮气地说，声音有点儿哑，听着就让人心疼。

沈方棠也知道霍慈不是这样的人，她要是真生气，就是不搭理你，叫你见不着她。柳如晗期望太大，所以失望也就很大。

"一天没吃东西了吧，你要是现在还不起来，我可就打电话骂霍慈了。"沈方棠故意说。

柳如晗知道他是故意这么说，却还是听话地起身。霍慈没来，她心里有些担心，她想让沈方棠给霍慈打个电话。这孩子打小就好面子，对着她冷言冷语的，对着别人反而客气。

等两人下楼，沈随安和沈茜兄妹也回来了。

沈茜一副气呼呼的样子，正在和沈随安说话，声音有点儿高。一转头见她爸爸拉着柳如晗的手下楼，她更生气了，声音又拔高了几分："我看她那种人就是恶心，别人婚礼，她去砸场子。不过也是报应，叫她一身血地被抬出去。要不然你以为警察能轻易放了她。"

沈方棠见她骂骂咧咧的，便皱眉教训道："沈茜，你是女孩子，说话不要这么难听。"

"爸，您嫌我说话难听啊。"沈茜冷笑，盯着柳如晗不客气地说，"您不是喜欢霍慈吗？她今天大闹了陆璐的婚礼，跟个疯婆子一样，丢人都丢到网上去了。新闻头版头条全是她，著名摄影师霍慈，现在更红了。"

沈方棠一愣，看向柳如晗。

谁知柳如晗比他还蒙，着急地问：“小慈怎么了？她没事吧？”

“你问她怎么了？陆璐被她逼得差点儿自杀。今天也就是我没赶上，要不然我非叫她好看不可。”沈茜今天从香港飞回来，结果飞机误点，等她到婚礼现场的时候，眼前只剩一团糟。

沈方棠呵斥她：“沈茜，注意你说话的措辞。”

“爸，你处处维护着霍慈，不就是觉得她比我有出息？现在她更有出息了，几百万人看她怎么撒泼骂街，你怎么不去教训她呀。”沈茜就是气这点，沈方棠总是处处维护霍慈。

柳如晗吓得就要去打电话，沈茜还嫌不够一样，讥讽道：“不过你们也别高兴太早，她虽然砸了人家的场子，自己也弄得一身伤，浑身都是血地被人抬出去了。”

要不是沈方棠在旁边扶着，只怕柳如晗就要昏过去了。

沈随安见她越说越过分，拉着她就上楼：“你跟我上来。”

“哥，你也要为她教训我是吧。”沈茜生气地说，就是不愿跟他上楼。

两人拉扯着，沈随安最终还是把她拖到楼上去了。

柳如晗头没昏了，说道：“我要去医院。”

沈方棠也不劝，叫刘阿姨打电话给司机准备车子，他陪着一起去。

晚上易择城留在医院里，所以门口的保镖都被撤走了。

霍慈还想劝他让保镖明天也不要来了，结果坐在电脑前的人想也不想地说：“不行。”

于是身后传来捶床的声音，易择城头都没回，语气淡淡地说：“霍慈，你要是再捶一下床，我就过去收拾你了。”

“你来啊，我怕你。”霍慈气得笑了。

她刚说完，易择城就起来了。霍慈吓得赶紧说：“你不是还有一堆工作吗？”

易择城看着她：“没事，收拾你的时间还够。”

“你别过来哦，小心我叫人了。”霍慈看着他，威胁道。

易择城咧开嘴角，勾勒出一个淡淡的笑容。等他靠过来，霍慈就吓唬他："我妈这几天都有来看我，你小心待会儿她来了看见你欺负我。"

谁知，男人低头直接封住了她的唇。

话太多。

病房里暧昧的气息陡然升起，也不知过了多久，待他放开她的时候，霍慈漆黑的眼眸蒙上了一层柔和的水光，整个人乖巧得像只猫咪。

果然还是亲完更听话。

易择城难得轻松，居然还伸手刮了下她的脸颊，轻笑着说："放心，我这么帅的女婿，你妈妈瞧见了，开心都来不及。"

他打小就不明白，为什么那些发小那么喜欢戏弄女孩子。

等他自己遇到心仪的姑娘时，才知道，原来欺负她，是这么有成就感的一件事。

幼稚。

连易择城自己都在心里发笑，然后就听到面前的姑娘喊了一声："妈妈。"

他正要笑，就听到身后的脚步声。

一转头，门口站着一对极有风度的中年夫妇。富贵貌美的中年女子看了看他，然后眨了下眼睛。

和霍慈真像。

气氛有点儿尴尬。

易择城起身，霍慈又问："你们怎么来了？"

柳如晗脸色不好，沈方棠怕她当着孩子的面发脾气，捏了捏她手心，让她别生气。他开口说："自然是来看看我们行侠仗义的小公主。"

他这是打趣霍慈。

坐在病床上的人一愣，柳如晗却立即生气了，伸手就去捏他，怒道："你不许这么说，要不然她还以为自己做得多么对呢。"

柳如晗一向宠着霍慈，离婚之后更是连一句重话都不敢说，这回也是难得硬气一回。在来的路上，沈方棠叫秘书上网搜了一下视频，两个人在车里看了，看到霍慈一身是血地被扶出去时，柳如晗吓得差点儿昏过去。

“沈叔叔说得挺对的，我确实是见义勇为。”霍慈不在意地说。

柳如晗被她气得胸口直发疼：“你自己身体都没顾好呢，就跑出去胡闹……”

她一向性子软，说着说着，眼泪就要落下来。

霍慈见她又要哭，冷着脸儿不说话。

沈方棠见状，赶紧转移话题，他看着房中的男人，虽然只是简单地站在那里，却叫人忽视不得。沈方棠这个年纪，自然不会在意一个男人的皮相，可面前这个男人长得实在是太过英俊，说一句“面如冠玉”都不为过。

让沈方棠更在意的是他身上的那股子气度，安静内敛，骄矜自持。从他们进来之后，他一直安静地站在一旁，不急不躁，没有急吼吼一上来就插话，反而把话留给他们。

他真是有种说不出的沉稳风度。

不知为何，沈方棠觉得他十分面熟。

“好了，不要哭了，再哭就让沈叔叔带你回家。”霍慈看见柳如晗的眼泪就不耐烦，哭哭啼啼的，还要叫人哄。

都说孩子是父母的影子，或许是为了避开柳如晗身上的特性，霍慈极少会哭。

柳如晗是要人照顾的娇花，她就把自己练成了一块铁板。

今天伤口重新撕裂，疼得她后背都湿透了，她硬是一声不吭。易择城说得对，她就是太逼迫她自己了，不想让别人看见她的软弱，什么事情都要自己扛着。

大概就是因为她不想成为她妈妈这样的人吧。

柳如晗被她一吓唬，当真把眼泪憋回去了。

别说沈方棠看得发笑，连易择城都无奈地摇头，这对母女之间的关系啊……

“这位是……”沈方棠赶紧转移话题，省得霍慈真把他们两个赶回去。

霍慈抿嘴，脸上竟生出那么点儿羞涩。

易择城立即上前几步，客气地说：“伯母，沈先生，你们好，我是易择城。”

他声音清冷，却又格外悦耳，是时下最让人喜欢的声音，也就是小姑娘们常说的“苏”。就连对沈方棠的称呼，都是不远不近的一声“沈先生”。

他介绍了自己的名字，说话的时候，眼睛朝霍慈瞥了一眼，这是打算让霍慈主动给他们介绍。

沈方棠说不出心底是什么感受，只觉得这是个不简单的男人。

霍慈也注意到了易择城看她的那一眼，听他只是说了自己的名字，抿嘴。

她忽而笑了下，冲着柳如晗说：“妈妈，这是我喜欢的人。”

不知道为什么，在跟别人说易择城的时候，霍慈并不想只用“男朋友”这三个字。

她就是想告诉别人，这是她喜欢的人。

她有点儿炫耀：“你瞧，这是我喜欢的人，就是这个人。”

柳如晗刚才在门口就听到了易择城的话，所以他转身的时候，柳如晗已经借机打量过他。这孩子长得真好看，气质清冷，虽然瞧着淡淡的，却是很招小姑娘喜欢的那种。

她心里也说不上是什么滋味，之前还以为霍慈对沈随安念念不忘，毕竟这么多年过去了，霍慈身边一直都没有过人。

如今忽然出现这么一个人，她就忍不住想要了解：他是谁，今年多大了，什么学历，在哪里工作，家里是个什么情况。在北京有房吗？哦，没房也没关系，她可以给霍慈陪嫁一套房子，到时候霍慈也不用看公公婆婆的脸色。

柳如晗和那些夫人约着喝茶的时候，聊的都是各自孩子的事情。听着其他人对自己女儿或儿子的另一半诸多不满时，她心里就想啊，以后要是小慈找了男朋友，她可不会这么挑三挑四的。

只要人品好，对小慈好就行。

等到了这天，才几分钟的时间，她已经连霍慈什么时候领证生孩子都想好了。

“两位坐吧。”霍慈住的单人间，屋子里有专门待客的沙发。

这还没坐下呢，沈方棠的秘书领着值班医生进来了。沈方棠是卫计委的领导，因为是私人行程，再三交代秘书要低调，没想到值班医生还是过来了。

医生一进门，沈方棠也没摆什么架子，说道：“孩子这几天麻烦你们了。”

“沈主任这是哪里的话，这是我们应该做的，本来霍小姐的枪伤已经好得差不多了……”

医生刚说完，沈方棠眼中闪过一丝惊讶，再去看柳如晗的表情，更是震愕得不知所措。

“不是说阑尾手术吗，怎么又变成了枪伤？”他赶紧伸手扶住柳如晗的肩膀，生怕她真的昏过去。

医生一愣，如实说：“霍小姐确实是枪伤啊。这……”

霍慈叹了口气：“千算万算不如天算。”

柳如晗这辈子一直过着风平浪静的生活，连抢包这种事情都没在她身上发生过，所以她才会对霍慈说是阑尾炎的谎言毫不怀疑，现在居然告诉她霍慈是中了枪。

她头蒙蒙的，靠在沈方棠的身上，只觉得腿肚子发软。

沈方棠叫秘书去和医生细谈，把人支走了。

柳如晗看着霍慈，身子在抖，眸里含着泪，终于颤声问道：“霍慈，你有当过我是你的妈妈吗？”

“对，我是罪人，我让你家庭不完整了，我让你爸爸……”

“够了。”霍慈在听到她提起霍明舟时，忽然开口阻止她。霍慈抬头看着她，“我只是不想吓着你而已。”

母女两个都沉默了，沈方棠握着柳如晗的手。

霍慈疲倦地说：“你们都回去吧，我累了，想休息了。”

柳如晗泪眼汪汪，沈方棠知道现在不适合再继续聊下去了，便说：“我先带你妈妈回去，明天再来看你。”

临走的时候，他对易择城说：“那就麻烦你照顾她了。”

原本易择城是准备送他们下去的，不过沈方棠不放心霍慈，叫他留下来。他送他们到电梯里，柳如晗盯着他看了许久，却什么都没说。

等易择城回到病房的时候，看见霍慈已经从床上起来，正趴在阳台上，安静地看着楼下。

“别着凉了。”房间里虽然暖和，但她只穿着单薄的病号服。

易择城从身后轻轻地抱住她，他双手小心地避开她的伤口，下巴搁在她的发顶，明明她那么高挑，在他怀里却是那么小小的一团。两个人都安静地看着楼下，直到住院大楼的门口处出现了几个身影。

“你说她怎么这么爱哭？”霍慈闷闷地说。

易择城偏头在她的脸颊上轻啄，她就是这么个性子，倔强又柔软。

他知道，她骗人是不想让妈妈担心。

“那以后不气她，不就行了。”

多么容易解决的问题。

霍慈一愣，她一直觉得她和柳如晗是死对头，两个人只要见面，就非遍体鳞伤不可。她以为或许这辈子都得这样了，可他的一句话，就轻轻地拨开了她心底的迷雾，仿佛带来一道光，让她看清了前面的路。

“好，以后不气她了。”

果然柳如晗第二天又来了，还带着刘阿姨一起，不过这回带的汤不一样，据说是补血的。

霍慈忍了又忍，没说出尖酸刻薄的话。她乖乖地把汤喝完，别说柳如晗，就连刘阿姨都觉得惊讶，奇怪霍小姐今天怎么这么好说话。

“那个，他今天不在？”柳如晗斟酌了许久，才问。

霍慈看着她淡淡地说：“上班。”

“对，是要上班。”柳如晗顺势问下去，“他在哪里上班？”

“公司。”

“在公司上班也好，年轻人嘛。”她点头。昨晚回去她失眠到两三点，满脑子的问题，这会儿全忘干净了。

不过等她想起来，又问：“他今年多大年纪了？”

“三十一岁。”霍慈扫了她一眼，继续耐着性子回她。

柳如晗有点儿吃惊，轻声说：“还真瞧不出来，长得倒是挺好看的。”

霍慈“扑哧”一声笑了，柳如晗抬头迷茫地瞧着她，霍慈问：“你看了半天，就只看到人家好看了？”

“本来就长得好看。”柳如晗倒是觉得理所当然。

是真的好看，柳如晗一直觉得霍慈忘不了沈随安就是因为他太出色了，年少时优秀又帅气，难免是心头的一抹白月光。柳如晗自己就是这么走过来的，所以她一直担心霍慈。当看到易择城的时候，她心底突然生出了一份莫名的心安。

易择城实在是长得太过出色，有种清冷如美玉的感觉。沈随安也英俊，可是那种普通人的英俊和他根本不能比。

难怪这样的人能让霍慈喜欢。

柳如晗心里又生出一分自豪，毕竟这样的人也喜欢着霍慈。

母女两个居然难得心平气和地聊了一个小时，所以离开的时候，柳如晗有些依依不舍。

霍慈安静地靠在床头，看着她离去的背影。

冬日温暖的阳光照进病房中，那股暖意似乎能照进心底。

柳如晗没想到，会在楼下碰到易择城。

她有些惊讶，易择城已经走上前来：“伯母，我送您回去吧。”

他是专门在等她？

柳如晗是坐自家车来的，既然他要送，她也没拒绝。

虽然昨晚已经打量过了，这会儿再瞧见，她还是忍不住又细细看了两眼。他个子很高，得有一米八五以上吧，而且长得也好看，今天在阳光下看，感觉比昨晚在灯光下更好看了。

嗯，配得上她家霍慈。

上车之后，易择城看着她，轻声说："伯母，我必须跟您道歉。"

他并不隐瞒，将霍慈在南苏丹替他挡枪的事情说了。柳如晗惊愕地看着他，如果说昨天她只是有点儿吃惊，现在她则是十分震惊。

许久，就在易择城已经做好面对柳如晗的责备的时候，就听她幽幽地说："霍慈很喜欢你吧。"

"其实霍慈从小就慢热，她很少请朋友回家来玩，长这么大更是头一回谈恋爱。"柳如晗想了许久，柔声说道，"你们以后要好好的。"

她不想她的女儿如何事业有成，对她最大的期盼，就是要好好的。

霍慈没想到，易择城居然中午会过来。

她有点儿奇怪，刚要问他有没有吃过午饭，就被他弯腰吻住。

"霍慈，过年跟我一起回家吧。"

她愣住了，就见男人淡然一笑："你这个丑媳妇，也该见见公婆了吧。"

第三章

中国最好的摄影师，叫霍慈

WJXHTNY

在医院，霍慈没法拍照，却可以用手机处理照片。在非洲拍的那些照片，她只做了基本处理，这些是要洗印出来的。

巡回展览的事情，她打算年后进行。

她正在处理照片的时候，莫星辰打电话过来，急匆匆地问："南晚怎么回事？"

"她怎么了？"霍慈不在意地问。

莫星辰没想到她还不知道，差点儿炸了："现在都传你因为寻衅滋事被广告商换用，就连最倚重你的 T&A 集团都抛弃你，转而跟南晚合作了。据说最新的珠宝广告就是南晚拍的，而且她粉丝把她最新的微博截图了，是她和 T&A 中国区总监的合影。"

霍慈从电脑里打开微博，随便搜了下南晚的名字，她的粉丝团确实把她最新的微博截图了。

是她和一个中年男人搭着肩膀的照片。

T&A 是国际著名的珠宝集团，总部极喜欢霍慈的风格，这么多年来，集团在中国投放的所有广告都是她的囊中之物。珠宝首饰的广告就连女明星都争破头地抢，每年在各大杂志不知砸了多少广告费。霍慈与 T&A 保持着这么好的关系，连那些杂志社都卖她面子。

这是她的铁板，现在居然叫人撬了一角。

她冷笑："南晚这是故意的吧。"

莫星辰也替她生气，这些天来，霍慈的热度一直居高不下。渣男小三这种事情，总是能引起网友的热议。发展到最后，就连莫星辰的身份都被爆料。

她这个时尚博主的皮也算是被掀掉了。

不少关注时尚圈的网友纷纷说："难怪她给的各种爆料总是那么准，居然是霍慈的闺蜜。"而且让人吃惊的是，莫星辰也被爆料是 B 大毕业的。

别说，就连莫星辰的微博关注量都涨了七八十万。

霍慈的更夸张，两天涨了两百万。

可这样也不好，明星不敢找她拍片，怕自己的风头被她抢走了。

T&A 的广告会被南晚撬走，就是因为中国的公关怕霍慈的事情影响广告，让别人把注意力都放在了摄影师身上，而不是广告本身。

“你赶紧问问白羽吧，我估计他应该也知道了，就是不敢和你说吧。”莫星辰也是刚得了消息，就赶紧打电话过来跟她说的。

南晚这两年可没少低价抢霍慈的工作。

莫星辰讥讽说：“你说这个南晚是不是暗恋你，那么多广告商，就盯着你的客户。”

霍慈冷冷一笑：“大概是吧。”

莫星辰也没多说，让她先联系白羽，问问怎么回事。

她电话还没打出去，白羽自己来了。一推开病房门，他就把手上提着的一盒蛋挞举在面前：“你最喜欢的葡式蛋挞。”

“是来跟我以死谢罪的吗？”霍慈幽幽地问。

白羽腿一软，哭丧着脸说：“你都知道了啊。”

能不知道吗，不止南晚的粉丝炸了，连霍慈的粉丝都在炸。毕竟 T&A 这么多年来的广告都是只找霍慈拍，她们对 T&A 的工作人员都熟悉了。现在人家冷不丁和南晚合照，这叫一直把南晚粉丝踩在脚下的她们怎么能忍。

“所以现在我是失业了？”霍慈问道。

白羽立即安慰她：“也不是。”

他报了一堆工作，不是二线周刊，就是不知名的广告，也有趁机来蹭她热度的。

霍慈知道现在网上关于她的议论很多，有人说她是故意炒作，要不然为什么她大闹婚礼的现场会被直播？骂她从出道开始就知道炒作，把自己炒成国内最红的摄影师，现在因为被南晚迎头赶上了，又开始炒作。

虽然霍慈的粉丝早已经把直播那人扒了出来，证明他真的就是刚好出现在婚礼现场的客人，可依旧挡不住网上那些人的声音，毕竟你怎么都叫不醒一个睡着的人。

还有霍慈受伤的事情，那一身血，真的太吓人了。

还被视频直接拍下来，网友都在扒，她这是什么病得伤成这样。

“你说现在网友是不是太闲了，一个劲儿地扒你到底受了什么伤。”白羽瞥了她一眼，轻声说，“要不咱们写个声明，就说你是在非洲工作期间不慎受伤的，这样也能叫那些小人别这么蹦跶了。”

霍慈笑笑：“你也知道是小人作祟。”

她没真生气，在这个圈子里这么久，她什么没见过。南晚这算什么，从前还有摄影师直接放话要让霍慈在这个圈子里混不下去。最后，霍慈成了最红的那个，当初放话的那个反而在圈子里待不下去了。

“我是那种能被别人白欺负的？”霍慈舔了下唇，一脸危险的表情。

白羽愣住，当初听到那个摄影师说的话时，霍慈也是这种表情，一副不在意却又危险的模样。

“对了，我这边有个朋友想入行，你帮忙带一下吧。”霍慈交代了一声。

白羽看了她一眼，有点儿奇怪，霍慈身边有什么人他都清楚，什么时候又冒出一个朋友来。

霍慈把徐斯扬留的电话给了白羽，交代说：“多看着点儿，这是朋友介绍的，别叫她沾上那些不好的。”

白羽会带旗下的模特去应酬，不过那都是正常社交，只是要是谁有心往上爬，他也不会拦着。这人是徐斯扬介绍过来的，霍慈自然就多叮嘱了一声。

白羽一笑：“那要是她自己愿意呢？想进这行的，哪个没点儿野心。”

霍慈皱眉：“有没有野心是她的事，但你也别把人往歪处带。”

白羽立即表示冤枉，说：“谁不知道你在这行出淤泥而不染，我好歹也是你的经纪人，怎么着也是个洁身自好的人。”

霍慈冷笑，让他赶紧滚。

不过临走的时候，他问：“你和易先生这两天吵架了？”

“没。”霍慈垂眸，淡淡地说。

确实没吵架，是闹别扭了。霍慈知道是她不知好歹，易择城提出带她回去见家长，被她拒绝了。不是她不想去，而是在这风口浪尖上，她不想让他为难。

和她不一样，易择城只是瞧着清冷而已，但只要是长辈都会喜欢他这样的。

他沉稳内敛，果决坚定，能把自己的事情处理得妥当。

霍慈在摄影圈除了太商业这个评价之外，原本名声也不算太坏。可惜这次邵宜的事情，闹得太大。

她不想在这个时候爆出恋情，让那些人对易择城指手画脚。她自己可以忍受这些，却没办法看着他被人肆意地谩骂。

他的名字后面点缀的应该是“最好的外科医生”“仁心仁术的医生”这样的词。

况且他一向低调，连媒体采访都极少接受，他不喜欢那种镁光灯下的生活，霍慈也不想让他成为被狗仔追逐的对象。

她的出发点虽然是好的，却也让人有些不能接受。

“我这两天遇见易先生，看他脸色都冷冷的。”以前虽然也冷吧，可自从他和霍慈在一起后，看见自己过来探病，表情还算温和。

霍慈一笑，说道：“跟我闹别扭呢。”

等她说完，白羽一拍大腿，骂道：“你傻啊，你管网上那些人干吗，居然为了这些人连公公婆婆都不去见。你以为人家爹妈是成天只会跳广场舞的大爷大妈，不知道多少人想见还见不着呢。”

霍慈怎么会不懂这些，可她有时候就是固执，不想让人打扰他。

她的易先生，她心疼都来不及，怎么能忍受让人诋毁他？

易择城正和美国那边的大学开会，明盛医药准备购买那边的一项专利，在医药这方面他是内行，开会的时候，他一开口就震住了对方。

要是顺利的话，过几天他还得去美国一趟。

他刚宣布散会，几个高管陆续出去，杨铭走了进来，低声说：“易总，先前您让我一直盯着网上的情况，最近霍小姐的工作好像出了点儿问题。”

明盛集团有专门的公关部门，易择城吩咐时刻盯着网上的情况。他虽然没做过公关，也知道堵不如疏，既然网友愿意讨论就让他们讨论个够。舆论倒是大部分站在霍慈这边，毕竟她是替朋友出头，这年头能豁得出去帮朋友的太少。

杨铭把霍慈的 T&A 广告被别人抢走的事情说了一遍，易择城坐在办公桌后，抬起头问："公司现在的广告交给哪家公司负责了？"

"告诉公关部，公司以后的广告，都交给霍慈负责。"易择城低头在文件上签了自己的名字。

杨铭一愣，明盛主业是医药公司，每年投放在各大电视台的广告宣传费就有几千万，这可是一笔大生意。任何一家有名气的广告公司都会抢破头，现在易总居然这么轻易地就交给了霍小姐那个小工作室。

易择城抬头，清冷地看了他一眼："怎么还不去？"

杨铭刚要转身离开，又被身后的男人叫住了。他微微皱了眉，问道："我记得之前秘书室要帮我注册一个微博。"

他并不喜欢这些社交媒体，这几天他看评论，都是用的杨铭的微博。一搜索霍慈的名字，底下全是粉丝在表白要嫁给她的。

他的小姑娘，还挺讨人喜欢。

"易总，您想注册微博？"杨铭大惊。

之前秘书室确实有这种想法，社交媒体是常态，明盛旗下也有专门的官方微博，公司高层开微博也是寻常事，也有利于提高公司的知名度。

况且易择城长得如此帅气，秘书室的几个秘书虽然都结过婚了，瞧见他还是心跳腿软。

网上时常会出现什么最帅富二代这种人，每次众人看到都嗤之以鼻：也就是易总低调，即使一个侧脸都能吊打这些人。

易择城点头，问："是谁抢了她的东西？"

杨铭见他表情冷淡，瞧着不像生气的模样，不过还是立即把平板电脑拿给他，屏幕上是那条南晚的微博截图。

易择城低头看了眼评论，就见有一条写着："恭喜中国最好的摄影师南晚小姐，和 T&A 合作愉快哦。”

他把平板还给杨铭，清冷地说：“这上面写错了。”

杨铭仔细看了几眼，不明所以。他去查过了，这个男人确实是 T&A 中国区的总监。

“中国最好的摄影师，叫霍慈。”

杨铭一愣：“易总，好端端的，为什么您要塞我一嘴狗粮？”

霍慈正在收拾东西，在医院住了小半个月，总算能出院。原本她是想让白羽开车直接送她回去，易择城却让杨铭告诉她，他晚上来接她。

想到易先生这几天有点儿不开心，霍慈有心哄哄人家。

她正要把病号服换下的时候，看着外面的阳光，虽然是冬日，暖阳却正好。她把桌子搬到窗前，又用三脚架把相机架好，调整了角度，又试了几次光线，终于定下。

霍慈安静地坐在桌子上，双腿屈起，手臂随意地搭在膝盖上，下巴垫在手臂上，如瀑般浓密的长发披散在肩膀上。当脸颊对着镜头的方向时，她长发微垂，阳光从玻璃上斜射而进，暖黄的光布满她周围。

阳光、病号服，披着浓密长发的女孩，柔软、温暖，又透着一股生命不息的坚强。

等拍完照，她坐在桌子上，抱着相机，晒着阳光挑选照片。

她一向走高冷神秘的路线，不喜欢手机自拍，微博上的自拍照都是她自己用相机拍的。照片色调都是深色系为主，这种蓝白条纹病号服，反而有种小清新的感觉。

她认真挑选了一张，然后传到电脑里。

等上传微博的时候，她看着照片里的自己，想了想，打下一段话。

“确实受伤了，工作中遇到点儿小麻烦，没有大碍。这份工作是我作为摄影师以来，最刻骨铭心的一次，敬请期待。”

照片发出去之后，她看了一眼微博，笑着合上电脑。

她刚发完照片，工作室里的助理就刷到了，立即喊白羽来看。白羽当然高兴，之前霍慈的粉丝团发了微博澄清，表示她先前在非洲工作，是在那里遇到了不幸的事情。

可粉丝团的微博到底影响力不大，没想到，今天霍慈居然亲自澄清。

“霍老大这张照片好帅啊。”工作室助理小忆看着电脑发花痴。

孟帆凑过来看，惊讶地问：“这是咱们老大自己拍的？”

“我们老大从来不让别人给她拍照的。”助理小忆抬着下巴骄傲地说。

孟帆就是知道才觉得太奇怪了，因为这张照片看起来太温暖了，虽然她穿着病号服，可不管是灯光还是她眉宇间的神情，都透着一股温和平静。

霍慈不知道工作室正在讨论她的照片，她只听到走廊里传来的吵闹声音。

等她出去时，就看见一个同样穿着病号服的长发女人正站在走廊上吵嚷着：“我要见陆林政，我要见陆林政，你们再不让他来，我就跳下去。”

自杀？真够热闹的。

霍慈冷笑一声，正准备回病房，就看见走廊另一边的尽头处走出来一行人，为首的男人穿着黑色羊绒大衣，一张俊美的脸倒是平静，嘴角甚至带着一丝笑容。

这个男人……

此时，正坐在窗口随时要跳下去的女人，看见走廊里出现的人，眼神一亮，原本绝望无助的声音陡然变得亢奋：“陆林政！”

女人喊着这个名字，颤抖的声音中带着惊喜。

医生和护士都松了口气：看来罪魁祸首来了。护士赶紧劝这姑娘下来，千万别做傻事。

霍慈准备回病房，她一向不喜欢凑这种热闹。可她刚要转身，就见男人朝着她的病房直直地走了过来。

“身体好些了？”男人低头看着她，俊美的脸上带着一丝笑意。

霍慈刚才就认出他来了，这个男人是她在几内亚医院遇到的，当时她坐在长椅上发呆，他递了一方手帕给她。没想到，两人居然会在这里又重新遇见。

男人仔细打量了一番，突然一笑，轻声说：“你是不是觉得在这里碰见我特别巧合？”

霍慈还没开口呢，就听他说：“我是因为你在这里才来的。”

霍慈眸底露出一丝惊讶，就听男人接着说道：“上次见面还没自我介绍，我叫……”

“陆林政，你怎么敢……”坐在窗户上的女人叫声凄厉、瘆人。

霍慈讥笑：“不用介绍了，陆林政先生。”

陆林政微微一笑，也不生气，略带歉意地说：“看来初次介绍就不太顺利。”

他刚说完，眉眼一冷，挥挥手说：“把她扔下去。”

穿着黑衣的保镖走了过去，还没到跟前，女人又尖声惊叫：“陆林政，你想干什么？”

“想干什么？”陆林政邪气一笑，“当然是满足你的心愿。”

“你们不能这样。”医生正要阻止，可那两个是膀大腰圆的一米九大汉，谁敢去拦着，这要是打起来，一人一拳，还不得把人打个半残。

况且这么多人瞧着呢，医生和护士心里也都明白：人家就是吓唬那女人呢。

果不其然，女人一见两个保镖过来，反而自己把窗户边儿扒得死死的。

两个男人什么手劲儿，一人一边儿，直接把她抬了下来。等人抬下来了，女人抬头看向陆林政，又要哭。

就听陆林政不在意地说：“下回再学人自杀，讲究点儿，最起码上个天台。”

也不知道谁没憋住，“扑哧”一声笑了。

走廊里看热闹的人多，一个人没忍住，其他人也都忍不住了。男女之事，本来就讲究个你情我愿，非要闹到以跳楼来逼人家，忒丢脸了。

女人也是实在丢人，捂着脸坐在地上嘤嘤地哭，还是护士好心，把她扶回病房了。

女主角走了，众人也散了。

陆林政又转头问霍慈：“身体好些了吗？”早好了，他还知道她今天就要出院了，所以才会今天过来的。

霍慈冷淡地看着他，提醒说：“陆先生，或许你应该去看看你那位女朋友，而不是在一个陌生人身上浪费时间。”

“陌生人？我知道你是摄影师霍慈，你知道我的名字。”陆林政一笑，“我们两个，应该算认识。”

霍慈冷笑，转身就要回病房。

“霍慈。”陆林政站在霍慈身后，叫了她的名字，她没回头。

但他意味深长地说：“下次见。”

神经病！霍慈甩手把门关上。

易择城被一个会议耽误，晚上七点的时候才过来。他到的时候，霍慈刚喝完白羽带过来的汤。

她的东西都收拾好了，相机全部用专门的箱子放着。

那是她的宝贝，谁都不敢怠慢。

白羽见他来了，松了一口气。其实要是以前吧，他就直接把人送回去了，可现在谁叫霍慈是有男朋友的人呢。

“收拾好了吗？”易择城问她。

霍慈见他还是这模样，也没真生气，就是透着一股“我心情不是很好”的感觉。这几天他没冷落她，照样每天来看她，只不过不在医院过夜了。当然她也知道，是实在不方便。

她点头。易择城走过来，伸出手：“那就走吧。”

瞧着灯光下这只修长且白皙的手掌，指甲被修剪得干干净净，真是一双好看的手。霍慈低头一笑，伸手握住他的手掌。

然后他低声说：“回家吧。”

一直到打开家门，霍慈才有了回家的感觉。她一进门，伸手就把一排灯都给打开了。

易择城站在门外，霍慈去鞋柜给他找拖鞋，她从来没在家里备过别人的拖鞋，莫星辰偶尔过来，都是赤脚进门。

她有点儿窘迫，拿了一双自己的白色拖鞋说：“要不你将就一下？”

易择城盯着她手里的那双拖鞋，突然笑了下。

他在门口脱了鞋子，提着箱子直接走了进去。

霍慈跟在他身后，说：“我明天去给你买双拖鞋吧。”

“你先休息，不着急。”易择城把箱子放好，看了一眼周围：她家里是白色主调，装修风格透着一股硬朗气息，纤尘不染，更像是样板间。

易择城的房子也是以冷色调为主，可也显得比霍慈这里要温馨点儿。

霍慈有点儿发愣，以为他要走，不说话，直勾勾地盯着他。

直到他手机响了，等接了电话，就听他说：“那行，我现在就下去。”

易择城转身准备出去，霍慈恼火了，她以为他还在跟自己闹别扭。她本来就不是那种有话憋在心里的人，直接拽着他的手，说：“不许走。”

男人回头看她，脸色依旧清冷，不过眼神有点儿诧异。

霍慈看着灯光下英俊至极的男人，突然心一软：自己和他闹什么别扭呢。于是她伸手抱住他，轻声说：“你不许再和我生气了。”

他还没说话，霍慈已经踮起脚，亲了过去。这样的场景，让她想起了她第一次亲他的情景，是在他家的浴室里，突然袭击。

只是一个晃神的工夫，她就已经被人抱在了怀里。易择城低头吻下来，细细舔吮着她软嫩的唇瓣，他一点儿没留余地，一瞬间便掌握了主动权。

直到她被亲得气息不畅，他才微微松开，低声问：“你房间在哪儿？”

霍慈指了指一个方向，他伸手把她抱了起来。

进去之后，连灯都没来得及开，两人拥吻着对方，跌跌撞撞地摸到床边。霍慈被易择城抱着，压在床上，底下是她的床铺。

这房子就像是她的私人领地，只有她真正在意的人，才有踏入这里的权利。

除了她，谁都没在这张床上躺过。这里是她最熟悉的领地，而他是第一个，也是唯一一个被允许进入这个房间的男人。

霍慈身上热得发烫，直到他的唇再次落下，她的身体都在战栗。

她手指穿插在他的发间，有点儿湿，有汗珠滴落。

窗帘被紧紧地拉着，周围一片漆黑，只有他的喘息和热度是真实存在着的。

霍慈安静地躺在床上，身边的男人抱着她，他轻轻地动了一下。她懒散地抬起眼皮，他说："你先睡下，我出去……"

他话还没说完，霍慈一下就坐了起来，方才的懒散疲乏都不见了，她闷闷地坐在那里，也不说话。

易择城伸手去摸灯，有些刺眼的灯光，刺得她眼睛一闭。

再睁开眼睛的时候，她眼上蒙着一层水雾，憋着气道："你走吧。"

坐在旁边的男人突然带着明显的憋笑问她："谁告诉你，我下去就不回来了？"

霍慈转头看他。

他说："今天开会太晚，我之前让杨铭去我家里收拾了我的东西送过来。"

霍慈："……"

她居然还以为他要走，故意色诱他。

上当了的人愤怒地说："你故意的。"

这男人太坏了，她亲他的时候，他肯定就看出了她的心思，居然还不澄清，还顺水推舟。

此时易择城已经下床，站在床边开始穿衣服，霍慈看着他一粒又一粒地给自己系上扣子，一副淡然高雅的模样。

黑心肝。

她脸上明显带着气，易择城将最后一粒纽扣系好，然后他低头靠过来，在她唇上吻了下。

"你在这儿呢，我能去哪儿？"

最幸福的事大概就是，一觉醒来的时候，旁边躺着一个你喜欢的人。

她披散的长发有点儿挡着脸，原本只有巴掌大的小脸儿，这会儿差点儿都被盖住。他轻轻一动，她就跟着哼了一声，声儿不大，跟小猫叫似的。

易择城何曾见过她这么乖巧的模样。

她醒着的时候，哪次不是张牙舞爪的模样，在床上都要逞强，还非要在上面。

他轻轻起身，生物钟早就形成了，七点一到就要起床。之前在家里，他会在跑步机上跑三十分钟，然后洗澡。这里没跑步机，他想，正好，那就做早餐吧。

“霍慈。”易择城简单地弄了早餐，就回来叫她。

推了两下没用，他坐在床边，又要叫，就听床上的人迷迷瞪瞪地说：“不要。”

她真是软得跟猫崽子似的。

“起来吃早餐了。”他哪叫过人起床，第一次干这事儿，技巧也不熟练，声音轻得生怕叫醒她一样。

床上的人动弹了下，哼了两声，瓮声瓮气地说：“你背我去洗手间。”

“多大的人了。”易择城板着脸，瞧着模样是准备教训人了。

可床上的人一噘嘴，就问：“背不背？”

得，眼睛还没睁开呢，又要闹腾了。易择城也是宠她，坐在床边，说：“背。那你还不赶紧上来。”

他身上还穿着家居服，霍慈一下就爬到他背上了。别说他是第一次叫人起床，霍慈也是长大之后头一回被人叫醒。

窗帘早被拉开了，阳光照射进来。外面有阳光，里面有他。

吃过早餐，司机已经来接易择城。他回房间换了一身衣裳，高级定制的墨蓝色西装，白色衬衫袖口微露出西服袖口，上面戴着的是被打磨成光滑镜面的宝石袖扣。浅灰色大衣被他挂在手臂上。

霍慈正坐在餐桌前喝牛奶，一抬头，就看见他这副模样从卧室里出来。

修身剪裁的定制西装，将他整个人包裹得更加高挑修长，阳光笼在他身上，像是镀上了一层耀眼夺目的光芒。

“我去上班了。”易择城轻声说。

听到这句话，霍慈有种说不出来的感觉，就像是心脏突然被针尖扎破，不断地从里面冒出东西，竟是甜到发齁的汁液，渐渐地将她整颗心都包裹住。

原来，生活也可以是这样甜的。

她站起来，走到玄关看着他穿鞋。等他鞋子穿好，站在门口，看着她轻笑：“站那么远干吗？”

霍慈往前走了一步，他问：“是不是忘了什么？”

她有点儿发愣，瞧着他两手空空，疑惑地问：“是不是公文包？可是你有吗？”

想象着他拎着公文包的模样，霍慈刚想笑，对面的人已经压了过来。直到他在她唇上狠狠地亲了个够，才淡淡地说：“你忘了 goodbye kiss。”

直到那人都进电梯离开，霍慈还站在玄关那里，她伸手摸了下自己的嘴唇。

这男人，套路怎么这么多。

没多久白羽也来接她，今天是她伤愈后第一天去工作室。

见她心情不错，白羽笑着问了句：“今天心情不错啊，是不是开心可以工作了？”

霍慈想了下，面无表情地说：“不是。”

“那怎么这么开心？”白羽和她认识这么久，她心情好不好，他还是能一眼就分辨出来的。

霍慈歪着头想了下，认真地说：“我发现，谈恋爱真的挺好。”

白羽：“……我为什么要嘴贱，一大清早平白吃一嘴狗粮。”

“欢迎老板归来。”霍慈一进工作室，就见众人都站了起来，“呼啦啦”都是掌声。

她轻笑一声："浮夸。"

白羽"嘿嘿"一笑，让他们赶紧都去忙。两人进了霍慈的工作间——这是工作室里最大的一间，一整面墙壁上，挂着的全是她的作品，都是她自己喜欢的，从未登过任何一本杂志，另一边则是一个玻璃柜子，里面摆着她的相机。

"下午我们要去摄影棚一趟，这个广告挺简单的，是个国内珠宝公司的硬广。"白羽正在看她的工作日程。

霍慈原本正在调整镜头，嘴里叼着棒棒糖，听到这话，"嘎嘣"一声，嘴里的糖咬碎了。

白羽听着这声音，心里硌硬得难受，又不敢抬头看她。

"T&A 的珠宝广告到底怎么回事？"霍慈语气淡淡地问。

白羽呵呵一笑，解释道："我问了，就是你这次病了，才叫南晚有机可乘的。"

霍慈面无表情地看着他，嘴里的糖嚼得嘎嘣响。白羽被她这么盯着，头皮都麻了，没办法，他低声说："霍慈，咱们这次别和南晚一般见识。T&A 的广告这次给她了，又不是说下次还能被她抢去。"

"说吧，南晚找了什么靠山，让你这么害怕。"霍慈冷笑。

白羽冷汗都要下来，就知道什么都瞒不住她，低声说："据说南晚这次直接搞定了 T&A 大中国区负责营销的副总裁。所以咱们这么铁的关系，都能叫她横插了一脚。"

其实 T&A 那边的人也说了，霍慈是总部喜欢的摄影师，也不是说从此就不和霍慈合作了，只是这次珠宝广告肯定是南晚的了，让她们两边不要争执，大家都是一个圈子里的，和气生财。

白羽听到这话的时候，气得直想骂人。

是他们被人撬了墙脚，还要反过来让他们咽下这口气。

要不是想着还有以后，不能直接得罪了 T&A，白羽真恨不得弄死 T&A 和南晚那个小婊子。

"算了，这种下贱的手段，咱们别和她一般见识了。"白羽是怕了霍慈，她受了枪伤，还能跑到酒店大闹渣男婚礼，替朋友出气。

上回被欺负的是她朋友，她都能那样。这回是她自己被人欺负到头上，白羽真不敢想，她要是怒了，得怎么怼南晚。

这风口浪尖的，还是消停点儿吧。

可是他越想息事宁人，却越是能碰上事儿。

下午他开车带着霍慈，还有工作室的几个人去摄影棚，结果到了之后，才知道里头还没结束呢。白羽立即冷着脸儿，说："这摄影棚咱们定的时候就说了，下午三点前面拍摄的人必须结束。"

他低头看着表说："这都快三点半了，你们到底怎么回事？"

其实这个摄影棚原本就是白羽先定的，可他定的是下午，负责人就过来和他求情，说是有个急活儿要早上用一下，能不能通融通融。他一想，反正早上他也不用，就卖了个人情。

他没想到，他们居然拖到这个点还没结束。

他刚说完，就见里面出来一个女生，不耐烦地说："南老师正在里面拍照呢，你们能不能别在门口吵吵嚷嚷的，像什么话。"

等她骂完了，才看清楚居然是白羽，又是一阵尴尬。

别说白羽了，连霍慈都认识这人，南晚身边的小助理。呵，真够嚣张的！

"对不起，霍老师，我不知道是您。"小助理立即道歉，她也委屈，她是被南晚指使出来的，说外面太吵，影响她拍摄。

这半年来，南晚声势水涨船高，身边的人都被吹捧得飘飘然。所以小助理出来，眼睛都不看人，就直接呵斥起来。骂完了，她才发现，眼前竟是不能得罪的人。

霍慈淡淡地看着她："没关系。"

她口吻倒是好，没为难小姑娘。她一向就不是这种仗势欺人的。只不过她低头看了一眼腕上的手表，轻声说："现在是三点三十二，你进去告诉他们，三点四十之前，把地方给我腾好了。"

小助理被她吓住了，虽然霍慈说话都是淡淡的，可一开口，就有种让她不得不服从的气势。

霍慈抬起眼皮看她："还不快去。"

小助理不敢再愣神了，赶紧跑了进去。

她进去还不到一分钟，南晚的经纪人徐薇出来了。她满脸堆笑："霍老师，您身体好些了吧，一直想去看看您的，就怕耽误您养病。"

白羽见她开口就提霍慈受伤的事情，虽然是关心，也让人听着不舒服。

他还没开口呢，霍慈已经扫了徐薇一眼："你有这工夫关心我，不如赶紧进去盯着他们收拾东西，就剩下六分钟了。"

"霍老师，里面南晚正拍摄呢，您也是摄影师，应该懂得摄影师的难处。"

霍慈看着她，嗤笑了下："不是每个摄影师都像她这样的。"

徐薇被她讥得一愣。

"霍慈，这里面正拍着 T&A 的珠宝广告呢，你也知道 T&A 的要求有多严格吧，所以南晚稍微迟了点儿，也请你理解。"徐薇阴阳怪气地说。

她这是故意提 T&A 的事情，好让霍慈发怒。

白羽在一旁忍不了了，说道："徐薇，这地方是我早定下的，你们过来横插一杠子不说，还占着地方不放。麻烦你马上带着你的马玉霞摄影师，把地方给我腾出来。"

她既然都把 T&A 说出来恶心人了，白羽也懒得给她面子。

徐薇听他当众直呼南晚的真名，脸上红一阵白一阵。周围的人听着，正奇怪这马玉霞是谁呢，瞬间就想明白了。

南晚，马玉霞。

"你们可不要太过分，要是让 T&A 公司的人知道，只怕咱们脸上都不好看吧。"徐薇看着他们，心里得意。

霍慈在业界这么厉害，不就是靠着和这些大公司的合作，如今南晚能撬得动一个 T&A，以后就能撬得动别的。

"徐薇。"身后传来一声轻喊，南晚穿着一身针织长裙走了出来，她身材并不如霍慈高挑，是小巧玲珑型的，穿着这一身，显得个子更矮了。

这就是白羽他们都厌恶南晚的地方，“山寨霍慈”，还真不是白叫的。

明明霍慈的穿衣风格根本不适合她，她却还要东施效颦。

南晚温柔地看着霍慈，轻声说：“霍慈，真是抱歉，耽误了你的时间。毕竟是 T&A 珠宝的广告，我也不敢大意，希望你能谅解。”

霍慈听着她们两人都是一口一个 T&A，只觉得可笑，看来她们觉得没了 T&A，自己就在这个圈子里混不下去了。

她上前一步，谁知竟吓得徐薇往后退了一步。

徐薇可是看过她在婚礼上的模样，况且霍慈这人瞧着就冷漠凌厉，她是真有点儿怵。

“你拍了又怎么样，得真的用上了才行啊。”霍慈冷笑一声。

南晚被她的傲慢气得发抖，明明是自己赢了，是自己拿到了广告合同，凭什么她霍慈还能这么淡然地说这种话。

“那咱们就看看我这广告能不能用得上。”南晚看着她得意地笑了。

谁知刚说完，徐薇的手机就响了，她走到一边去接电话。没一会儿，白羽的手机也响了，他也去接电话。

徐薇陡然提高声音：“什么？解约？这怎么能行！”

还没说完，她便警惕地朝着白羽那边看了一眼。没一会儿，她打完电话回来，就拉着南晚要走。南晚自然不愿意走，她还没炫耀够呢，徐薇却着急了。

她靠近南晚耳边说了两声，南晚一听急了：“他们怎么能解约？”

说完，她恶狠狠地转头看着霍慈：“是你对吧，是你在背后搞事的吧，是你让 T&A 的人跟我解约的吧？”

她被 T&A 解约了？霍慈心底也闪过一丝惊讶。

一直到南晚被徐薇强行拉走，白羽才有机会和她说：“我刚刚也收到 T&A 打来的电话，他们问你是否愿意接手这个珠宝广告。”

说完，白羽搂着她的肩膀，要不是在外面，他真要哈哈大笑了，他可从来没见过这么爽的打脸场面。他用力地搂住霍慈的肩膀：“干得漂亮，霍慈。”

霍慈语气淡淡地道：“我什么都没做。”

白羽：“不是吧，难道是老天开眼了？”

她不知道是不是老天开眼了，她想，应该和一个人有关。

易择城刚处理完文件，打了内线电话，让秘书进来拿走，就接到了霍慈的电话。他接通电话，轻声问：“今天的工作怎么样？”

霍慈望着窗外，远处是一个人工湖，波光粼粼。

她咬了下唇，问道：“南晚被解约，和你有关吗？”

对方沉默了下，突然传来一声淡淡的笑声，他问：“看来你收到我送给你的上班礼物了。”

霍慈没想到，这真的和他有关。

她一时不知该问什么，最后到嘴边的是：“你是怎么做到的？”

“她是怎么得到这份工作的，我就让她怎么失去的。”

霍慈看着远方，嘴角的弧度始终那么扬着，应该说谢谢吧。一直以来，都是她挡在前面，现在，突然有人在前面给她遮风挡雨。

“你不是喜欢拍照吗？所以这种小事儿，交给我就行。”

男人的声音淡然又轻描淡写，就像真的只是处理了一件小事儿而已。

霍慈轻轻地“嗯”了一声，只觉得脚底下踩着的地板，突然都是软软的。

他语气淡淡地说：“有我在，没人能欺负你。”

T&A 珠宝广告的事情，来得太突然，白羽又惊又喜。

等他回头找 T&A 公司的人打听时，网上就已先曝出来：某摄影师利用潜规则成功搭上某国际知名奢侈品牌，结果被人举报，惨遭品牌退货。

“摄影师”“潜规则”“国际奢侈品牌”，这几个词语组合在一起，立即吸引了所有人的眼睛。

各大论坛立即开始爆料，摄影师，首当其冲的自然是那些备受关注的当红摄影师。

也不知是谁开始引导，说爆料人是霍慈。

结果霍慈粉丝还没下场，路人已经开嘲。

“你可以说霍慈冰山脸，耍大牌，但是要说她潜规则，我是第一个不相信的。但凡混时尚圈的，谁不知这位的名声，阳春白雪般，眼睛长在天上的。”

这个评论被点赞到第一。

白羽立即要公关，反而是霍慈让他安静点儿。她一边调整手里的相机一边语气淡淡地道：“不关我们的事儿，这么着急干吗？”

“这是往你身上泼脏水呢，要是闹大了，太难看。”白羽有点儿着急。

白羽是真着急，霍慈现在可不比从前，如今她和易择城在一起，要是被人泼脏水说她潜规则，易家这样的人家能不介意？

他比谁都希望霍慈好，这次 T&A 的广告怎么回来的，他大概也猜到了。之前白羽也不是没努力过，可南晚走的是中国区的上层路线。霍慈就是再深受总部喜欢，也防不住小人作祟。这里面要是没易先生的帮忙，这广告真的回不来。

谁知就光他一个人着急，霍慈还在认真地看着镜头。

“巡回摄影展的事情，进展怎么样了？”她总算抬起头，问道。

白羽一愣，有些生气了：“你现在还关心这个？”

霍慈眯着眼看他，郑重地说：“对我来说，这件事才是最重要的。”

“对不起，你太商业化了。”

“你不是喜欢摄影？那就放手去做。”

她喜欢摄影吗？她真的能从相机中找到她想要的平静吗？霍慈摩挲着手中的黑色相机，脆弱又娇贵的机器，却能让时间永恒定格，记录下那些开心、欢喜、悲苦、忧伤、难过的瞬间。

之前她一直把摄影当作赚钱的工具，她不在意自己的才华，甚至肆意地挥霍着。直到经历这次非洲之行，她才意识到，摄影除了可以赚钱之外，还可以帮助到更多的人。

白羽见她这么认真，立即安抚：“你放心吧，我已经联系了场馆。

目前暂定是北京、上海、广州、杭州，还有最后一站——香港。”

霍慈放下相机道：“过年期间正好工作室放假，我会趁着这个时间，把所有照片准备好。这个项目最迟三月份启动。”

再过几天就过年了，转眼一个月不到就是三月份，而且这不到一个月的时间内，霍慈还有许多别的工作安排。白羽怕她吃不消，就问：“这春节好歹多陪陪家人，也别逼自己太紧。”

他伸手轻拍了霍慈一下，轻笑：“你过年不跟易先生回家啊？”

霍慈抬头看着他，想了好久，垂着眼眸，轻声说：“你觉得长辈会喜欢我这样的吗？”

白羽没想到她会这么问，听完后心里却不是滋味。

他低声问：“你怎么会这么想？”

“我脾气不好，闹事还上了社会新闻，长辈不都是喜欢乖巧安静的女孩吗？”霍慈又拿起相机查看里面的图片，虽然她说得轻描淡写，却让听的人心里难受。

白羽立即揽着她的肩膀，轻声说：“霍慈，有那么多人喜欢你，你身上有别人没有的东西。你能不顾自己去帮邵宜出气，你比谁都真诚。”

真诚，对，这就是霍慈身上最难能可贵的东西。

白羽没想到，这么满不在乎的霍慈，有一天也会在意别人的看法。他笑着看她：“霍慈，只要你想，你可以让任何人都喜欢你。”

因为你身上就有这样耀眼的光芒。

霍慈抬起头，有些迷茫的眼神此刻渐渐坚定了起来。

今天周末，易择城要回大院里吃饭，他没叫司机送，自己开车回的家。他一进门，就见徐狄正坐在客厅里，易怀泽还没回来呢。

“城城回来了。”徐狄站了起来。

他把外套脱掉，随手交给家里的小保姆挂起来。徐狄拉着他坐下，又细细打量，轻声问：“你自己在外面住，是不是吃不好，瞧着好像又瘦了。”

易择城正好也有事儿和她说，他略带歉意地说：“过几天我要去纽约一趟，今年过年不能在家过了。是公司收购纽约一个医学研究所的专利的事情，已经谈到最后，需要我亲自过去一趟。”

徐狄心里难受，又没办法说。当初是她死活让他进公司的，他在非洲出了事儿，徐狄再也不想让他去那个可怕的地方了。于是她便请出老爷子，让他亲自劝说易择城。

他是个孝顺孩子，性子虽冷，却不会让长辈为难。

自从他进入公司后，老爷子对他的工作态度和能力是一百个放心。瞧见他这么辛苦，过年都要出国工作，徐狄不由得心疼，略有些埋怨地说："你说斯扬也是的，明明都毕业了，却不进公司，一天到晚非要去弄那什么赛车。”

徐斯扬喜欢赛车，还特别喜欢拉力赛，要不然之前也不会专门飞去非洲参加。

徐狄说是他姐，可姐弟相差岁数太大，易择城这个外甥都比他年长。在徐狄眼里，徐斯扬就跟自己的孩子一样。这大儿子处处能干，到他这儿就不务正业起来，哪能不叫人担心。

“既然他不喜欢，其实硬逼着他进公司，也未必是好事。”易择城语气淡淡地说。

徐狄叹了一口气，对他说：“你有空的话，多劝劝他，也省得总是叫你外公生气。”

她也是心疼老爷子，这么大年纪了，还要跟着操心儿子。

易择城伸手解开西装上的扣子，伸手捏了下眉心，摇头道：“如果他能听劝，外公和您也不至于这么束手无策了。”

徐狄：……这个儿子怎么这么讨厌，总是说实话。

好在这会儿外头又有动静，是易怀泽回来了。徐狄起身去接他，不想和总是瞎说实话的儿子待在一起。

易怀泽见她居然抛下儿子来迎自己，只觉得太阳要打西边升起来了。

“你惹你妈妈生气了？”要不是这样，徐狄可不会抛下她的宝贝儿子，来迎他这个老家伙啊。

易怀泽也有点儿心酸，谁让他对自家媳妇如此了解呢。

易择城轻声一笑，摇头：“没有。”

徐狄心道，哪里没有，你都不站在我这头。

吃饭的时候，她心里还堵着一口气呢，就又开始哀怨地看着易择城说：“眼看着又要过年了，你说你怎么连个女朋友都没带回来呢？”

易怀泽抬头朝易择城瞧了一眼，心想，这小子还真憋得住。

易择城吃饭一向就很安静，徐狄说她的，他吃自己的，就连夹菜的动作都不紧不慢，斯文优雅。这叫徐狄看得反而越发生气，看看她儿子，连吃饭的样子都能这么好看，怎么就找不到女朋友呢？难道现在小姑娘的眼光已经高到连她儿子这样的都瞧不上了？

她叹了一口气：“连扬扬都有女朋友了，你比他还大呢。”

易择城皱眉，反倒是对面的易怀泽先开口：“斯扬有女朋友了？”

“可不就是，这孩子害羞着呢，要不是我无意中听到他跟人家打电话，他还不承认。”徐狄有些开心，不管怎么说，家里的两个单身小伙子，总算有一个有主儿了。

易怀泽对这个小舅子也是没法子，说是小舅子吧，可是年纪比他儿子还小，打小就在他家里闹腾着长大，毕业之后又拧巴着不去上班，他都跟着无奈。

“斯扬这个年纪，也确实是该找女朋友了，回头要是有空，让他把人领到家里来瞧瞧。”易怀泽说这话的时候，特地看了易择城一眼。

徐狄没瞧见他们父子之间的眼神交流。

等吃完晚饭，易怀泽去书房，易择城也跟着去了。

一进门，易怀泽斜了他一眼，说道：“刚才你妈妈的话，你也听到了吧？”

易择城点头：“听到了，徐斯扬找了女朋友。”

嘿，这小子还跟自己耍心眼是吧。他也不打算跟易择城迂回了，直接说：“你不是说你有喜欢的姑娘了，怎么不把人带回来？”

不说望眼欲穿吧，易怀泽心里还是盼着儿子带喜欢的姑娘回来，让他们做父母的瞧瞧。毕竟这是他儿子长这么大，头一个喜欢的姑娘。他也想知道，她究竟是谁家的姑娘，是个什么样儿的姑娘。

易择城其实就等着他问呢，徐斯扬闹了这么一出，他还没找到理由说。

他忽然问："爸，上次徐斯扬是不是给您和我妈看过一个视频？"

"什么视频？"易怀泽一头雾水。

略一回想，哦，上回徐斯扬来家里玩，正好在网上看了一个视频，说是一姑娘搅乱了人家的婚礼。还说是他认识的姑娘，据说是新郎劈腿，被人砸上门来的。易怀泽是老派人，实在是瞧不上现在这些个年轻人。

作风问题，那可要不得。

他狐疑地瞧了易择城一眼，说道："你问这个干吗呢？"

于是一向清冷淡然的易先生突然伸手摸了下鼻尖，轻声说："那个闹婚礼的，就是我喜欢的姑娘。"

易怀泽这脸色啊，比上回听他说人姑娘替他挡枪还要精彩。

憋了半天，肩上早已扛上金星、见惯大场面的易将军点了点头："你喜欢的这姑娘，还挺活泼。"

活泼。

这形容可真够别致的。

易择城倒也没拆台，毕竟这态度还算温和。

易怀泽想了下，又说："我记得闹婚礼的有三个姑娘，你喜欢的是哪个？"

也幸亏他这记性不错，还能记住那天随便瞧的一个视频。

"又高又瘦又漂亮的那个。"易择城语气淡淡地说。

易怀泽顿时就瞪了他一眼，"哦"了一声，转头便笑了一声，揶揄地看着他："你不是说喜欢人家姑娘的，说了半天，不会是你剃头担子一头热，人姑娘没看上你吧？要不然人家小姑娘怎么不跟你回家来？"

易择城："……"

头一回，他在易怀泽面前，如此吃瘪。

霍慈正在家里收拾东西，她很少找保姆，偶尔柳如晗会让刘嫂到她家里来帮忙。她坐在沙发上叠衣服的时候，门口有了动静。

易择城进来的时候，就看见她手里拿着他的衬衫，旁边沙发上堆着的都是自己和她的刚晒好的衣服。

“回来了。”霍慈起身，她问，“要喝水吗？”

易择城站在不远处，淡然一笑：“过来。”

霍慈听话地过去，然后就被他抱住。他搂着她，下巴贴着耳边轻轻地摩挲：“刚才在家里，他们问我怎么不把你带回家。”

霍慈从他怀里抬起头，乌黑的眸子泛着光，他父母居然主动问起她了。

他低头蹭了下她的脸颊，轻声说：“还说你是不是没看上我。”

这话里居然被她听出了几分委屈的味道，拥有着英俊清冷面容的男人，此时就像个没得到糖果的小男孩。

然后他用力地抱着霍慈，低声问：“你愿意跟我回家吗？”

他的声线明明是那样清冷，却让霍慈听出了无尽的温柔。她伸手用力地环住他肌肉结实的腰身，轻轻地说：“愿意。”

易择城本是希望霍慈能陪他一起去美国，可她要趁着过年放假这几天，将展览的照片准备出来，两人也只能暂时分开。

自从父母离婚之后，霍慈就没了过节的概念。

因为她姑姑嫁到了国外，奶奶这两年都住在加拿大的姑姑家，霍慈也只能打电话过去跟老人家问好。

大年三十的晚上，易择城和她视频，他身后是曼哈顿的漫天灯火。两人聊着天，竟不知不觉地过了十二点。

“新年快乐，霍慈。”他的声音依旧那么清冷，却让她觉得特别温暖，因为不管隔着多远，他心里总是挂念着她。

霍慈过年没工作，连门都不出。要不是初五莫星辰打电话来，她都不知道时间过得这么快。

“我在家实在待不下去了，刚回北京，出来喝一杯吧。”莫星辰在家过年，简直成了父母群攻的对象。

她待到初五，赶紧收拾行李，逃回北京。

霍慈干脆地拒绝："不行，我得弄照片，你自己玩吧。"

莫星辰知道她在准备摄影展的事情，也不敢多说，正要挂电话，就瞧见了酒吧门口的骚乱。她挂了电话，拎着个小包便走了过去。

"你别动，我不想跟你回去。"是个长相乖巧的姑娘在说话，一头又长又直的黑发，让莫星辰很羡慕。

结果她一看跟这姑娘拉扯的男人，更羡慕了：瘦高个，宽肩窄腰长腿，穿着黑色修身大衣，长相更是一下砸中了她的心。怎么每次她一眼就觉得喜欢的男人，都有主了呢？

莫星辰叹了一口气，准备进酒吧。她心想，无非又是痴男怨女的纠葛。

"你怎么能来这种地方？"男人痛心疾首的声音响起。

莫星辰一听，哟，连这声音她听着都喜欢。只是这地方怎么了？不就是酒吧吗？挺好的啊。

他们两人正纠缠的时候，从酒吧里出来一群人，莫星辰一眼便认出这帮人是经常混这里的富二代，仗着家里有几个钱，张狂得没边儿。

"怎么回事啊？"为首一男的走过去，直接就勾着长直发女生，把她搂在怀里，在她脸上亲了一口，还挑衅地朝着对面的男人看了一眼，问，"这人谁啊？"

长直发女生大概也没想到他们会出来，而且这人还会当众这么亲她，她脸上顿时闪过一丝娇羞。可再抬头看对面的男人，就见他一脸的不敢相信，还夹杂着几分厌恶。

"晴晴现在是我女朋友，你给我离她远点儿。"富二代不屑地看着男人，打量了他一番，身上穿的衣服连个牌子都不是。

男人没想到会变成这样，他眼底闪过一丝痛苦，问："这就是你最近不接电话的原因？"

"我早就和你说过，我们不合适，我也早就拒绝你了，你以后别来找我了。”长直发女生有点儿害怕也有点儿无奈，似乎真怕了男人会再死缠烂打。

男人没想到她会这么说，心底冷笑，他一直以为她是没心机的女孩，没想到居然能这么颠倒黑白。他连续几天没联系上她，要不是今天找过来，都不知道她已经和别人在一起了。

“居然还敢死缠烂打，你要脸吗？”富二代嚣张地推了他一把。

男人瞬间抬头，直接冲着对方的脸就挥拳过去。这一拳下去，富二代的那帮狐朋狗友马上就把他围住了。

莫星辰原本就是凑个热闹，没想到居然还撞上打群架的了。眼看着帅哥就要挨揍了，她扯着嗓子便喊：“警察，这边有人打架了，赶紧来啊。”

结果她一嗓子喊完，对面居然真有声音回应：“谁在打架？都给我站住！”

居然真有巡警刚好巡逻到这边。

莫星辰愣住了，等富二代那帮人开始跑，她见帅哥居然站在原地不动。她看不下去了，上去抓着他的手臂便往她的车边儿跑。等把人塞进车里，她开着车，就赶紧溜之大吉了。

车一直开出去几条街，莫星辰才敢停下来。

她再转头看旁边的人，还是一副面无表情的模样，难道被吓傻了？

“嘿，你没事吧？”她轻声问。

男人没说话，莫星辰瞧着他的样子也是可怜，长这么帅都能被人劈腿。那女人眼睛可真瞎，放着这种大帅哥不要，居然去贴那个一看就是三等残废的富二代。

她有意缓解气氛，问道：“你叫什么呀，咱们也算是有缘千里来相会哦。”

他还是没反应，莫星辰正想着她要不好人做到底，把人送回家的时候，旁边的人说话了。

“蠢货。”

她一愣，还有爹妈给儿子取这名字的？可转念一想，不对，难不成他在骂她？

她好心救他，还遭骂？

莫星辰正想发火呢，就听他轻轻地说：“他们说得对，我确实是蠢货。”

第四章

为何我会喜欢上你?

WJXHTNY

车里的气氛有些凝滞，莫星辰没来由地心头一酸，帅哥果然瞎眼的多。

“天涯何处无芳草，你节哀。”莫星辰拍了拍他的肩膀，她这个人向来就心软，实在是见不得大帅哥这般失魂落魄。

男人抿嘴没说话，安静地坐在副驾驶座上。可这么干坐着也不是个事儿啊，莫星辰思量了下，轻声问：“要不我请你去吃夜宵？”

她下午到的北京，在家里睡到晚上九点醒了。嫌一个人在家待着无聊，她就出来到酒吧消遣消遣，还没和朋友碰头呢，就撞上了这事儿。

谁让她心软呢，就是觉得小伙子有点儿可怜。

男人伸手猛地揉了揉头发，发型微乱，却更添了几分凌乱的英俊。

莫星辰借着旁边昏黄的路灯，又悄悄地打量了一番。她偷瞄了好几眼，见他坐着不动弹，最后就开始光明正大地看了。

小伙子长得真不错。

她正看的时候，坐着的男人突然转头：“还是我请你吧，今天谢谢你。”

反正这会儿她也不想再回酒吧，正好这附近有一家特别出名的烧烤店。莫星辰直接开车过去，没想到大过年的，这里的生意还这么好。

店里面早没位置了，老板在外面弄了个大棚，里头烟雾缭绕，倒也不是很冷。

莫星辰经常来吃，老板都认识她了。给她安排位置后，老板拿了菜单过来。菜单一点儿也不花哨，就一页胶纸的菜单，正反面都有。莫星辰好久没来了，本也有点儿馋了。

不过她也知道，吃饭不能光紧着自个儿。这对面的大帅哥刚失恋，她特别实在地问：“你有没有什么忌口的？”

她抬头瞧着人家，哟，这一看真不得了。

你说这人怎么就能长得这么好看呢，一双眼睛漆黑深邃，看一眼便像是要把人吸进去。这睫毛卷翘的，真叫人嫉妒。

“我不吃内脏。”大帅哥语气淡淡地说。

他一副意兴阑珊的模样。

莫星辰也理解，毕竟这女朋友劈腿，而且还是劈腿一个除了钱比自己多之外，其他什么都比不上自己的草包。要是搁她身上，她也得炸。

她想起了邵宜，说起来，那个陆璐也是除了家里比邵宜有背景之外，其他什么都比不上邵宜。邵宜和渣男六年的感情，最后都架不住渣男毫不留情地劈腿。

这人啊，怎么就这么势利呢！

莫星辰还是想要找自己喜欢的，也不要钱多，反正她赚得不少；也不要什么高学历，反正她就是B大毕业的，其实所谓名校也就那样吧。

只是自个儿喜欢的，实在是太难找了。她找来找去，到现在还单身着呢。

连霍慈那个万年单身狗都脱单了，莫星辰想到这儿，不由得有点儿伤心。

点的东西，也就多了。

男人瞧着她一口气点了这么多，有点儿犹豫地问："就咱们两个，是不是太多了点儿？"

莫星辰一愣，想起来这是人家请客，脸上顿时露出不好意思的表情。

"我不是怕你点得多，只是不要浪费。"男人看着她，认真地说。

莫星辰性格豪爽，一向最看不上小气的男人。可对面男人说这话的时候，她一点儿不反感，反而觉得他说得有道理。

见他还不开心，莫星辰干脆点了几瓶啤酒，失恋嘛，不就是得喝醉了才好。

一醉方休，醉了之后才能忘记这么糟心的事情。

啤酒一上来，莫星辰拿起酒瓶对着桌角一下就把瓶盖拍掉，看得对面的男人一愣。莫星辰已经直接把酒瓶放在他面前，又给自己开了一瓶。

她举着酒瓶，认真地说："你前女友眼光太差，咱们为你能离开一个眼光这么差的女人，干一瓶。"

男人直直地看着她，不知为何原本一直黯淡的神色，竟染上了一抹浅到几乎看不出来的笑意。

外面北风呼呼作响，头顶昏黄的灯光照在两人的脸上，显出别样的温暖。

他举起面前的酒瓶，轻声说：“干。”

最后两人烤肉没吃多少，反而是喝了好多酒，后来莫星辰嫌啤酒不够劲儿，又叫老板拿了白酒上来。

床头的手机一直在“嗡嗡嗡”地响着，莫星辰伸手去摸。好不容易按掉，她翻了个身，居然撞到了一堵墙。

她愣了下，原本意识模糊的脑袋突然清醒了。

等她睁开眼睛的时候，就看见一个赤裸的胸膛在她面前。她的脸离这个胸膛，只有数寸的距离。

莫星辰猛地坐起来，然后往四周看，这是她的房间。

她回家了？

她起身的时候，把被子掀了起来，带进一阵冷风，睡在旁边的人，往被子里又钻了钻。莫星辰低头看着自己，还好她身上穿着睡衣。

等等……这睡衣是谁给她换上的？

“你，你给我起来。”莫星辰大声尖叫，实在是不能忍了，一把将被子全部掀开，男人修长精瘦的身体就这么出现在她眼前。

他居然只穿了一条内裤。

被掀了被子的人睁开眼睛，漆黑的眸子看着她，有几分可怜兮兮的味道。

“怎么了？”他双手环抱在胸口，是真的冷，她走之前忘了交暖气费。

莫星辰恨不得把他提起来揍一顿，他竟然还好意思问她怎么了？可在他睁开眼睛，朝着她看的时候，她蓦然地倒吸了一口气，为什么他连宿醉之后都这么好看？

颜狗的内心被猛地戳中，盛怒竟是平白熄灭了一半。

“你怎么会在我家里，还睡在我床上？”莫星辰气势汹汹地问。

“昨晚喝完酒，你非要拉着我一起回家。我送你进门的时候，你还扒了我的衣服。”男人坐了起来，精瘦修长的身体散发着淡淡的热气。

莫星辰：“……我怎么可能说这话！”

“你还说，我的脸，你很喜欢。”

男人看着她，认真地提醒了一下。

莫星辰恨不得捂着脸找条地缝钻进去，最后说道：“好了，你可以不用说了，我作的孽，我都记得。”

“我有点儿冷，你能先把被子给我盖上吗？”男人眼巴巴地看着她手里的被子。

莫星辰瞧着他的模样，头发乱糟糟的，眼睛还巴巴地望着她手里拽着的被子，她突然觉得他像只等着投喂的毛茸茸的大狗。

她甩手把被子扔过去，一下子盖在他的头上，轻咳了一声：“你该回去了。”

“我回不去了。”被子下面传来闷闷的声音。

莫星辰想起来他昨晚刚被甩了，有些心软，问他：“怎么回不去了？”

“你说你喜欢我的脸。”被子被掀开，露出那张好看的脸，确实是莫星辰喜欢的，可他能不这么理所当然地说出来吗？

他垂着眼睑，轻声问：“我能在你家里住几天吗？”

就因为我喜欢你的脸，我就得让你在我家住几天？莫星辰被他的逻辑逼得倒吸了一口气，然后对面的人再次抬头看着她，眼眸中透着一股可怜。他说：“我没别的地方可以去。”

那关我什么事儿？莫星辰正要狠心拒绝，一抬头便撞上了他的眼睛。

“我连你叫什么都不知道，怎么敢让你住？”当这话脱口而出的时候，莫星辰心底默默给自己点了一根蜡烛。

颜狗，去死吧。

“斯扬，我叫斯扬。”

易择城在纽约工作半个月之久，霍慈也忙于工作，两人只能抽空通个电话。他知道她在准备巡回摄影展的事情，询问她有没有需要帮忙的地方。

霍慈想了好久，低声问："你会来看吗？"

摄影展大概就是一个摄影师内心的展现，她将自己用心拍摄的作品交给大众，这需要极大的勇气。

他在电话那头低声说："当然会，每一站我都不会错过。"

霍慈微笑，准备工作做得更加专心。

周五工作结束，霍慈开车回家的时候，突然想起易择城不久后便回国，自己答应了他要陪着他回家见父母，可是至今她连礼物都还没准备。

于是她急急忙忙地开车掉头，去了商场。

她来的商场一楼二楼各种国际奢侈品大牌汇集，霍慈的工作就是时不时和这些大牌商家接触。只是要送给他的父母，却让她有点儿苦恼。毕竟易家这样的人家，什么都不缺。

这是霍慈第一次给男朋友的父母准备礼物，其重要程度可想而知。她想了许久，却不知该和谁商量，于是便在商场乱逛，直到她在一间璀璨辉煌的店铺门口停下。

橱窗里摆着戒指，霍慈一眼就被正中间的这对戒指吸引。

她从事时尚工作这么多年，珠宝广告不知拍了多少，那些昂贵至极的鸽子蛋都不知见过多少，别人惊呼连连的时候，她都能端着相机冷静地给模特拍照。

她一直以为自己不喜欢这些东西，难道有戒指就能代表永恒的一生？

此刻，她安静地站在橱窗前，看着面前这简单的对戒。

执子之手，携手一生。

"霍慈。"一个声音从身后传来。

沈随安就站在她的身后，温柔安静地看着她。

商场明亮璀璨的灯光打在他的身上，更衬得他温润如玉。霍慈看着他，脸上不悲不喜，就在两个月前，她看见他时，内心还是愤怒的。

那种年少时突然被放弃的愤怒，很多年后，依旧清醒地刺痛着她。

"一个人？"沈随安走近，微笑着看着她。

霍慈淡淡地看着他，没说话。她突然发现，当自己再次面对沈随安的时候，心底的那种刺痛已经减轻了许多。沈随安的手机突然响了，他歉意地一笑。

“哥，你在哪儿呢，我和陆璐买了不少东西，你快来接我们吧。”电话那边沈茜的声音清晰地传了过来，连霍慈都听到了。

沈随安这才发现，他刚刚不小心碰到了免提键。

“哥，哥。”沈茜见对方接了电话却没出声，又喊了几声。

她忽然惊喜地说：“唉，唉，哥，我看见了，我就站在二楼自动扶梯这里，你抬头……”

可是她没等到沈随安抬头，而是听到手机被挂断的声音。

霍慈没想到，沈随安在挂完电话之后，会拉着自己往商场的另一端跑。一直跑到拐弯进了一个角落，沈随安才停下来。

“沈茜和陆璐在一起，我想你也不愿意撞上她们吧。”沈随安靠在墙壁上，温和地看着她。

霍慈冷笑一声：“真是人以群分。”

沈随安没想到她会这么说，无奈地低声一笑：“你和沈茜真是不对付，以前就是这样。”

说起来霍慈和沈茜才是同学，沈随安比她大，当年他们是在霍慈的高中开学典礼上认识的。后来他和她在同一片溜冰场相遇，她滑得非常好，沈随安是被同学强拉过去的。他穿着冰鞋拽着栏杆的时候，就看见里面有个穿着黑色衣服，扎着马尾辫的小姑娘，像只黑蝴蝶一样，在冰场里翩跹起舞。

后来，她在自己的身边停下，娇俏地和他打招呼：“沈学长，你也过来玩啊。”

沈随安这才看清她的脸，原来是学校开学典礼上的女孩。他是这年的高考状元，而她是学校的中考状元。

“霍慈。”他轻声叫出她的名字，声音已带上说不清的温柔。

小姑娘开心地笑了：“你还记得我啊。”

记得，怎么能不记得，眉眼动人，俏丽如画中人的姑娘。

一直到今天，沈随安都记得她在冰场上，笑靥如花的动人模样。

此时再看面前眉眼冰冷的人，沈随安想，小姑娘真的长大了。

“没事，我走了。”霍慈淡淡地说，方才要不是她一时没反应过来，也不至于被他拉着跑。就算正面碰上沈茜又怎样，她可没什么对不起沈茜的地方。

沈随安叫了她一声：“小慈，过几天是元宵节，要不你回家来吃饭吧。”

“我早就说过了那是你家，和我没关系。”霍慈不冷不热地说。

沈随安看着她，突然伸手去拉她，霍慈刚才是一时不觉被他拉着跟个傻子一样地跑。这次她往后退了一步，冷冷地看着他：“沈随安，你够了。”

“霍慈。”沈随安看着她，像是下定了决心一样。

他说：“对不起，我当年不该一走了之。”

霍慈以为她不会在意了，毕竟现在她的生活和沈随安已经完全没关系了。她已经走向新的方向，她的人生不再孤单，有个人会拉住她的手，不会让她孤独。

突然，她好想易择城。

“我知道，这声对不起来得太迟，当初我太懦弱了。你母亲和我父亲在一起之后，我一时没办法接受，又正好收到了英国大学的录取通知书，于是选择了离开。”

霍慈看着他，突然觉得可笑。他怎么能这么轻易地便说出这样的话，当年的事情对她来说，就像是毁灭性的打击。父母离婚之后，她以为最起码他会陪着自己。他说过会在B大等着，只要她上了大学，他们就可以光明正大地在一起。

曾经在自己心目中，他是这么一个可以依赖的人。

她年少时，内心所有的悸动都因眼前这个人而起。他给她发的每一条短信，给她写的第一封信，在她考试受挫后，轻声地安慰她，给她补习功课。即便两人心底都喜欢着彼此，可他一次都没超越界限。

他总会摸着她的头发说：“你现在还小，你还是个高中生，最重要的是学业。”

他说，他会在B大等着自己。

就算两人最亲密的接触，也只是牵手而已。因为他不想让她分心，他想让她成为最优秀的人，可以看到外面更精彩的世界。

可是在她等着成为更优秀的人时，他突然抽身离开，头也不回。

她此刻认真地看着他问：“那你知道我为了去机场追你，出车祸的事情吗？”

沈随安苦笑：“我知道。”

“你却头也不回，就算我出车祸，你也没有回来不是吗？”霍慈平静地看着他。

沈随安心中大痛，这是他这辈子最后悔的一件事。如果当时他回来了，或许今天他们的结局，就会不一样了吧。

霍慈淡然地看着他：“沈随安，我们早就已经各自往前走了，以后不要再提这些事情了。”

“我没有。”就在霍慈转身的时候，他突然轻声说。

他没有往前走，他的心一直还停留在这里。虽然他已经在英国的医院得到了工作的机会，可他还是放弃了一切，决定回国，就是因为他没有办法走出来。

他想起年少时单纯的时光。

在图书馆里，他拿着笔敲打她的脑袋。

在人流多的地方，他偷偷牵起她的手。

很多事，他一直都没有忘记。

“那真不好意思，我已经走出来了。”

霍慈回头看了他一眼，语气淡淡地说，然后转身离开，再不回头。

霍慈坐在房间的飘窗上，看着窗外璀璨的星光。直到手机响起，她才回神，接通，那头的声音响起：“睡了吗？”

“还没有。”她的声音略带着疲倦，有种意兴阑珊的味道。

易择城听完，沉默了一会儿，轻声问：“不开心？”

这一刻，霍慈真的好想他，她想抱着他，跟他说说话。

她轻笑一下：“没有。”可是下一秒又问，“你什么时候回来？”

他已经走了快半个月，霍慈并不是个特别黏人的人，平时打电话也从没问过他什么时候回国。因为她知道，只要工作结束，他一定会回来。

这回她问出口，是真想了。

“想我了？”他语气淡淡地开口，声音带着暖暖的笑意。一旁的秘书和助理不敢抬头，可谁都知道，老板正在和女朋友打电话呢。

一想到这么清冷淡然的人，居然也会用这么宠溺的声音说话，就连团队中的已婚女下属，都觉得心在怦怦跳。

实在是太撩人了。

霍慈轻轻地“嗯”了一声。

谁知他不满意，反问：“‘嗯’是什么意思？”

这人……

霍慈轻声说：“想。”

“我过几天就回来了。”易择城低头看了一眼面前的平板，嘴角上扬。

挂断电话，易择城转头对杨铭说：“帮我安排飞机回国。”

杨铭有点儿愣住了，半晌才说：“您现在要回国？”

“这几天进展不错，明天给你们所有人都放一天假。”易择城敲了敲桌子。众人在心底欢呼，连续工作这么多天，总算能休息一下了。

等出门之后，杨铭想了下，还是劝说：“可是后天就要正式谈判，您这么来回奔波，会不会太累？”

“你知道明天是什么日子吗？”易择城目光淡然地看着他。

杨铭被他严肃的模样吓住了，小心地问：“是霍小姐的生日？”

易择城看着他，冷淡地说：“是情人节。”然后他接着轻笑一声，“我忘了，你不需要过这节日。”

杨铭：“……虽然我是单身狗，但到底招谁惹谁了，天天吃狗粮不说，还要被嘲笑。”

他觉得老板自从和霍小姐在一起之后，都被带坏了。

霍慈拍完照片的时候，外面天快黑了，就见工作室众人脸上都表情凝重，还是白羽过来，让他们都早点儿走。

见一个个收拾东西，比什么都快，她皱眉："他们有什么事儿吗？"

白羽无语地看着她："今天是情人节啊，这个点再不走，就要迟到了。"

"哦。"她放下相机，准备处理后期。

白羽见她没有要走的意思，又知道易择城最近都在美国，有些同情地说："易先生就算不在国内，怎么连束花也不叫人给你准备一下？"

霍慈正要说话，忽然有个声音在门口响起："谁说我没准备的。"

霍慈抬头，一脸惊喜地看着出现在门口的人。下一秒，她直接就冲了过去，扑到他怀里。要不是他及时张开手臂，她真的要撞到他手上拿着的花了。

他低头，在亲上她的唇时，已经把人带到了旁边的茶水间。

白羽直接被扔在外面，一脸震惊地看着他们：这也太明目张胆了吧。

易择城将她抵在茶水间的墙壁上，门已经被他关上，手里的花放在旁边的桌子上。她唇齿却一直没放开，他吮着她软软的唇，舌头撬开贝齿，直闯而入。周围的空气一下变得稀薄，霍慈的手臂紧紧地勾着他的脖子，承受着他灼热浓烈的吻。

他这一世所有的热情，都给了她。

直到两人都气喘吁吁，才微微放开一点儿，他低头看着怀中的姑娘，星眸闪亮，如蒙着水光，连她浅淡的眸子都深邃得似要把人吸进去一样。

"想我吗？"这一次，他是贴着她的耳根儿问的，微热的气息喷在她的耳垂上。

她点头，又抬头亲他。

想，特别想。

她直接用行动表示。

"真想把你带走。"他摸了摸她白皙的耳垂，见她身子微微一缩，知道这是她的敏感点。

两人从茶水间出来的时候，白羽已经走了，工作室一片安静。这是易择城第一次来她的工作室，地方挺大的，特别是她的办公室，到处镶嵌着她的标志。

满墙壁的镜头，还有她拍摄的照片。

霍慈低头看着手中的花，爱不释手。

他回头看她，她竟像抱着宝贝一样地抱着那束花，不由得笑着问："第一次收？"

"是第一次收到男朋友送的花。"追求她的人不少，送的花，霍慈连办公室都不让拿进来，直接让人扔了，要是谁愿意拿着玩，那就拿去。

他微微一笑。

两人上车之后，霍慈问他："我们去哪儿？"

见她难得兴致勃勃，他偏头问："你有想去的地方吗？"

"是不是我想去的地方，你都愿意陪我去啊？"霍慈眼睛发亮地看着他。

瞧着她这模样，易择城点点头。

"小心点儿，不要摔着。"周围很热闹，因为都是小孩子。

看着这满场的小孩子，易择城不由得有些无奈，他怎么都没想到，她想来的地方，居然是滑冰场。

旁边的霍慈正在穿冰鞋，她一边系着鞋带一边说："我小时候差点儿成为职业花滑运动员。"

易择城挑眉，他当然看过花滑比赛，只是一想到她穿着优雅的比赛服在冰上起舞，竟生出了几分期待。

他淡淡地笑着问："那怎么没继续？"

她叹了口气："我太高了。"

花滑女选手的普遍身高是一米六几，韩国的金妍儿身高一米六四，在花滑选手中已经属于偏高。霍慈骨龄测量超过一米七，最后只能把滑冰当作爱好。

他摸了摸她的头，抬头看着冰场上的小萝莉们，她们正在学习跳跃，轻盈的身体一跃而起，迅速在空中转动了一圈。

突然，他说："那看来以后咱们的孩子，也不能从事这个了。"

"因为爸爸妈妈都高。"

爸爸妈妈。

这两个词，霍慈从未觉得有这么甜蜜，她也抬头看着前方，穿着运动服的小萝莉们，把头发扎成丸子头，露出干净漂亮的小脸儿，认认真真地听着老师的指点。

易择城也在安静地看着这些孩子，轻声问："你小时候也像这样吗？"

穿着贴身的运动服，长发扎成丸子头，像个小精灵一样在冰面上游走，就算摔倒在冰面上也不会哭，爬起来拍拍裤子，继续认真地练习。

想到小萝莉时期的霍慈，他嘴角勾起浅浅的笑意。

此时霍慈已经绑好鞋带，她见易择城已经穿好了，说："走吧。"

不过她起身之后，有点儿担忧地问："你玩过吗？"

易择城轻轻一笑："没怎么玩过。"怎么可能，当年大院里的一帮孩子凑一块儿，游野泳、冬天在玉渊潭滑冰，胆子大的还非要去野湖。

那会儿一帮半大小子，胆子比天大，悄无声息地就去了。结果有一年就差点儿出事，孟西南带着他妹妹一块儿去，小姑娘也不知道怎么弄的，"刺溜"一下就掉进湖里了。

当时小成直接跳下去救人，把小丫头救上来，他自个儿却因肺炎在军总住了一个月。

其他几个，包括他自己在内，都被自家老子领回去，狠揍了一顿。那是易择城记忆当中，易怀泽打他最狠的一次。因为他们不仅对自个儿不负责任，还对人家小姑娘不负责。

责任，这是易择城从小到大，受到的最大教训。

"那你先在场边走两圈，然后我再拉着你。"霍慈认真地叮嘱他。他们刚进去，就有个小姑娘忽地从他们旁边滑了过去。

霍慈哼了一下："小丫头。"

谁知没一会儿，小姑娘又擦着他们滑了过来，要不是霍慈避得快，差点儿被她刮得摔倒。不过小姑娘瞧着也就十来岁，两人都没打算和她计较。谁知对方不这么想，滑到前面，转身冲着他们喊："大哥哥，我看这个姐姐一点儿都不厉害，要不我来教你吧。"

两人对视了一眼，霍慈憋了好久，终于讥讽着说："你还真是招人喜欢，连这么小的小姑娘，都要和我抢你。"

易择城愣了下，轻斥："胡说八道。"

可小姑娘是来真的，她又滑了回来，站在他们面前，抬头对易择城说："哥哥，我真的滑得很好，我可以拉着你哦，只要你叫我师傅就行。"

居然来了个收徒的。

霍慈嗤笑一声："空口无凭，谁知道你滑得好不好啊？"

"那咱们比赛，谁赢谁当他师傅。"小姑娘声音脆生生的，一点儿都不怕人。

"好呀，比就比。"霍慈轻笑。

易择城在一旁看着她们两个，大概也没人想要问问他的意见，看他是不是真想找个师傅。他没说话，旁边一大一小两个女人已经准备好了，两人顺着冰场跑一圈，看谁先回到易择城身边就算谁赢了。

"你小，我让你跑内圈。"霍慈居高临下地看着小姑娘。

小姑娘仰着脖子，奈何身高所限，先输气势。

易择城无奈地看着她，就见她拉着自己的手，骄傲地说："别怕，我会把你赢回来的。"

等两人冲出去，易择城干脆依靠在护栏上，安静地看着远处的两人，她穿着黑色大衣，此时大衣敞开，衣摆飞扬，长发在半空中飞舞，整个人明媚又张扬。

小姑娘虽然滑在内圈，可到底体力和速度都比不上霍慈。

当她冲过来时，易择城张开双臂，将她抱在怀中。他的后腰撞在护栏上，疼得龇牙咧嘴，可下一刻，霍慈已经抬头在他的下巴上亲了一口。

她靠在他的怀中，笑着问：“我像不像勇斗恶龙的勇士？”

易择城看了一眼不远处的小姑娘，那也不至于是恶龙吧？

霍慈异常得意，她伸手抱住他，开心地说：“我把你赢回来了，谁都不能抢你。”

易择城伸手摸她的脸：“跟小孩斗气，出息。”

“我不管，反正我赢了。”霍慈抬起头，冰场炫目的光线下，她整个人白得仿佛会发光，连漆黑的眼睛都蒙上了一层光亮。

小姑娘大概是觉得输了丢人，站在不远处，也不过来。

易择城微微叹了一口气，拉着她的手，直接滑行到小姑娘的身边。他低头看着小姑娘，语气淡淡地问：“不开心了？”

他半蹲下来，虽然表情依旧清冷，语气却温和了许多。

小姑娘憋着气，低头道：“我输掉了。”

“那是因为姐姐比你高，还比你有力气，你不是输给了她，你只是输给了年纪。”易择城温和地说。小姑娘重新又抬起头，眼睛亮晶晶的，他嘴角微扬，“等你长大了，也可以像姐姐这么厉害。”

小姑娘咧嘴大笑。

突然身后传来一个声音：“嘉嘉，你今天怎么也不等我？”

小姑娘回头看见身后刚赶来的男孩，有点儿意外，可高兴的表情刚露出来，她又闷闷地说：“你不是说滑冰是小女孩才玩的？”

“那是因为我不会玩，不想在你面前丢人才这么说的，现在你还愿意当我师傅吗？”来的小男孩，和小姑娘差不多大年纪，俊秀的小脸上带着认真的表情。

“好呀，你快换冰鞋啦。”小姑娘顿时情绪高涨。

她匆匆和易择城说再见，便头也不回地离开了。

不远处，会合的男孩女孩站在一起，笑得肆意天真。

霍慈顿时大笑，靠在易择城的肩膀上，坏笑：“易先生，原来你只是个备胎啊。”

易择城转头看她，凑在她耳边，柔声说：“你今晚是不想下床了吧？”

霍慈：“……”

两人从冰场里出来，天早就黑了。易择城要开车，霍慈拉着他说：“我知道这附近有家甜品店，咱们过去吧。”

今天她说了算。

等走到店门口的时候，易择城突然低头一笑，霍慈觉得奇怪，问道：“你不喜欢？”

“不是，只是觉得你很专注。”易择城低声说。

霍慈有点儿不懂易择城的意思，可他也没解释，只是拉着她的手直接进了店里。此时已经快九点了，店里没什么人，只有收银台前安静地坐着一个姑娘。

等他们走过去，收银姑娘抬起头，正要招呼他们，脸上却露出惊诧的表情。

“你们好，欢迎光临，请问要点些什么？”收银姑娘眼睛一直盯着他们看，许是憋不住了，带着点儿轻笑说，“你们和好啦？”

霍慈正在抬头看菜单，听到这句话，看着她。

旁边的男人握着她的手，低声“嗯”了一声。

霍慈要了热可可，又点了两份甜点，易择城要了咖啡。两人在位子上坐下，霍慈才感慨：“你知道吗？从我小时候开始，这家店就在了，到现在差不多开了十五年了。”

那时候，她喜欢滑冰，周末总会来玩。霍明舟要上班，偶尔才能陪着她。待她大了之后，她就自己来。如果她没成为摄影师，那成为一个花滑运动员，似乎也很不错。

没一会儿，霍慈的热可可就到了，大红色马克杯里装着热可可，刚端过来就闻到巧克力的甜香。等收银姑娘离开后，她才想起来问：“刚才她问我们是不是和好了，你之前来过这里？”

霍慈经常来这里，所以收银姑娘认识她不奇怪。

可这是她和易择城第一次过来，或许他从前和别人一起来过这里？

想到这个可能，她端起面前的热可可喝了一口。

“你觉不觉得刚刚那个小姑娘，像一个人？”突然，易择城开口对她说。

霍慈双手撑在桌上，手里握着热可可杯子，摇了下头：“像谁？”

易择城看着她，扬唇一笑：“你不觉得她很像你？”

霍慈一愣，立即反驳：“我哪有这样。”

“你小时候就是这个模样啊。”易择城看着她，像是陷入某种回忆当中，原本上次还只是怀疑，可这次是确定了。

原来他们的缘分，比六年前还要早。

霍慈愣愣地看着他，就见他指着不远处的座位说：“那时候这里还没这么大，只是一间很小的店铺，你就坐在那里，一直哭。”

这一次，霍慈震惊了。

她呆愣地看着他。

“怎么可能。”霍慈下意识地反驳。

可是她记起来一件事，那是她高中时候的事情。当时她一个人来这里滑冰，玩完之后，就坐在这里等店员把饮料端上来。

谁知电视上却突然插播了一则新闻，她喜欢的组合正式宣布解散。

那时候班上的女孩都喜欢这个组合，霍慈也不例外，甚至在他们来北京开演唱会的时候，还去看过。那是她青春岁月里除了学业之外，唯一鲜活的记忆。

谁知现在突然宣布解散了，她一个人坐在店里，泪如雨下。

就在她哭得特别厉害的时候，感觉有个人在旁边坐下，他的声音很好听，只是她满脑子只有喜欢的组合解散了这件事。他问自己为什么哭，她也不说话。

好半天，就在她以为他已经走了的时候，突然有一杯热可可端到她的桌子上。

“别哭了，喝点儿东西吧。”男人温和地说。

霍慈一向自尊心强，此时哭得太厉害，根本连头都不敢抬，只低声说了句："谢谢。"

直到他起身，霍慈还是低着头，怯生生地问："哥哥，你能再给我买一杯吗？"

男人轻声一笑，说："好呀，那你不许再哭了。"

"哥哥，我还想听歌。"

"听什么歌？"男人的声音清冷却很柔和。

她垂着头："《为何我会喜欢上你》。"

这是她最喜欢的一首歌，也正是因为这首歌，她才会喜欢上这个少年组合。

"热可可？"她看着他，满眼的震惊。

这也是她后来会一直喜欢热可可的原因。

"为何我会喜欢上你？"她又问。

对面的男人轻笑："现在你知道，你为什么会喜欢上我了吧？"

霍慈抱着满手的玫瑰花，还沉浸在这个奇妙的缘分当中。

直到两人回到家里，刚开了门，廊灯还没打开，她就被人搂住腰，按在墙壁上，她怀里的玫瑰挡在两人中间。易择城伸手要把花扯开，就听她呢喃着："不要扯坏我的花。"

"很喜欢，嗯？"他说完，嘴巴贴着她的耳朵，一下把霍慈问得身子都软了。

她轻轻点头，可是手中的花已经被男人拿走，随手放在地上。他又将她按在墙壁上，低哑着声音说："你今晚抱着这束花抱得够久了，现在应该来抱我了。"

玄关边上，两人纠缠在一起。霍慈双手抱着他的腰身，他的大衣纽扣是解开的，她的手直接插进大衣，隔着一层衬衫抱着他的腰身。

霍慈知道他明天又要回美国，那边的工作还没结束，他是连夜赶回来陪自己过的这个情人节。

有情人的情人节，才是真的情人节。

霍慈双手勾着他的脖子，踮着脚把自己送了过去。

她的主动成功取悦了易择城，他吻上她的唇，她的后背贴着墙壁，他紧紧地压着她。两人太久没见，虽然每天都打电话，可此时彼此怀中的是真实温热的身体。她柔软的唇瓣，被他轻轻嘬着，他像是吮吸着甜蜜的汁液。

他轻轻松开她，虽然此时房中一片漆黑，可他能感觉到她眼中的迷茫。

“我现在能拆开我的礼物了吗？”他的礼物，便是霍慈。

这世上还有什么比霍慈更能讨他的喜欢呢？

霍慈不甘示弱，笑着说：“我把你赢回来了，应该是我来拆礼物才是。”

两人都想到冰场上的那一幕，她长发飞扬，整个人洒脱又张扬。易择城身下控制不住地发紧，她的每一面都叫他那么喜欢。越了解，他就越喜欢眼前这个姑娘。

她的大气，她的疏朗，甚至连她的冷漠，他都愿意全盘喜欢。

霍慈已经伸手把他的衬衫从裤子里扯了出来，摸上去有种特别嫩滑的手感。她爱不释手地摸来摸去，竟是一时玩上瘾，直到她伸手从皮带边缘往下探入。

“解开。”他清冷的声音，在暗夜中，犹如染上了魅惑气息。

霍慈已伸手解开他的皮带扣，“吧嗒”一声轻响，在黑暗中分外清晰。于是两人相互纠缠着，大衣被脱得扔在地上，衬衫纽扣被扯绷几颗。霍慈被抱到洗手间的时候，身上的衣裳被脱得只剩下一条牛仔裤。

易择城眼神越发幽深，将她按到墙上亲了上去。

……

天刚蒙蒙亮，床上的人便有了动静。易择城在手机上设了闹钟，调成了震动提醒。他昨晚临睡前将手机放在了枕头下面，刚才闹钟一震，他就睁开了眼睛。

等关掉闹钟，确定没吵醒身边的人，他才慢慢地起身。

幸亏霍慈的洗手间是在房间外面，而且她家的隔音效果做得不错，他这才能去洗澡。等他裹着浴巾回来的时候，便看见床上的灯亮着，原本在睡觉的小姑娘此时正坐在床上，被子遮着她的身体，只露出象牙白的浑圆肩头。

“我以为你走了。”一抬头看见他，霍慈有点儿委屈。

易择城伸手将她揽在怀中，声音略低沉：“我过几天就会回来的。”

他一直不觉得自己是儿女情长的人，可自从认识霍慈之后，他做了太多他以为自己不会做的事情。为了陪她过情人节，他坐飞机飞十几个小时赶回来。现在美国的项目还没结束，可在他心中，她更重要。

他下巴蹭了蹭她的发顶，略带着笑意问：“你怎么不能变得小一点儿？”

小一点儿？霍慈一愣。

“这样就能把你随时带走。”易择城低头，脑袋埋在她的颈窝里。

霍慈一愣，突然也笑了：“你是在跟我撒娇？”

易择城，清冷如斯的一个人，居然在和她撒娇？

男人直起身子，淡淡地看了她一眼。好吧，她不该戳破的。此时他面色清冷，似乎又成了在外面的那个高冷不可触摸的易先生了。

易择城起身穿衣服，其实他的衣服颜色都很单调，最基本的黑白灰，点缀着深蓝、驼色，高雅又不失格调。霍慈坐在床上，看着他慢条斯理地穿衣服。他修长的手指正一颗颗地扣着衬衫上的纽扣，优雅得让人挪不开眼睛。

“我该走了，司机已经在楼下等着了。”他要去机场了。

霍慈不觉竟是眼眶一热，原来分别的滋味，竟是这样不好受。

易择城弯腰抱着她，沉声安慰：“我很快就会回来的。”

等他离开之后，霍慈抱着被子坐在飘窗上，今天北京的天气居然很好，要是下大雨该多好。忽然，楼底下出现了一个小小的模糊的身影。

又过了一周，易择城总算回来了。

这次回来，他连休息的时间都没有，因为不仅明盛集团日常事务要他处理，时窗那边的预告剪辑也出来了。

霍慈的巡回展览也在筹办当中，关于无国界医生组织的宣传，也提上了日程。

毕竟，这是无国界医生组织，第一次在中国做这样大规模的宣传。就连易择城这边，都松口答应了杂志社的邀请，准备接受他们的采访。

岳素没想到，易择城会答应她的采访邀约。他的秘书告诉她时，她激动不已，立即去找主编。她一直在跟这条线，但是谁都想不到，她真的能成功。

“开年的封面人物已经定了。”杂志三月开年乃重要的月份，一般杂志社都会请大牌坐镇。

岳素所在的更是国内顶级商业杂志，这期本来定的是一位国外的公司创始人。她为难地说：“这种重量级的采访者，总不至于只让他上内页吧。”

主编正为难，岳素劝说：“这可是他在国内接受的第一次采访。我觉得易择城这个人身上有太多点可以挖掘了。他出身名门，毕业名校。在工作两年之后，毅然选择加入无国界医生组织，成为MSF最杰出的外科医生，却又突然因不明原因退出，空降明盛集团。他从前是外科医生，现在是年轻企业家。”

说完，岳素突然一笑：“况且他长得这么英俊，如果是他当封面人物，我想我们这期杂志销量都不用愁了。”

现在是男色时代，易择城那张风华绝代的脸，没人能拒绝。

他的人生经历又是这样精彩，每一个阶段都有让人想要去更加深入了解的欲望。

主编哈哈大笑：“难为你磨了这么大半年都没放弃，看来确实是‘精诚所至，金石为开’。那就把他作为这期的封面出现。”

“谢谢主编。”岳素大喜。

随后她又说：“那边还提出了一个要求。”

主编好脾气地表示：“你说。”

“他们要求由霍慈来拍摄这期的封面。”岳素把明盛公关部的要求提了出来，这是他们最坚持的一点。

甚至那边直接说，如果不是由霍小姐负责拍摄，易先生将不接受采访。

主编倒是没想到对方会这么坚持，有点儿犹豫地说：“他们是不是不知道霍慈最近的麻烦？”

其实霍慈的事情说麻烦也不麻烦，不过她闹的这一出，确实是让人看不懂。主编和她也接触过几回，摄影师嘛，傲气又冷淡，又是长得那么漂亮的姑娘，实在看不出来是在人家婚礼上闹场子的人。

岳素摇头：“应该不会吧，明盛公关的人不至于连微博都没有吧，这件事连上了好几天热搜，他们肯定清楚。”

“你再和他们确定一下，要是对霍慈没意见，尽快拍摄，这位祖宗也是难请。”主编摇摇头，心情却不错。

这边岳素又跟明盛的公关部确定，那边肯定地回答：“对，岳编辑，我们易总只接受霍小姐的拍摄。”

对方这么肯定地说，岳素自然也放心。

不过挂了电话，她有点儿疑惑，明盛集团什么时候和霍慈这么熟了？不过她又想起在明盛集团大楼碰到霍慈的事情。

霍慈也没想到，易择城的杂志封面居然会让她来拍。

她接到岳素打来的电话时，颇有些吃惊。岳素笑着说：“霍慈，国内这么多的摄影师，易先生单单指定你，你不会拒绝吧？”

霍慈低头一笑：“当然不会。”

当她再次出现在明盛大楼，再次踏进那间椭圆形办公室的时候，似乎一切都变得不一样了。

因为这是商业杂志，不需要像拍时尚杂志那样摆那么多的姿势，易择城只要坐在办公桌后面，以及站在窗前就行。

当他站在落地窗前时，霍慈端着相机，安静地看着，阳光穿窗而入，他穿着剪裁合身的定制西装，淡然地站在那里，却有一种睥睨天下的气势。

当他微微转头的时候，霍慈原本已经放下相机，却又在一瞬间拿起，对准他。

阳光下，英俊的男人，露出他温柔的笑。

看完照片，连白羽都说，易择城肯定会红，而且是爆发性地引人注目。年轻的家族继承者，英俊清冷的面容，以及周身让人臣服的气势。还有他的经历，从外科医生到无国界医生，再到现在的年轻企业家。

就像采访稿上说的，他虽年轻，却已是一段传奇。

当这期杂志面世的时候，无数营销号就像自发地一样，发出了那张封面照。

英俊挺拔的男人，站在他的商业帝国之上，睥睨天下。

易择城的微博早已申请了，只是却没有任何一个关注，也没发过一条微博。

而在两天内涨了一百万的粉丝之后，那个安静得像没人用的微博，突然发了一条最新消息。

易择城：“谢谢你，摄影师。@霍慈。”

之前的零关注被打破。

点进去，他唯一关注的人：霍慈。

第五章

他什么心思，难道你不知道吗？

WJXHTNY

第一条微博，就是感谢一个女人。

一干颜粉，刚跳坑，就迎来了暴击。可是最起码表明这个微博还是有用的。于是，迅速有人在下面表白，抢热评。

看热闹的人不少，一干唯恐天下不乱的营销号已经开始扒两人的关系。

不过也有人指出，这期杂志的封面是由霍慈拍摄的，人家总裁只不过是想感谢一下霍慈罢了，况且都说了，是摄影师霍慈，又不是女朋友霍慈。

“第一条微博就艾特了霍慈，第一个关注也是霍慈，你觉得他们之间没猫腻的可能是多少？”也有人讥讽地说。

反正说什么的都有，没想到两人的名字又一次上了热搜。

本来霍慈就自带热度，圈了一堆粉丝，刷数据甚至都快赶上那波影视小花了。之前因为砸婚礼的事，知名度不仅在时尚圈，现在连大众都开始关注。

之前 T&A 广告的事，虽然有人带方向污蔑她，却被人扒出来：她一直都是 T&A 的御用摄影师，反而是南晚在她生病期间，接手了 T&A 的最新广告。不过前几天 T&A 最新的广告花絮图显示，现场仍是霍慈在拍摄。

所以真正被换掉的是南晚，而且 T&A 中国区在近期也有人事变动。宣传总监被免职，这一系列的变化，逃不过有心人的眼睛。

现在是讲究证据的时代，就算是双方粉丝骂架，也会拿出证据，往对方身上扔。

霍慈一直在拍片，自从她为易择城拍摄封面，而且效果显著之后，那些正在观望的时尚杂志，都争先恐后来请她。她本来就只是惹了一点儿小麻烦而已，现在事实证明，这点儿麻烦比起她的影响力，实在是很微弱。

她霍慈，依旧是这个圈子里最好的摄影师。

霍慈能在这个圈子里混得风生水起，而且从来不搞人际关系那套，靠的就是业务能力。她之前出国旅行又去了非洲一趟，工作强度一下降了下来，连工作室的人都有点儿无所事事。

过完年，各种广告和时尚杂志、大片的拍摄都接踵而来，其中最要紧的，就是霍慈亲自盯着的巡回摄影展。

这半个月以来，她忙得脚不沾地，总算是把照片洗了出来。

非洲这片土地本就足够有故事性，一望无际的苍茫大地，那些患有疾病却无人医治的人民，以及他们渴求美好生活的眼神。

一张照片却承载着千言万语。

这就是摄影的力量，它能将时间定格，也能传达一个人心中最深的渴求。

“呀，老大又上热搜了。”助理在旁边轻喊了一声。

白羽原本正在和霍慈说话，闻言立即转头，问：“怎么了？这回又闹出什么事儿了？”

鉴于霍慈这几次上热搜都是不太好的事，白羽真是怕极了再出事，三两步就走了过去。小助理笑了笑，安慰他：“小白，你放心，是好事。是易先生发微博，艾特老板呢。”

“给我看看。”霍慈依靠在墙壁上，原本正在低头查看相机里的原片，听到助理的话，语气淡淡地说。

白羽正要看呢，可助理想都不想拿着手机就往霍慈身边跑。他气得骂了一句，只好去拿自己的手机。

等助理拿了手机过来，霍慈低头看了一眼屏幕上，是易择城的那条微博。

连她的名字在内，一共就八个字，霍慈看了一遍又一遍。

她嘴角忍不住地上扬，一旁不明真相的小助理还特别天真地说：“老大，我原本听他们说易先生挺冷的，不怎么爱笑，没想到他人居然这么好。现在他热度这么高，第一条微博，就是感谢你的。”

霍慈去给他拍封面照的时候，带了工作室的几个人过去。

众人在拍摄现场一向随意惯了，可易择城淡淡的一眼扫过来，众人都老老实实的。

“易先生第一个关注的人是老大你哎，要不我们想想怎么回复人家吧。”小助理捧着脸兴奋地说，“老大，易先生真的好帅啊，好想嫁给他。”

霍慈手底下不知道拍过多少明星，成熟稳重的男星还有近年来大红的各种类型的小鲜肉，各个都长着一张让人难以自持的脸。看得多了，工作室的工作人员都不会这么轻易激动。

可易择城不一样，他是那种不管你何时看见，都会被惊艳到的男人。

白羽急匆匆地赶了过来，问她：“你看见易先生发的微博了吗？”

“看了啊。”她点头。她不仅看了，而且看了十几遍，连下面的评论都看了好多条。

霍慈伸手摸了一颗糖出来，剥开糖纸，扔进嘴里，眼中依旧饶有兴趣。

白羽低声问：“那你打算怎么回复？”

白羽倒也不是怕她公布恋情，只是这会儿似乎不是一个很好的公布时机。

霍慈抬头，眼神淡然：“你不用担心，我知道摄影展很重要。如果这时候公布恋情，会让大众以为我们是在炒作。”

毕竟先公布恋情引起一波关注之后，她再公布自己要开摄影展的事情，可能关注度会上来，但这不是霍慈想要的。

她想要的，是所有人都看到她的摄影，看到她想要传达的内心感受。

他们说的话让小助理听得一脸迷糊，直到霍慈说完，她才傻傻地问：“什么恋情啊？”

霍慈嘴角一翘，伸手捏她的脸颊，表情虽然还是淡淡的，可眼里已经流露出几分得意来：“就是我和易先生的恋情啊。”

小助理张大嘴巴。

“所以，嫁给他的事呢，你就别想了。”霍慈靠着墙壁，懒洋洋地说。

小助理咬着嘴唇，拼命地摇头：“老大，我是痴心妄想，您就当没听过吧。”

“嗯。”霍慈一挑眉，神色冰冷。不过她再抬头的时候，勾着小助理的肩膀，轻声说，“我和易先生的事情，除了小白，现在就只有你知道了。如果外面有什么风声的话，我只能把你灭口了。”

“我不敢的，我肯定不会传的。”小助理胆怯地回复。

等小助理走了，白羽才瞪了霍慈一眼，怒道：“瞧你把人小姑娘吓的，要是再跑了一个助理，你以后自己接电话做杂事。”

霍慈哼笑，也不在意。

她转身去拿自己的手机，坐在椅子上，一双长腿，闲闲地搭着。打开微博之后，她搜索了易择城的名字，他的微博已经有了认证，现在已经有了两百多万的粉丝。

这世上不公平的事情太多，厉害的人，连涨粉都比一般人快。

她点进去，唯一的一条微博已经是热门微博。

她点击关注他，又点了转发，抿嘴想了许久，指尖在屏幕上轻轻点击。

霍慈道：“不用谢，是易先生您长得好。”

微博发出去不过一分钟，下面评论久已经一千多。

“哈哈哈哈哈哈哈，我必须承认，霍慈说得对。”

“完全赞同这句话，确实是我男神长得太好了。”

霍慈的口吻看起来更像是调侃，原本还疑心他们有什么的网友，此刻也都加入了各种花式表白的行列。

倒是易择城这边，接到了韩京阳的电话。

他接通时，低头看了一眼腕上的手表，沉声说：“你只有五分钟的时间，待会儿我要去开会。”

“择城，什么时候把女朋友带过来和我们吃个饭，你这过年都忙着工作，咱们连个面儿都没见。”韩京阳抱怨着。

易择城用手指捏了捏鼻梁，说道：“等西南回来，咱们一起聚吧。”

韩京阳“嗯”了一声，突然坏笑道：“其实哥们儿是来嘲笑你的，微博艾特人家，结果人姑娘只来了一句‘易先生’，连个名分都没有，哥们儿都替你委屈。”

电话里没声音了，易择城淡淡地开口：“滚。”

原以为也就这几天的热度，没想到，突然有人在微博上晒出了一张照片。

是一张在图书馆里偷拍的照片，被偷拍的男生安静地坐在桌子边，耳朵里戴着黑色耳机，面前不像别的桌子上堆满了书，只有两三本。他微垂着头，线条流畅的侧脸极英俊立体，阳光从窗外洒进来，是那般帅气。

这张照片一被曝光，就被转发了超过五万条。所有转发都惊叹：这样的俊秀少年。博主笑着表示，这是将自己的多年私藏贡献出来，让大家知道一下，什么才叫“惊艳了一整个青春”。

照片上的人，就是易择城。

那时候他应该还在B大读书，这是一个B大女生无意中用手机拍下的，没想到这么多年了，居然还在。

霍慈看到这张照片的时候，都忍不住收藏了。

大概是用老式手机拍摄的原因，画质没那么清楚，可是画面里的少年，有种遗世独立的惊艳感。

她一直以为她和易择城的缘分刚刚好，可没想到，她依旧错失了他这么美好的年少时光。

如此想着，她就给易择城打了个电话，结果一直没人接。

徐狄不是第一次来明盛，可不管哪次都没这么慌张。她坐在沙发上，眼瞧着就要哭出来了，可怜兮兮地说：“你说斯扬要是出事了，我怎么向你外公交代啊。”

易择城站了起来，在原地转了一圈之后道：“他这么久没回家，您怎么到现在才跟我说呢？”

“他以前也会闹脾气，我以为他出国玩一趟就回来了，可谁想到，这半个月以来，他信用卡都没动过。我托人查了他的身份证，机票没订过，酒店也没订过，也没出国。”

徐狄这会儿是真慌张了。

易择城伸手揽着她的肩膀，声音坚定地安慰着：“您放心，我一定会找到他的。”

“城城，你可一定要找到你小舅舅啊。”徐狄怕徐斯扬出事，毕竟他可是徐家的独苗，她爸爸接近五十才有了这么个儿子，要是出事了，谁都受不了啊。

易择城轻轻点头，心底已是怒极。

徐斯扬虽然是他舅舅，可年纪比易择城小，从小就跟在易择城身后。他犯了什么事儿，易择城教训起来，丝毫不顾及两人之间的辈分。

之前以为他只是有些贪玩，这次却过分了。

这次他没低调，直接给韩京阳打了电话，一切可以利用的关系都用上了。

晚上六点多的时候，徐斯扬的位置被找到了。

易择城上车之后，后面还跟着两辆车，里面坐的全是保镖。这架势，倒像是抓人的。

霍慈打通他电话的时候，他正在去找徐斯扬的路上。一听说徐斯扬居然离家出走了，霍慈问了地址，也赶了过来。她开车到的时候，刚停下，就看见对面一支车队开了过来，为首的便是那辆迈巴赫。

“徐斯扬没事吧。”她有些担心地说。

易择城往小区里看了一眼，语气淡淡地说：“现在没事，待会儿就不一定了。”

她瞧着他这模样，就知道他是气急了，劝道：“待会儿见着人了，打残就行，别打死了。”

易择城转头朝她看了一眼，这种时候，她倒是开起玩笑来了。

进了小区之后，霍慈只觉得眼熟，想了一会儿，恍然道：“哦，对，莫星辰家就住在这里，她住十栋。”

听完，易择城朝她看了一眼，等他们到了十栋门口，她才知道他刚才那一眼的意思。

没想到，徐斯扬居然也藏在这个十栋里。

霍慈很少来莫星辰家，这么久没来，都已经忘记她住几楼了。等他们在十六楼出来的时候，在莫星辰家门口停下，保镖去按门铃。

里面传来一个声音："等一下，来了，来了。"

门从里面打开，门口几双眼睛都望着对面。

莫星辰愣愣地看着霍慈："霍慈，你怎么来了？"

霍慈："……"

这个情况，大概她也是解释不清了。

就在不知所措时，里面又传来一个声音："是不是外卖送来了，我快饿死了。"

然后就见一个穿着短袖的男人冲到了客厅，他头发微乱，虽然只穿了最普通的短袖和短裤，可还是掩饰不住他精瘦修长的好身材。

易择城的眸色陡然一深，声音里带着浓浓的快要压不住的怒气："徐斯扬。"

"你们怎么来了？"徐斯扬没想到一出来就会看见他们。

"是你自己出来，还是我进去？"易择城冷漠地看着他。

徐斯扬乖乖地走到门口，微垂着眼睑，再抬头的时候，可怜巴巴地看着莫星辰。

对，就是这双眼睛，才让她心软地把他留下来的。

莫星辰一脸迷茫地看着霍慈，问："你们认识？"

这种情况下，还有什么不懂的。霍慈没说话，倒是易择城有些歉意地看着她，轻声说："徐斯扬这几天在这里，给你添麻烦了。"

"不麻烦。"莫星辰开口，此时她神色还算正常，直到她声音颤抖地开口问，"易先生，你能告诉我你们是什么关系吗？"

易择城冷冷地看着徐斯扬，只见他满脸紧张表情，淡淡开口道："他是我母亲的弟弟，亲弟弟。"

“星辰，你听我说，我……”徐斯扬一句话还没说完，一直安静地站着的莫星辰猛地推了他一把，接着又是一把，一直把他们都推到门外。

她冷冷地看着他，吼道：“给老娘滚。”

“砰。”

是关门的声音。

徐斯扬穿着短袖短裤站在楼道里，拼命地拍着门，一边拍一边喊：“星辰，你听我说，我真不是故意骗你的。”

可不管他怎么拍，门里面什么声音都没有。

他双手抱在胸前，冻得颤颤巍巍地说：“你们帮我劝劝她吧，我真不是故意的。”

看着面前这张英俊又欠揍的脸，易择城道：“蠢货。”

霍慈又加一句：“活该。”

倒春寒的天气里，站在走廊上的人只穿了短袖和短裤，嘴唇冻得乌紫。

“回家。”易择城冷冷地看着他，口气很不耐烦。

徐斯扬站在这儿十分钟了，就是不走，易择城本来想让保镖直接将人拖走，可他死死地抓着门把手，手都弄破了。还是霍慈看不下去了，让保镖赶紧松开他。

“徐斯扬，你留在这里也只是叫她生气，不如我们先回去。等回头莫星辰消气了，再说。”霍慈还是站在朋友这头的。

她用脚后跟都能想出来，徐斯扬骗莫星辰什么了。

徐斯扬看着她，有点儿可怜，喃喃地说：“我真不是故意想要骗她的。”

“先走吧。”霍慈皱眉。

电梯正好上来了，是外卖送来了。

外卖小哥见通道里站着这么多人，又见穿着黑西装的壮硕大汉，不禁身子一抖。等走到莫星辰家门口，他才小心翼翼地问：“请问是这里点的外卖吗？”

徐斯扬赶紧说：“给我就行。”

外卖小哥愣了下，正要给他呢，结果门突然打开了，莫星辰气势汹汹地看着他们，伸手就从小哥手里把外卖夺了过去："这是我花的钱，没你的份儿。"

"星辰，星辰。"徐斯扬大喜，可谁知下一秒，门板差点儿拍上他的鼻子。

这回莫星辰是再也不开门了，徐斯扬站在门口，像是一只被丢掉的大狗。

"怎么办？"他回头看着易择城和霍慈。

这次连易择城都心软了，他脱下自己的大衣，走上来给徐斯扬披在身上，看着他沉声说："自己犯的错，自己去认。现在先回家，你离开家这么多天，想过家人的心情吗？"

徐斯扬垂头："对不起。"

总算把人劝走了，霍慈送他们到楼下，对易择城说："我去看看星辰，你先带徐斯扬回去吧。"

徐斯扬听到莫星辰的名字，眼睛都亮了。

霍慈看了他一眼，对易择城说："不要轻易放过他。"

"霍慈，你怎么跟小舅舅说话呢。"徐斯扬立即不乐意了。

易择城看着他："闭嘴。"

徐斯扬是真怕易择城，虽然自己是小舅舅，可不管是在他爸那里，还是在他姐姐那里，易择城都是能教训他的人。所以从小到大，他被易择城教训了，没人会说易择城，只会说他不懂事。

天理何在。

徐斯扬穿着易择城的大衣外套，腿上穿着短裤，脚上是一双拖鞋。易择城只穿着薄羊绒毛衣和衬衫，身姿依然挺拔。

等看着易择城带徐斯扬走了，霍慈又回到楼上，靠在门边，敲了敲门，里面没回应。

她拿出手机，给她打电话，一遍不接，两遍不接。霍慈捶门："莫星辰，开门。他们都走了，只有我。"

里面还是没动静。

“你不开门是吧，我在你门口等着，你知道我说到做到的。”霍慈声音坚定。

她靠在墙边，给自己剥了颗糖，也不再拍门了，安静地等着。

过了十来分钟，门开了。

她瞧见那一条门缝，一笑，脱鞋进门。她不是喜欢做客的人，所以就算和莫星辰关系好，也只是在其刚买房的时候来过一次而已。

莫星辰正坐在餐桌边，面前摆着的外卖，明显是两人份的。

她低着头，霍慈坐在她面前，谁都没开口。直到对面的人开始轻轻啜泣，霍慈看着她，轻喊了一句：“星辰。”

“你别说，我知道我自己是个蠢货。”莫星辰带着哭腔低声说。

她的眼泪一颗一颗地滴在她面前的米饭上。

霍慈看了，心里也跟着难受。

她起身一下拿过莫星辰面前的米饭，拽着她起来：“我们现在就过去，他们应该还没走远。”

说着，她就拉着莫星辰往门口去。

莫星辰：“去哪儿？”她声音里带着浓浓的哭腔。

霍慈看着她：“当然是揍他。”

“是我自己犯傻。”莫星辰低头，靠在身后的柜子上。

她本以为是找到了自己喜欢的人，却突然发现，这个人是假的。

“不是你犯蠢，是他太王八蛋了。”霍慈眯了下眼睛，声音危险。

莫星辰一听，眼泪又“吧嗒吧嗒”地往下掉。霍慈见她这样，只好又把她拖回沙发上坐着，等坐下之后，莫星辰痛快地哭了起来。等她哭够了，霍慈才语气淡淡地说：“现在可以告诉霍爸爸，到底发生了什么事儿？我也好去找他给你算账。”

正抱着靠枕的莫星辰茫然地抬头，半晌才委屈地道：“这种事情，你都欺负我。”

“你现在喊我一声爸爸算什么，说不准我得喊你一辈子小舅妈呢。”霍慈看着她。

两人大眼瞪小眼，莫星辰好奇地问：“他真是易先生的舅舅？”

“亲的，如假包换。”霍慈说。

莫星辰还是不敢相信：“可他年纪比易先生还小吧。”

“他是易择城妈妈同父异母的亲弟弟。”霍慈不禁伸手捏了捏眉心，这该死的缘分。

莫星辰垂着头，低声说：“他跟我说，他叫斯扬。”

“确实是叫这名字，不过他姓徐。”霍慈忍不住迁怒道，刚刚她就不该让徐斯扬这么轻易地走了，应该揍一顿的。

莫星辰低低地“哦”了一声，不说话了。

这会儿两人都有点儿不知道该说什么，莫星辰半晌才开腔：“其实也不能全怪他，怪我自己。”

颜狗一只，马路上随便捡到的一个傻大个儿，也敢往家里面带。

虽然那是一个好看的大傻子。

霍慈看着她，忍不住摇了下头，这种时候，她还替徐斯扬开脱，果然是莫星辰。

“你也是个傻子。”说着，她忍不住伸手去揉莫星辰的长发。

徐斯扬被带回去时，徐狄正好在家里。老爷子这几天正好去了香港，所以徐斯扬离家出走的事情，只被徐狄发现了。

徐家的别墅中，徐狄见他们进来，立即松了一口气。

她上去就捶徐斯扬：“你可把我吓坏了，下次再敢闹脾气，我就叫你姐夫拿皮带抽你。”

徐狄是真害怕了，毕竟绑架富家子弟的事情，也不是没有。要不是易家这样的人家低调，她恨不得让他们出门的时候身边都带上保镖。

徐斯扬低头道：“对不起，大姐。”

徐狄见他这般可怜巴巴的，立即心软。结果这才发现，他身上居然穿着短袖和短裤，长腿露出半截在外面，她心疼得直喊：“这是怎么了？衣服怎么都没有了？你是不是被人欺负威胁了？”

一直在旁边没说话的易择城突然说："您去让人做晚餐吧，我们都没吃饭呢。"

徐狄更心疼了，赶紧叫保姆和厨师去准备。

徐斯扬说："大姐，我上去换一身衣服，太冷了。"

徐狄瞧着他嘴巴都冻得青紫了，挥挥手说："快去，快去，先去洗澡，我再叫人给你熬一杯姜茶，免得病了。"

徐斯扬的房间在三楼，整个三楼只有他一个人住，衣帽间、游戏房、书房，一应俱全，就连他的卧室都占据了半个楼层这么大。

他出来后，就看见易择城正安静地坐在房中的沙发上，手里拿着一本书。

徐斯扬穿着睡衣，易择城抬头，指了指对面："坐吧。"

他不敢说话，乖乖地坐下了。易择城双腿交叠坐着，书就摊在他腿上，神色淡然从容，姿态优雅温和，看起来不像是要教训人。

"你以后打算干什么？"易择城问他。

徐斯扬不说话，易择城手肘撑在沙发的扶手上，手指撑着头，难得露出这般闲散模样。他这般懒散的姿态，也让徐斯扬没那么紧张了。

其实徐斯扬很聪明，他在英国读书，不是靠的家里关系。大学是他自己正经考上的，就连毕业都是一级荣誉。

徐斯扬也豁出去了，直接道："我就是不想进公司。"

"不进公司也行。"易择城语气淡淡地说。徐斯扬脸上立即露出一点儿笑容，就听他又说，"你总得赚钱养活自己。难不成以后还指着让人家姑娘养你？"

他多聪明的一个人，今天的事情早就看明白了。

徐斯扬这是住人家的，吃人家的。

"还是说你就是玩玩的？"易择城看着他，语气淡然地问。

徐斯扬立即着急了："当然不是。"

"她特别好。"他认真地看着易择城，又强调了一遍，"我真不是想骗她的。"

一开始是有趣吧，觉得她把自己当成了一个被女人甩了的穷小子，当然他确实是被女人劈腿了。可后来，她对自己是真的好。一个人有没有别有用心，他看得出来。

徐斯扬出身徐家，别人接近他是什么目的，他一眼就能看出来。

两人下楼之后，徐狄刚挂了一个电话。

见他们下来了，她笑着说："我正要去叫你们下来吃饭呢。"

徐斯扬上前揽着她的肩膀，笑着问："谁给您打电话，这么开心。"

徐狄顺势看了一眼旁边的易择城，温和地说："还不是海莲那孩子，刚从美国回来，就邀我去听音乐会，还是我喜欢的。"

海莲是之前徐狄在夫人聚会里，见到的朋友家的女儿。

徐斯扬一听是个女生的名字，又见她不住地往易择城身上看，有点儿愣住了。

等三人在餐桌前坐下，坐在对面的易择城这才从容地看着她，语气淡淡地说："那她没告诉您，我已经有女朋友了吗？"

徐狄原本正要喊保姆把姜茶端上来，听到这话迅速地回头看他："女朋友？"

她一声惊呼，又是惊讶又是开心地说："城城，你什么时候交女朋友了？怎么不带回来给妈妈看看呢，你这孩子也真是的。"

徐斯扬哈哈大笑，坏笑着道："我真替这位海莲小姐感到难过，看来音乐会门票也没什么用。"

等寻思过来，徐狄才知道他这是打趣自己呢，立马就伸手拍他，轻声骂道："不许拆我的台。"

"有照片吗？给妈妈看看嘛。"徐狄满眼期待地看着他。

她盼着易择城找女朋友，都不知道盼了多久，要不然也不至于对海莲这般上心。可如今一听说儿子有女朋友了，什么海莲瞬间就被抛在了脑后。毕竟她儿子喜欢的人，肯定不会差啊。

徐斯扬一口气把姜茶喝完，这才说："特别好看，肤白貌美还有大长腿。”

“你见过？”徐狄吃惊。

他点头：“还挺熟的。”

徐狄有些犹豫地问：“真的特别好看？”

虽然徐斯扬对霍慈没什么心思，可也不妨碍他欣赏一下霍慈的美貌。这姑娘长得是真漂亮，具备一切大美女的标配，巴掌大的小脸，五官精致，再加上身材好，站在人群中，就是发光的存在。

他点头，说：“大姐，你放心吧。配我这大外甥，绰绰有余。”

这会儿在徐狄跟前，徐斯扬尾巴又翘起来了。

徐狄这会儿没工夫搭理他，摸了下自己的脸：“扬扬，你明天陪我去美容院吧。”

“最近有点儿憔悴了，得好好保养一下。”徐狄特别认真地说。

徐斯扬笑了：“大姐，您这是要跟人家比美呢。”

“我是不想让城城丢人，女朋友是大美女，妈妈当然更得是大美女了。”徐狄瞪了他一眼。

徐斯扬笑得更厉害了，坏坏地说：“您是不是，我大外甥说了不算，得姐夫说了才算。”

“你姐夫当年可是靠抢才把我抢到手的。”提起当年的事情，徐狄还是忍不住要笑。

那会儿的易怀泽，可不像现在这么稳重，也是傻小子一个。他半夜爬她家的窗子，差点儿被她爸爸养的那条大藏獒咬着。

“看来我大外甥这是继承了姐夫的好眼光啊。”徐斯扬这马屁拍的，让徐狄心花怒放。

易择城淡淡地说：“这顿晚饭，是不想让我吃了？”

徐斯扬顿时跳脚：“我要和姐夫告状，让他揍你。”

“告什么状啊。”他刚说完，就传来一个浑厚的声音，一个穿着军装的男人走了进来。

三人都没想到，易怀泽会过来。徐狄站起来，他已伸手脱掉了外套，递到她手上："正好在这边开研讨会，知道你们都在这里，就过来了。"

徐斯扬立即找到了最大的靠山，立马就开始告状。等他说完，易怀泽才坐下。

易怀泽朝儿子瞧了一眼，旁边徐斯扬已经问他："姐夫，你说大姐到底是不是大美女？"

徐狄在他们跟前还好意思，这会儿平白被徐斯扬这么问，立即就要拍他，轻斥："不许和你姐夫胡闹。"她知道丈夫如今的性子，岂会和他们年轻人胡闹。

可过了半晌，易怀泽开口："当然是，要不然我也不会死活要娶你姐姐。"

徐狄抬头看着他，即便过去多年，他眼中的柔情，仍不减当年。

三月，一个只有一分钟的视频预告在微博上爆红，播放量迅速超过一千万。

这个由国内最受关注的纪录片团队发布的视频预告，向所有人展示了他们新一季的纪录片主题：跟随着无国界医生的脚步，走入非洲大陆。

无国界医生，这个很多人只听说过，却从未了解过的人道主义组织，再一次引起了所有人的兴趣。

时窗团队在发布视频时，特别感谢了明盛集团，真是因为得到了明盛医药的赞助，他们才能前往非洲。还有人在预告片里，看到了两个熟悉的面孔。

易择城的身影虽然在纪录片中一闪而过，但是眼尖者早就认出了他。

况且在上次接受采访的时候，他作为外科医生的过去，早已经被人所熟知。而他曾经是无国界医生的一员，也在采访中被披露。

文章赞扬道：这是一群行走在死亡边缘的理想主义者。

他们每个人在各自的国家中，都拥有理想的职业和优越的生活，却甘愿放弃这些，前往那些贫穷、落后甚至还战乱不断的国家。

支持他们的，是那一颗仁心。

时窗团队纪录片发布的第二天，霍慈在微博公布了她最新的摄影展计划。

她同时宣布，在本次摄影展上的收益所得，将全部捐赠给无国界医生组织，以帮助他们正在中国进行的公益项目。

霍慈受伤的事情，也得到了解释。

按照她受伤的时间推算，当时她应该在非洲工作。一直以来，很多摄影界的人都在批评霍慈，认为她让摄影师这个职业变得太过商业化。她在时尚方面的工作无疑是成功的，可当初她是作为一个纪实摄影师成名的。

此番霍慈摄影展消息的发布，算是堵住了一部分人的嘴。

只是摄影展还未正式开始，在没看到她的作品前，谁也不敢说她这么多年的能力，到底是进步还是退步。

不管是批评还是夸赞的声音，都还没出来。

摄影界安静了，网上的热度却一下爆炸开了。她发布的这条微博，力压一众明星成了热门微博第一。“霍慈摄影巡回展”这个微博话题，更是立即冲上了第一热门话题。

两个小时之后，易择城的微博再次更新，他转发的是霍慈的微博：期待您的摄影展。

语气客气疏离，可回顾一下易先生发的微博，总共两条，还全部和霍慈有关。

如今易择城在网上的人气也是居高不下，如果说那篇采访引发了大众对他的兴趣，那么那张图书馆照片，则是让人看了有种初恋的感觉。

大概每个女生在年少时，都希望身边能出现一个像江直树那样的少年，高大、英俊、聪明，仿佛无所不能。

采访的照片中，易择城成熟稳重，有种睥睨一切的霸道；图书馆照片，却让人心生一种亲近感。阳光、书桌、图书馆，那个英俊的少年就那么安静地坐在那里，偷偷抬头，就能看见他清俊的侧脸。

那个最初发布的微博，如今已经被转发了十余万次，点赞数更是超过五十万。

就连霍慈自己都保存了一张，当她问起这是他什么时候的照片时，他微微偏头看了一眼，不太在意地说，大概是大一或者大二吧。

霍慈算了一下，有些惋惜地说："那时候我还在读初中。"

易择城一愣，随后把她揽在怀中，压在床上亲了个够。等亲够了，他低笑着问："你是在暗示我年纪比你大很多？"

于是年纪大她很多的易择城，当晚让霍慈没下床。

因为当天就是北京首战的预售，上线不过三分钟，当天的展览票就全部售光了。

运营商跟白羽联系的时候，他差点儿笑成一朵花，别提多开心了。原本北京站的展览时间定了五天，第一天的售票只是试水。显然这预售成绩，让所有人都很开心。

白羽喜滋滋地叫了下午茶，犒劳工作室的所有人。

因为过几天就是展览的日子，霍慈这几天都没有其他工作，只专心负责展览的事情。照片她已经准备了出来，白羽进来的时候，端着一杯咖啡说："休息一会儿吧。"

"今晚赞助商那边约了我们吃饭，一直以来都是我去应酬，马上展览就要开始了，你今天可一定要去。"白羽坐在椅子上，手臂搭在椅背上，下巴垫在手臂上。

霍慈皱眉，他立即嚷嚷起来："这次可不能再任性了，我都和人家约好了。况且这次可是个机会，对方说了，要是这次国内巡回展览效果好，到时候还可以赞助咱们去欧洲、美国。你想想这对你来说，是多大的提升。"

到时候，她就不再只是国内知名摄影师了。

白羽了解她，知道她骨子里有一股拼劲儿，要做就要做最好的。

霍慈知道这次展览幕后的事情都是他在负责，自己只负责出作品。这么久以来，只要她一句话，他都能前赴后继的。

于是她点头："可以。"

难得能请动这位祖宗，白羽更开心了。

因为晚上要应酬，霍慈提前给易择城打了电话，听到她的话，他也没多说，只叮嘱她少喝酒。临挂电话的时候，他用钢笔在纸上点了两下，沉声说：“结束之前给我打电话，我去接你。”

“不用，到时候叫代驾就行。”霍慈说。

电话那头沉默了几秒，坚持说：“我去接你。”

霍慈知道他是不放心自己晚上一个人回去，说：“那好，结束前，我给你打电话。”

陆林政走进包厢的时候，霍慈正坐在沙发上看手机，她早到了一会儿。今天她穿着宽松的浅蓝色毛衣，露出白皙脖颈和一小片锁骨，她垂头的时候，长发微微落在脸颊旁，想让人伸手帮她拨弄开。

白羽一见人进来，碰了碰霍慈，自己则先站起来，迎上去：“赵总，百忙之中还能抽空过来，感谢您的支持。”

赵总赶紧笑笑，眼神小心翼翼地瞥向身边的陆林政，没想到不过是一个普通应酬，居然惊动了大老板。

霍慈起身时，一眼就看见了陆林政，还有他脸上略得意的笑容。

她微愣，真没想到，这次的赞助商居然是他。

“我说过，我们很快会再见的。”陆林政走到她面前，长身玉立，俊美的脸上带着微笑，没有上次那种邪气。

霍慈淡定地看着他，不在意地说：“只可惜，这次没好戏看。”

上次跳楼威胁的戏码，足够精彩。

被这么揶揄，陆林政也不生气，略一挑眉：“你要是喜欢看，我可以现在叫她来表演。”

霍慈：“……可以，你很不要脸了。”

其他人则是一头雾水地看着他们聊天，还是那个赵总先反应过来，大笑道：“陆先生，你和霍小姐认识啊。”

“当然。”陆林政盯着她看，她今天穿了一条修身黑色长裤，双腿修长笔直，露出一小截脚腕，莹白纤细，他笑道，“霍大摄影师的名字可是如雷贯耳。”

陆林政看着她，眉眼带笑。

但凡认识他的，都知道陆家的这位少爷性情古怪。今天跟着他过来的，都是公司里的人，平时偶尔在公司看见这位少爷，都是面色阴沉，何曾见过他这么好说话的模样，所以大家都不由得朝霍慈多看了两眼。

果然人长得漂亮，就是占便宜。

等坐下之后，赵总特地请陆林政和霍慈两人坐了上座：“霍小姐今天是主人，而咱们陆总是贵客，都应该坐上座。”

霍慈冷冷地看着他，这就是她不愿意来应酬的原因，看着这些人丑态百出，真是连吃饭的胃口都没了。

席间，有人要给霍慈倒酒，白羽赶紧挡住。

陆林政偏头看她，轻声问：“你不喝酒？”

“不喝。”霍慈一点情面也不留地说。

人家也不恼火，笑笑说：“我也不喜欢喝酒，那不如我们今天一起喝水。”

这宠的，简直没的说了。除了白羽，其他人眼珠子都要掉下来了。外头都传闻，说陆少爷对女人不怎么上心。之前有个女人拿跳楼威胁他，结果陆少爷过去是过去了，只不过是叫人赶紧去死的。

众人赶紧附和：“现在提倡绿色生活，是应该少喝酒。喝水好啊，健康。”

于是一桌子的人，全改成喝水了。阿尔卑斯山脉的矿泉水，国外进口的，一瓶得好几百呢。

可那也真是没滋味。

白羽看得心里“咯噔咯噔”的，瞧着这位陆总的模样，是对霍慈有非分之想啊。

他之前一直接触的都是那个赵总，当初他刚想找赞助商，这家公司就找上来了。公司不大不小，可是老板出手爽快大方，除了违约金苛刻了些，其他都让白羽一百个满意。

今天吃饭，谁知怎么就冒出了这位陆总。

看来，他是冲着霍慈来的。

白羽认识她这么久，也不知帮她挡过多少烂桃花了。一想到这次的桃花是自己给招来的，他顿时觉得脖子有点儿凉，易先生不会弄死他吧？

想到易择城那个护短又护食的模样，白羽觉得自己这条小命堪忧。

霍慈从洗手间出来的时候，白羽就在外面等着。他低声说："要不你先走，回头我跟他们说一声，就说你不舒服，先回去了。"

她一挑眉："你不怕得罪人？"

"我的姑奶奶，我再眼瞎也看得出来吧。"白羽赶紧跟她求饶。

他先回去拖住那帮人，让她赶紧走。霍慈笑笑，瞧着他一路离开。

电梯来了，她进去按了一楼，门正缓缓闭合，突然就挤进来一个人。陆林政好整以暇地看着她："就这么提前走啊，也该打声招呼吧，让别人等着，不太好吧。"

他嘴角一扬，那股子邪性又露出来了。

霍慈靠在电梯壁上，正准备给易择城发信息。她看着手机，连头都没抬，道："是吗？你不是已经跟过来了？"

餐厅在七楼，电梯关上了，手机信号就不太好。

就在霍慈抬头，准备说话的时候，突然电梯里的灯光微闪，没一会儿电梯突然剧烈晃荡了一下。霍慈一下冲到前面，将一排按钮全部按亮。随后她又回去站在电梯的三角处，陆林政脸色煞白地看着她。

片刻后，电梯不晃了。

只是灯光一下灭掉了，电梯似乎停在某一处。

见电梯不动了，霍慈又开始按电梯里的报警器。没一会儿就有工作人员询问他们的情况，霍慈冷静地告诉她，电梯里困着两个人。

"好的，小姐，请您耐心等待一下，我们维修人员已经赶过去了。"一个温柔的女声安慰她。

等电话挂断，整个电梯里，安静得只剩下两人的呼吸声。

相较于霍慈的冷静，旁边的男人呼吸声似乎粗重了点儿。他的呼吸声越来越急促的时候，霍慈忍不住问：“你没事吧？”

她的声音清冷淡漠，可是在这种时候，彻底消除了陆林政心中的紧张。

他有点儿好笑地问：“你不怕？怎么能这么冷静？”

“怕，没看我刚才立即按了所有的按钮吗？”就是怕这电梯一下子摔下去，她还没嫁给易择城呢，要是就这么死了，实在是太冤枉了。

也许是和她说话的原因，他心中的恐惧一下少了许多。

“我很害怕。”他突然轻声地说。霍慈安静地听着，直到他再次开口，“小时候我被人绑架过，所以我很怕黑暗的地方。”

他刚说完，一道笔直的光，在黑暗的电梯里亮了起来。

那是霍慈手机发出的光。

周围没那么黑了，陆林政转头看着她，这张精致的脸，一如既往冷漠，却让人莫名地安心。

两人被救出来的时候，门口早就等着一帮人。餐厅经理立即上前，连连对他们说对不起。陆林政懒得和他们啰唆，说道：“有这道歉的工夫，好好保养一下你们的电梯。”

霍慈见他这会儿连骂人的劲儿都有了，笑了一声，转身准备离开。

陆林政挡在她面前：“今天，谢谢你。”

霍慈抬头，他的手已经伸了过来，撩起落在她脸颊旁的一缕长发，柔软的发丝在他指间滑过，他把她的长发放回耳后，待看见她皱眉，他才轻笑：“是脏东西。”

“霍慈。”

一个声音自身后响起，霍慈回头，就看见易择城正站在门口，安静地看着她和陆林政。

“过来。”易择城站在门口，淡淡地看着她。

霍慈没想到他这么快就来了，立即走了过去。易择城拉着她的手，握得有点儿紧，霍慈忍不住皱眉看了他一眼。

此刻他的目光直直地看向霍慈，眼眸深邃幽深，像是看不见底的深潭。

“先生，小姐，这次是本店的重大失误，真的对两位十分抱歉。”餐厅经理又过来了。来这里用餐的都不是什么普通人，竟让客人在电梯里差点儿出事，他们也很紧张。

易择城刚进来，听到他这么说，低头问：“怎么了？”

“没事，电梯出了点儿问题。”霍慈淡定地说，神色如常。

易择城握着她手掌的劲儿稍微减了点儿，他微微点了下头：“我们回去吧。”

一旁干站着的陆林政见易择城连眼神都没给自己留一个，气得笑了：“遇见老朋友，连声招呼都不打，失礼了吧。”

霍慈微愣，没想到他们两个竟然认识。

她还没反应过来，易择城已经松开她的手，往前走了两步，抬手就是一拳。他这一拳没留情，陆林政被他打得往后连退了好几步。

等他再抬头的时候，嘴角都被打破了。

易择城冷冷地看着他：“现在打招呼了，你还满意吗？”

霍慈吓得上前拦住他，生怕他再动手。

餐厅经理大呼了一声，扶着陆林政，赶紧问：“先生，需要我报警吗？”

“滚。”陆林政一把推开餐厅经理，冷笑着看向对面的男人。

好在他没再动手，霍慈不知道他们之间有什么过节，不敢再让他们待在一起。赶紧把易择城拉走了，到了门口，他的车就停在门外。

两人上车，谁都没说话。

霍慈一路上看了他好几眼，她了解他的性格，要不是亲眼所见，她绝对不会相信他会主动动手打人。

“你们认识？”在等红绿灯的时候，霍慈看着前面，开口问。虽然是疑问句，她内心却是肯定的。

易择城却反问：“你们是怎么认识的？”

“他的公司赞助了我这次摄影展。”霍慈转头看着他。男人在听到这句话时，嘴唇紧抿，神色越发冷漠。

车内的气氛，明显有点儿凝重。

自从她和易择城在一起之后，她就没见过他如此生气的模样。其实他脾气很好，只是性情冷淡了些而已。但此刻，他似乎真的不高兴了。

两人回到家里，换了鞋进去。

易择城直接拿出手机，走到客厅窗边开始打电话。霍慈见他在忙，去厨房倒了两杯水回来。她端着水杯回到客厅的时候，易择城已经挂断电话了。

她走过去，将水杯递给他。

“我已经让杨铭去联系了，你换掉这次的赞助商，违约金我会给的。新的赞助商，三天内到位，不会影响你的摄影展。”

他看着霍慈，目光深沉，口吻是不容商议的坚定。

霍慈听了，心里有点儿冷。

她问：“为什么？”

“我知道这次摄影展对你很重要，我也一定会让它圆满成功的。”霍慈不说，易择城也看在眼里，这几个月来，她在家的大部分时间都把自己关在暗房里。

这些照片，是她的心血。他明白这次拍摄的艰苦，更知道她为此付出了多少精力。

早在之前，他就已经让杨铭联系了国内最好的营销公司，务必打响这次摄影展的知名度。有些事情，他不说不代表他没做。易择城的性子就是这样，很多时候，做的比说的多。

霍慈没接话茬，而是更冷静地看着他问：“为什么？”

顿了下，她说：“就因为你和他不对付？”

“这还不够吗？”易择城双手插在兜里，神色中透着一股说不出的拗劲儿，霍慈一直没觉得他是大院子弟。可他这会儿说话时，那股拗劲儿，让她信了。

她认真地看着他，缓缓地说：“那不可能，合同已经签了。”

“他什么心思，难道你不知道吗？”易择城看着她。

这会儿，两人之间有些僵持，有点儿互不相让的意思。说实话，这两人的性格，都有点儿硬。之前易择城总是宠着霍慈，两人生活上，也是他照顾霍慈的多。

此时他态度强硬起来，霍慈也没退缩。

这么多年，她一直被质疑着，不是不在意，只是一直没找到合适的机会反击。她小时候是外软内硬的性格。读书的时候，从来不用父母操一点儿心，要是哪次没考好，不用别人提醒，比谁都更努力。

后来性子变得更冷硬了，是那种撞到了南墙都得把南墙撞破了，她再自己踏过去的性子。

霍慈说："他什么心思，和我有关系？"

"换赞助商的事情，我会帮你处理妥当，你有什么不满意的？"易择城平静地看着她。

说到底，是霍慈不喜欢他的态度。

"这是我自己的工作，不需要别人对我指手画脚。"

半晌，易择城看着她，语气淡淡地说："对，我是别人。对不起，是我僭越了。"

隔天，易择城前往上海出差。两人之间彻底冷淡了下来，连日常联系都没有。白羽见她下班不回家，还劝她不要太累呢。

直到他在老地方碰到她的时候，眼珠子都险些要瞪得掉下来。

"你怎么在这儿？"白羽赶紧坐了过来，要是知道她来，他也不叫别人了。

霍慈面前摆着一杯水，长腿随意地搭在桌下，窝在沙发里意兴阑珊地说："莫星辰打电话叫我来的。"

白羽这才松了一口气，等了半个小时，莫星辰才匆匆过来。

"我非得把我那破车换了不可，这个月都坏了两回了。"莫星辰一坐下，立即抱怨。

白羽瞧着她："赶紧换了，好好的姑娘开这么个车。"

“你懂什么，你以为我不想换，这不是没钱嘛。”莫星辰懒得搭理他。

白羽瞧着她，无奈地说：“人家也是营销号，你也是营销号。别人年收入百万，你怎么就没有呢？”

莫星辰这个营销号主当得确实不称职，她最大的乐趣就是各种爆料，然后逗那些小粉丝。要说赚钱啊，也就是赚品牌的广告费，有时候也接点儿明星的活儿，偶尔发发他们的消息。

霍慈瞧了她一眼，语气淡淡地提醒：“某人身价百亿，你要不考虑一下？”

“我是那种容易为富贵所屈的？”莫星辰冷笑。

白羽那边还有朋友，需要过去招待一下。莫星辰见他走了，才低头看霍慈：“怎么回事，和易先生吵架了？”

霍慈皱眉，半晌才问：“你怎么知道的？”

“因为你满脸都写着‘我很不开心’。”虽然霍慈平时也是个冷脸，但开不开心一眼就能看出来。

莫星辰特别豪迈地拍了下她的大腿：“说说吧，怎么回事。”

霍慈冷笑，端起面前的杯子喝了口水，就是不说话。

好在莫星辰也不着急，过了好一会儿，她自己开口了。

等莫星辰听完，第一反应就是哈哈大笑。她边笑边看着霍慈说：“你这都没看出来？他这是吃醋了呀，我估计他当时肯定想折断那个陆林政的手吧，居然还撩你头发。”

霍慈看着她，莫星辰已经笑得靠在她肩膀上。

“原来不管怎么高冷的男人，遇到有人觊觎自己的女朋友时都会吃醋啊。”

霍慈冷笑：“不可能，他不是这么幼稚的人。”

莫星辰撇嘴，笑着说：“不说他吧，咱们转换一下。要是有个女人为了接近他，故意和他们公司做生意，你想想，生意伙伴嘛，平时总得有个应酬吧，一来二去的，你会怎么办？”

她还挺期待霍慈的回答。

霍慈冷冷地说："大概会弄死她吧。"

敢觊觎她的男人！

"要我说，霍慈长得漂亮，做事大气，才招人喜欢的，你看看长成易端端这样的，谁会抢着要啊。"韩尧倒了一杯酒，笑嘻嘻地说。

他这几天正好休假，听说韩京阳和易择城都在上海，自己也顺便到南京看看战友。

易择城觑了他一眼，目光冷冷的。韩京阳狠拍了他一下："端端怎么了，也是咱们瞧着长大的，那小模样不是长得挺好的？"

"这叫好？瘦得跟豆芽菜似的，哪天刮大风，头一个吹跑的就是她。"韩尧冷哼了一声。

韩京阳听出来了，这是和易端端别扭着呢。不过瞧着易择城脸色越来越沉，他赶紧提醒自己的傻弟弟，人家哥哥还在这儿呢。

"要我说，你这醋吃得也太没来由了，不就是工作，人家上赶着送钱捧你媳妇，你作为胜利者，也不要太斤斤计较了。"韩京阳呵呵笑，伸手松了松腰带。

三人坐在一块儿，这酒没少喝。

易择城和别人在一起的时候，断然不会沾酒。可是和他们在一起，百无禁忌。

他皱眉，断然否认："谁说我吃醋了，我只是不希望她牵扯太深。"

"说起来，这个陆家如今风头也正劲呢，在成都那边，人家可是这个。"韩京阳竖起了拇指，都是一个圈子里的人，谁还不认识谁啊。

说起来，这会儿孟西南就在人手底下待着呢。

易择城捏了捏眉心："陆林政这个人，太邪性。"

韩京阳勾着他的脖子，大笑："咱们这帮人里头，有哪个是善茬儿。你啊，也是太在乎你媳妇了。"

真是应了这句话——因为太在意，所以才会担心。

易择城靠在沙发上，心里想着霍慈。这小东西，真不给自己打电话了。

那天晚上，两人还是睡在一张床上，只是不像平时那般抱着对方。谁都没说话，背对着背。他也不是故意要和霍慈较这个劲儿，只是一时拉不下脸儿。

其实他这性格，冷是冷了点儿，但绝对不是斤斤计较的人。

怎么说呢，他是希望霍慈能顺着他，哪怕是不问缘由，也总该站在他这头。

第二天来上海，也是早就订下的行程，之前也和她说过。可这么一来，两人都有点儿架在那儿，下不来台。

霍慈的摄影展第一天是周六，易择城本打算提前一天回去的，谁知又突然出了点儿事，苏州这边的药厂发生了事故，他立即赶了过去。等他处理好问题，摄影展就剩下一天了。他订了早上的机票，可苏州起了大雾，飞机晚点了。

“去订高铁票。”易择城在机场的 VIP 室等了一个小时，当机立断。

杨铭知道他是赶着回去看霍小姐的摄影展，不敢耽误，赶紧又给他订了高铁票。

霍慈不知道他这边的事，只知道易择城一直没回来。她心里说不失望，是假的。其实她已经让白羽去准备解约的事情。

白羽原本不理解，差点儿和她吵起来。

摄影展的最后一天，人不算少。

北京站的售票都是在几分钟之内结束的，这些天来，媒体对于这次摄影展进行持续的报道，霍慈的名字不时就登上热搜。“无国界医生”这个话题，再一次被人不断提及。

在这个世界上，总是有这么一群人，他们为了理想，用医术去拯救这些生活在贫困和战火中的人们。

特别是这些医生原本都拥有很优越的生活，但他们甘愿放弃。

在这个浮躁喧嚣的社会，并非所有人一切都为了金钱，总是有一群理想主义者，永不放弃信念和追求。

而霍慈的摄影展，就是记录着这个群体。

北京站一经开展，形成了巨大的社会效应。现实和理想这个永恒的话题，似乎又找到了新的注解。

而霍慈，也不再是一个商业化的摄影师，一个只能拍摄时尚杂志和广告的摄影师。

她也拥有一颗善良温柔的心，能去捕捉这些让人感动的瞬间。

最后一天，她亲自来展览馆。这是她人生最重要的时刻，可是她心底最期望的那个人，没有来。霍慈流连在这个展厅，周围很安静，每个人都在静静地看着墙壁上的照片。

她看见一个女人，站在一张照片前，低头翻了翻包，却没找到纸巾。

霍慈走过去，递给了她一张纸巾。女人有点儿惊讶，却低低地说了一声“谢谢”。忽然，女人转头看着她，有点儿惊喜地问：“你是这个摄影师吧？”

门口有霍慈的照片，女人认出她了。

“您喜欢这张照片？”霍慈轻声问。

这是全场唯一一张易择城的照片，他侧对着镜头，那是他们到达利比里亚时，霍慈拍摄的。彼时，他的手掌被同伴的手术刀割破，面临着最危险的职业暴露。

霍慈抓拍了他安静地站在那里的背影，他温和地看着那些非洲儿童，看着他们把一个破烂的塑料瓶来来回回地踢着。

即便是处于那样的时刻，他也不曾怨恨。

女人用纸巾擦了擦眼角，柔声说：“我很喜欢，你拍得很好。”

霍慈仰起头，看着墙壁上的照片，男人坚毅的侧脸，让她的心房一下饱胀起来。为什么要和他生气呢？自己这么爱他，希望他永远开心，为什么要和他闹别扭呢？

一瞬间，她也觉得，自己简直是个蠢货。

就在霍慈发愣的时候，白羽走了过来，轻声说：“霍慈，易先生来了，正上楼呢。”

这几天，易择城一直没来，白羽也知道他们是闹别扭了。方才他站在二楼栏杆旁，看见易择城进门，赶紧进来通知霍慈。

霍慈听了，转身就往外走。

她走得太匆忙，以至于差点儿撞到进来的人。

易择城伸手把她捞进怀里，低声问：“跑什么？”

霍慈紧紧地抱着他，他已开口：“对不起，霍慈。”

“我应该站在你这边的。”霍慈低声说。她应该不问缘由，坚定地站在他这边的。

等说完，她又觉得委屈：“我以为你不会来了。”

见她这副模样，易择城的心早软了，他轻声说：“是工作耽误了时间，我应该早点儿给你打电话。”

他伸手摸着她的脸颊，声音温柔。

霍慈想了想，抿嘴：“我已经让白羽去谈解约的事情了。”

易择城的心早已经软得一塌糊涂，他略带歉意地看着她：“你说得对，这只是个商业合作，是我太敏感了。”

“可是你不高兴了。”霍慈轻声说。

他沉默了半晌，直到声音再次响起：“因为我吃醋了。”

霍慈愣愣地看着他，脸上瞬间绽放笑颜。

“城城。”一个有点儿惊讶的声音喊道。

易择城搂着霍慈，将她转了个方向，此时站在他们面前的就是刚才和霍慈攀谈的中年女子。她长得极好看，脸上也有细纹，却不妨碍她的美貌，那些细纹反而让她更显优雅。

“您来了。”易择城轻声说。

女子笑了笑：“你特地让人送来展票，我怎么会不来？”

霍慈安静地听着，心想原来他们认识，难怪刚才她会在那幅照片前驻足。

“霍慈。”易择城握着她的手，轻声说，“我给你介绍一下，这位是我的母亲。”

霍慈愣住了。

接着，他对徐狄认真地说：“这就是我喜欢的人，霍慈。

第六章

你愿意嫁给我?

WJXHTNY

"霍慈，你好。"徐狄看着面前的姑娘，哟，这就是她的城城喜欢的小姑娘，长得可真漂亮，而且心地还善良。

刚才霍慈递给她纸巾的时候，她已经认出来了。毕竟自家儿子无缘无故地让人送了一张门票给她，待徐狄进来时，才知道是一个摄影展，据说是国内一个特别红的摄影师拍的。

她原本以为是因为无国界医生的主题，所以儿子才会送票给她的。

可当她看见照片上的易择城时，突然潸然泪下。

一直以来他们都对他的选择不能理解，虽然他一直是他们的骄傲，可他让父母这么担心；尽管他们一直都反对，但易择城还是选择加入了无国界医生组织。

这个摄影展的介绍里的一句话让她颇为感慨："如果没有无国界医生，那么谁又能帮助这些处于疾病中的人们呢？"

她的儿子曾从事着一项伟大的工作，她却从未为他骄傲过。

徐狄看着那张照片，心中又是骄傲又是自责。

她在看到霍慈的一瞬间就明白，这个肯定就是易择城口中喜欢的那位姑娘。此时再看着霍慈，徐狄的眼眶又微微发热，她轻声地问："我能抱抱你吗？"

霍慈一愣，旋即点头，徐狄已经上前，将她抱住。

她在霍慈的耳边轻声说："谢谢你，让我知道我的儿子是多么了不起的人。"

易择城安静地看着这一幕，这是对他来说，生命中最重要的两个女人。

霍慈也曾想过，要是见到易择城的父母，应该怎么表现才好。可她没想到，易择城早已将一切都安排妥当，自己只要站在他身边就好了。

待徐狄松开她后，柔声说："城城也真是的，这么久都不带你回来。"

霍慈有点儿心疼他，便想说是自己的问题。她刚要解释，易择城已经上前揽着她的肩膀，轻声说："您已经看完展览了吗？"

"当然，霍慈拍得真好，你怎么不早点儿送票来，早知道我就多请些朋友过来了。”徐狄有点儿不满地看着他。

易择城看着她：“如果您喜欢，可以邀请朋友到家里看也一样。”

霍慈有点儿吃惊，没想到他会这么说。

谁知徐狄忽地高兴起来：“说得也是，正好你们这个展览的门票不是要捐赠到无国界医生组织吗？我在家里搞个小型的展览，让他们也为公益多多出力。”

徐狄什么身份，夫家权贵，娘家有钱，她认识的这些个夫人太太，哪个都不是普通人。

霍慈一时不知该说些什么。

徐狄已经美滋滋地筹划起来：“到时候就借用一下外公家的房子，那里地方大，不像咱们家出去进来的都不方便。”

她是真开心，她那些个朋友里头，子女结婚的可不少。只是瞧瞧她们那些个儿子找的，不是小明星就是整容整得脸都是僵硬的。之前因为易择城一直没结婚，有人到徐狄跟前来旁敲侧击，说实话，要是易择城找那样的，她还真想敲敲他的脑袋。

好在易择城不愧是自己的儿子，这审美，果然是顶级的。

这样的准儿媳妇，多长脸。

徐狄仔细地看着霍慈，这个子可真高挑，估计得有一米七以上，也不用担心以后孩子的身高，随爹妈的话，肯定还是大长腿。至于这模样，长得也真是漂亮。

谁说婆婆天生就瞧不上儿媳妇的？她这心底不知道多高兴呢。

最后两人把徐狄送上车，因为易择城还没看展览，所以徐狄先走了。临走的时候，她还特地叮嘱易择城，让他周末把霍慈带回家吃饭。

等车子走了，霍慈还是没转身，易择城打趣她：“这么喜欢我妈妈？还依依不舍呢。”

“你也不早点儿和我说。”霍慈伸手就给了他一下，天知道，易择城介绍说是他妈妈的时候，那一瞬间，她的手脚僵硬得不知道该怎么放，掌心都湿透了。

到这会儿，她手心还是潮湿的。

天不怕地不怕的霍慈，居然会有这么紧张的时候。

易择城低头看她：“你不是表现得很好吗？”

霍慈忍不住笑了，哪里是她表现得好，她看得出来，是因为易择城的那句话。他对徐狄说，自己是他喜欢的人。正因为这样，徐狄才会这么轻易地就接受她。

两人重新进入展馆，此时因为接近闭馆，所以人很少。霍慈陪着易择城看照片，其实这些都是他们一起经历过的。记忆还不曾褪色，可是这些鲜活的人被定格在一瞬间，记录着那段难忘的岁月。

如果没有人去关注，没有人去报道，没有人去记录，那这些无国界医生所做的努力，就只是在这世界的一角，默默无闻着。

霍慈不禁想起了霍明舟，他在非洲有六年了，中国的援非医疗队是两年一更替，可是他在那里坚持了这么久。霍慈也曾生气过，为什么别人的父亲能时刻陪在孩子的身边，而自己的爸爸却在离她数千里远的另外一个大洲，去拯救那些和他没有关系的人。

“你当年为什么会加入无国界医生行列呢？”霍慈轻声问。

易择城同样在安静地看着墙壁上的画，他轻声说：“我以为这个问题，只有记者会感兴趣。”

霍慈伸手勾住他的手掌，这双手曾救过无数的人，将他们从死亡线上抢救回来。

易择城说：“我在英国留学的时候，有个同学来自利比里亚。他是唯一一名来自非洲的学生，一直都很努力。他最常说的一句话就是，等他毕业了，就会回到他的祖国，因为那里比伦敦更需要他。”

这是一个勤勉的非洲小伙，善良热情，只可惜他没能等到那一天。

后来他被检查出来是癌症晚期，不过三个月，就在伦敦去世了。当时他的父母连到伦敦的机票都是他们一群学生凑起来的。当看着那对悲伤的父母带着儿子的骨灰回去时，易择城心中有说不出的伤感。

毕业时，他独自前往非洲旅行，也是在那时候接触了无国界医生。

那是一群真正的理想主义者，他们不问政治，只为治病救人。

其实他一向是个纯粹的人。

加入无国界医生行列，只是因为他喜欢那里的氛围，觉得他们的理念和他的相投。

霍慈伸手握着他的手掌，而身后有两个姑娘，早就注意到他们了。在看见他们牵手的时候，她们心里一阵激动。最后长发姑娘被推了出来，她上前问："您是霍慈吧？"

待霍慈转头含笑看着她，小姑娘特别激动，双手合十："我特别喜欢您的作品，您拍的很多杂志我也有收藏。知道有这个展览开始，我就等着抢票，结果只抢到了最后一天的。"

好在这些遗憾，在见到霍慈的一瞬间都消失了。

姑娘跟霍慈要了签名，她的同伴见她成功了，也过来要签名。两人捧着签名，长发姑娘瞧着易择城，见他回看自己，立即脸颊羞红。

最后，她鼓足了勇气说道："易先生，您一定要好好对霍慈，我们糍米是她最坚强的后盾。"

易择城含笑看着她，突然伸手将霍慈揽在怀中："我会的。"

两个小姑娘离开的时候，还没走远，就一直在念叨着："他怎么这么帅，而且好酥啊，男友力简直爆棚。"旁边短发的姑娘更是感慨："我也好想谈恋爱。"

结果长发姑娘笑话她："我女神谈恋爱能找到男神，你谈恋爱连个男神经都找不到。"

两个小粉丝离开之后，易择城看着怀中的人，有些好笑地问："糍米？"

"笑话我粉丝？"霍慈微微抬起下巴，有些傲慢地说，"笑话我粉丝就是笑话我，给你三十秒，道歉。"

易择城转头看了一眼，此时馆内只有远处的零星几个人，毕竟还有五分钟就要结束了。

他迅速地低头，在她唇上亲了一下，声音里带着笑："这个道歉还满意吗？"

霍慈安静地看着他，突然伸出舌尖在唇上舔了下，微微一笑："甜的。"

易择城琥珀色的眸子忽然变得幽深，如同深潭一般，要将她立即吸进去。

他笑道："你就是故意的吧。"

展览结束之后，白羽特地准备了一个庆功宴，工作室的人都辛苦了，让他们放松放松，还有圈内的各种好友。他原本想要租个地方办派对的，不过最后易择城提供了地方，是他闲置的别墅，平时没什么人住。但是花园足够大，适合办派对。

白羽还在因为霍慈突然要和赞助商解约而生气。

只是她的嘴巴太紧，他也实在是撬不出来什么。最后，他还是试图说服霍慈："你要知道，这个事情不仅仅是你一个人……"

"我不是都说了，违约金的事情，我个人负责，工作室不用承担，也不会连累你的。"这个工作室白羽也有投资，所以霍慈才决定由她个人赔偿。

白羽被她气得要炸，他恼火地说："我是怕你连累我吗？霍慈，你摸着良心说说，我是这种人吗？你知不知道这次赔偿金额是多少？你过去一年都是白干的！"

她赚得是多，可谁的钱也不是天上掉下来的。

他就不明白了，她怎么一根筋儿非要解约呢。

霍慈见他非要问出个所以然来，冷漠地说："我不喜欢陆林政，看见他就觉得讨厌，这个理由够充分吧。"

白羽："……"

他还是不敢相信，追问："就因为讨厌他？"

霍慈冷淡地看他："这还不够？"

"你的一个讨厌可真够值钱的。"白羽难得用嘲讽的口吻和她说话，

“上千万啊，这可是上千万啊。”

这笔钱霍慈是不用他拿，可自己替她心疼啊。有这上千万的违约金，干什么不好？

霍慈挥挥手：“去谈吧。”

因为这事儿，这几天工作室的气氛都不怎么好，白羽见了谁都一副见了仇人的模样。到了庆功宴这天，气氛才算好点儿。

庆功宴放在周五晚上，正是上一周班结束的时候，谁都想放松放松。

霍慈顺便去莫星辰家接她，她的车还没修好呢。等她上了车，电话一直响个不停，霍慈皱了皱眉，问：“你不接？”

“不相干的人，不用搭理。”莫星辰冷冷地说。今天她特地盛装打扮，长发红唇，只戴了一边的流苏耳环，垂在肩膀上，妩媚动人。

她转头瞧了霍慈一眼：“你就穿这身？”

“衣服在别墅，待会儿换。”霍慈今天穿着毛衣阔脚裤，看起来不像是去参加派对的。

到了别墅之后，客人只来了小部分，有人瞧见她，立即上来打招呼，恭喜她这次的摄影展圆满成功。霍慈微笑点头，好不容易才摆脱人群。

等她上楼之后，白羽拉着她在房间里坐下，抱怨说：“我就说了，让我去接莫星辰，你非要去。”

造型师早就等着了，白羽打造她一向一丝不苟，参加活动的穿着打扮比起这些当红小花也丝毫不输。今天她是主人，他更是不许她输给任何人。

霍慈在这种事情上，一向不和他闹别扭。

待她换上礼服出来的时候，房中出现一瞬间的寂静。她低头看了一眼，轻声问：“很奇怪？”

这款礼服确实不像她平时的风格，却更显得仙气飘飘。

白羽激动地说：“宝贝，你今晚一定会美翻全场。”

楼下音乐声已经开始响起，临近八点，派对要开始了。

派对的 DJ 设在房中，别墅的隔音效果做得很好。再加上每栋别墅之间都有一段不小的距离，所以并不十分喧闹。此时整个花园都被灯光点缀着，梦幻得如临仙境。

香槟、鲜花随处可见，穿着黑色马甲的服务生端着托盘，穿插在人群当中。

直到二楼的拐角出现了一个蓝色身影，没有预告，她就这么安静地出现在那里。只是一瞬间，却立即吸引了大厅中所有人的眼睛。

当霍慈从楼梯上缓缓走下来时，蓝色吊带礼服裙微微摆动着，随着她的每一步，裙摆上犹如星河闪烁。

原本喧嚣的大厅渐渐安静下来，所有人都注视着她缓缓地走下来。

她满载着星河，缓缓地走过来。

当霍慈终于摆脱人群，找了个安静的角落待着时，手里端着的香槟还没喝上一口，就听身后传来一个男声："要不是我托人找了张请柬，你这地方还真难进。"

她趴在阳台上，微风吹散她身上的热气。

她头也没回，说："你还不是进来了？"

"我能知道你非要解约的原因吗？"陆林政看着阳台栏杆上趴着的人，刚才当她从楼梯上缓缓走下来的时候，他居然没出息地以为她是落入凡间的仙子。

霍慈一笑："有钱难买爷高兴，你就当我乐意吧。"

一向都是陆林政噎别人，听到这句话的时候，难得他被噎住了。

他说："霍慈，这笔违约金可不菲，你没必要这么做。"

霍慈还是没转身，外面一片喧闹。她知道违约金是陆林政故意给自己下的套儿，他预料到自己会解约，提前设置了障碍。

可霍慈是谁，她是那种撞了南墙非要把南墙撞塌，然后再踩过去的人。

"她想怎么做，也不是你能指手画脚的。"一个清冷的声音缓缓响起来。

霍慈立即回头，就看见穿着深蓝色西装的易择城站在门口。

易择城看着趴在阳台栏杆上的人儿，身后是如幕布般的夜空，而她满载着星河，安静地站在那里，美得让人窒息。

这是他的霍慈。

陆林政看着他，嘲讽地说：“咱们之间的事情，你非要让一个女人给你出头，有意思吗？”

易择城冷冷地看了他一眼，走了过去，一直走到霍慈身边，伸手揽着她纤细的腰肢，低声一笑：“我媳妇愿意宠我，当然有意思。”

我媳妇宠的，怎么样？

易择城轻描淡写的一句话，让其他两个人都愣住了。霍慈微微仰头看着他，还是这张好看得让人窒息的脸，一脸沉稳冷静，偏偏说出来这样的话，语不惊人死不休。

陆林政也被他气笑了，这叫什么？

他这是到自己面前来秀恩爱来了？

陆林政看着他，冷笑了一声，转身就走了。

霍慈看了一眼，突然轻笑了一下，问道：“我觉得陆林政是冲着你来的吧？”

结果，易择城只是一声冷笑，伸手揽着她的腰，他强势又霸道地将她抱在怀中，低头就吻上她的红唇。

方才她在阳台边吹了好一会儿的凉风，感觉身上有点儿冷。她柔软的唇瓣沁凉，易择城的心底软了下，在她的唇上辗转吮吸的力度轻了点儿。

两人许久没在一起，此时她穿得这么好看，易择城一低头就能看见她雪白的胸口，这里的灯光幽暗，可依旧掩不住她白得发亮。蓝色礼服如星空般梦幻美丽，他低声一笑：“这件衣服果然衬你。”

霍慈一愣，有点儿迟疑，问：“这是你送来的？”

“那你以为呢？”他摸了摸霍慈的长发，黑发如瀑，柔软地在他手掌心滑过。

难怪白羽能拿到这条裙子，这条乃最新的秋冬款，刚在巴黎时装周上发布不到一个月。霍慈这一件应该是全世界首穿，她没想到居然会是在这么私人的派对上首穿这条长裙。

她想起娱乐圈那些明星，粉丝为了自家偶像能提前一季穿上最新款，吹得简直天上地下，绝无仅有。

霍慈抱着他的腰，微微仰头："你这样会把我惯坏的。"

"没事，我钱多。"一向高冷淡雅的易先生低笑了一声。

霍慈抱着他，今天她穿了高跟鞋，稍一抬头就能吻上他的唇。

北京站展览结束后，霍慈接到了霍明舟的电话，信号不是很好，不过还能听得清楚。

"恭喜你，小慈，爸爸看到了国内的报道，很好。"霍明舟自从知道霍慈有摄影展这个计划后，一直都在关注着。

甚至他还注册了微博，学会了玩微博，每次搜索霍慈的时候，他都会看到许多粉丝的评论。

有人告诉霍慈，她的摄影展让自己感触很深，也想要加入无国界医生行列。

也有人夸赞她拍得好，让更多的人了解了一个不为人所熟知的世界。

霍明舟这些年一直在这里，他教学生，手把手地带这些非洲的当地医生，希望能让更多的人在生病的时候，能够有医生看，有药吃。

他知道光靠他一个人的力量还很不够。

所以对于霍慈的摄影展，他一直很关注也很关心。他的霍慈啊，不管什么时候，总让他骄傲。

当初霍慈放弃学医，改行学习摄影的时候，霍明舟心底不是没有失望。

只是他对霍慈的照顾太少，又见她无心学医，就不愿过多劝阻。

霍慈窝在沙发上，看着外面的夜空，露出浅笑："谢谢爸爸，我给您留了香港站的票，您到时候一定要去看。"

霍明舟这次在南苏丹的援非工作，将会在七月底结束。而八月，霍慈将在香港举办最后一场摄影展。

她一直希望霍明舟能到现场。

“当然，我女儿的作品，我一定会去看的。”霍明舟笑着说。

他这边有点儿吵，刚说完，就听他说：“我这里来了病人。”

挂断电话之后，见医院出现了微微的骚动，他迅速冲了过去，就看见一个人满身是血地躺在床上，医生护士正在把人往里面推。跟着来的还有联合国的维和战士，戴着蓝色头盔的女战士跑了过来，两人彼此看了一眼。

乔朗先开口说：“是汽车炸弹，一共四个伤员，这个是伤势最严重的。”

南苏丹的局势并不稳定，联合国的维和人员尚且有伤亡，更别提这些手无寸铁的普通百姓。

霍明舟点头，见她就要匆匆离去，喊了一声：“乔朗。”

乔朗转头，她身上沾着血迹，脸上也有灰尘，看起来有些狼狈。霍明舟皱眉看着她，认真地说：“你要小心。”

在这个地方，死亡随时都会来临。

此刻看着她纤细的手臂却端着长枪，他忍不住提醒。

乔朗似乎没想到他会主动关心自己，在微愣之后，蜜色的脸颊上绽放出笑颜，她点头，蓝色钢盔下，那张英气的脸前所未有地温柔。

每个人都在为自己的使命努力着。

因为这次摄影展引发了巨大的社会效应，甚至有电视台节目组主动找上来，要独家采访霍慈。白羽跟她说这件事的时候，满脸的兴奋。

他一脸激动地说：“这个访谈可是极难上的，人家采访的都是商界大佬，都是些极有影响力的人。”

节目组能向霍慈发出邀请，就已经证明这是认可了霍慈的影响力。

霍慈原本也红，可那种红是商业化的，所以她经常被人诟病不够艺术。现在却不同了，这个摄影展让大家看到了霍慈的另一面，她的纪实摄影也可以这么艺术出彩，引人思考。

“我只是个摄影师。”霍慈却对这个不太感兴趣，她的性格并不适合台前工作。

一直以来，她都是幕后工作者的身份，为杂志拍摄大片，为那些明星拍照，把他们光鲜亮丽的一面拍出来。说到白羽给她打造的神秘冷漠的形象，冷漠确实是她的性格，神秘的话，就是她太懒了，不喜欢发微博，也不喜欢别人侵犯自己的隐私。

白羽见她意兴阑珊，连连报出了几个商界大佬的名字，个个都是被千万网民喊爸爸的存在。这些人都是上过这个节目的。

他说："你现在势头正猛，咱们一鼓作气，争取早日让你从摄影师变成摄影家。"

霍慈嗤笑："你还挺理想主义的啊？"

"那当然，霍慈，我一直都相信你能拍摄出震慑人心的作品。现在你有作品了，那是不是应该让更多的人看到，况且这样也有助于让更多的人知道无国界医生，让更多的人去关注那些需要帮助的人。"

白羽充分发挥了他的三寸不烂之舌的威力。

霍慈成功被说服了。

这个节目是在央视播放，收视率一直名列前茅，主持人更是有名的名嘴，温婉大气，采访也不会咄咄逼人，反而会像知心人一样跟你谈心，力求挖掘出你背后最深刻的故事。

白羽亲自送她去演播室录制节目，约定是九点化妆，霍慈八点半就到了电视台。

此时电视台正是上班的高峰期，一进门就看见不少脸熟的人，都是每天能在电视上看见的人，连见惯了明星的白羽都有点儿激动。

霍慈到化妆间的时候，负责的编导立即赶了过来。

编导没想到她会提前到，心里很高兴，毕竟这位和外界传闻的不一样，都说她现在是最当红的摄影师。编导立即客气地说："霍老师，您先坐。我让人给您倒杯茶，要是可以，咱们就先开始化妆。"

霍慈自然没意见，编导看了她一眼，愣住了。

她是素颜？

编导又认真地看了一眼，这皮肤可真好啊，就跟剥了壳的煮鸡蛋一样，又白又嫩，真想摸一把试试手感。好在她也就是在心里想想，没敢真这么干。

主持人陈宁比她晚到十分钟，过来和她打招呼。

两人握手的时候，陈宁看着她，忽地笑着说："难怪人家都说你是摄影师里长得最美的，美人里最会拍照的。长成你这模样的，是不是恨不得天天光给自己拍照片？"

说罢，化妆间里出现了短暂的沉默，随后众人哄然大笑。

连霍慈自己都忍不住笑了，她也是第一次知道，这位主持人居然这么风趣幽默。

毕竟在电视上，她一向温婉知性，又是名校毕业，很受观众的喜欢。

等化妆结束之后，访谈正式开始。

一开始陈宁只是就她怎么成为摄影师这个话题展开探讨，当话题渐渐深入后，她问："你当初是怎么想到这个主题，怎么想着去关注无国界医生，并且进行这样的纪实摄影的呢？"

霍慈听到这个问题，低头一笑。陈宁见她脸上的表情蓦地温和起来，作为一个资深的访谈主持人，这个表情让陈宁敏感地意识到这背后肯定有一个故事，而且是一个值得挖掘的故事。

霍慈略一思索，认真地说："应该是较劲吧。"

"较劲？"陈宁露出微微诧异的表情，饶有兴趣地看着她。

想到这个故事的开始，连霍慈自己都觉得不可思议。她轻声说："当时有个人想做无国界医生的宣传，他在找摄影师。然后别人介绍了我，结果他当着我的面搜索我的名字……"

说到这里，她顿了下，陈宁的兴趣被她一下子吊了起来。

她迫不及待地问："所以就有了这次摄影展？"

"他搜索了之后，告诉我，我不是他要找的摄影师。"霍慈回想着易择城那个冷漠又骄矜的模样，唇边溢出浅笑，"他说我太商业化了。"

陈宁这次真的有点儿震惊。

在面对每个采访者之前，她都会做一番细致的准备工作。她甚至还特地翻了一遍霍慈的微博，发现她确实是一个完全商业化的摄影师，每年拍摄的各种封面有几十封之多，是国内最高产的摄影师。

况且她还有大量的广告要拍摄，每年和各大品牌都有合作。

陈宁知道霍慈最被人诟病的就是商业化，原本是想迂回地提出这个问题，然后让她回应一下。可陈宁没想到，她自己主动提了出来。

“你介意自己被这样说吗？”陈宁问她。

霍慈想了下，回应说：“我觉得时尚摄影师并不比纪实摄影师差，因为在时尚界，有很多摄影大师，他们对色彩的把控，对细节的掌握，都称得上是登峰造极。毕竟一个广告大片，第一眼要做到的就是抓眼球。如果纪实摄影带给人的是心灵上的震撼，那么时尚则是眼球上的享受。每个人都有享受美的权利。”

她的一番话说完，连站在一旁看着的白羽都恨不得给她鼓掌叫好。

这是她第一次回应自己作品商业化的问题。

陈宁含笑看着她，虽然这是霍慈第一次接受专访，但无疑，她是每个主持人都会喜欢的嘉宾。她真诚地回答着每个问题，即便这个问题对她来说有些敏感。

“那你是怎么说服对方的呢？”陈宁对这个故事感兴趣极了。

霍慈说：“我告诉他，他不会找到比我更合适的。”

这真是骄傲又自信的回答。

陈宁笑了：“所以你最终打动他了？”

“当然没有，他这个人很骄傲，对工作要求也很认真。”霍慈对于这件事也没什么隐瞒的，说，“我接受了他的试镜要求。”

陈宁对这个很感兴趣，白羽却着急得差点儿跳起来。

她怎么能连这个都说呢？

此时采访还在继续，他不敢上前打搅，只能继续干着急地看着。

当陈宁问她在摄影师的路上可曾后悔时，霍慈想了下，认真地回答：“后悔的事情我倒是不记得了。但有件事，是我这一生都不会后悔的。”

陈宁微微挑眉，笑着说：“据我所知，你今年才二十七岁，现在就谈及一生，会不会为时过早？”

“不会，我很确定，这是我这一生都不会后悔，并且庆幸的事情。”

我这一生，永远不会后悔的就是努力地去争取这份工作。

因为这才让我找到了一生的挚爱。

我的易择城。

录制结束时，陈宁与霍慈握手，感谢她的合作。突然她上前一步，轻声问霍慈：“我能知道这个故事的结局吗？”

霍慈一愣。

她继续说：“就是你和那个他的结局？”

“我们在一起了。”霍慈轻声说。

陈宁笑了起来，她伸手抱了抱霍慈，柔声说：“这是我听过的，最美好的结局。”

因为陈宁还有个紧急会议，把她送出摄影棚，就匆匆离开。白羽跟霍慈一起去停车场，他忍不住抱怨霍慈说出试镜的事情。

霍慈临时去了趟洗手间，刚走到门口，就听到里面的人正在打电话：“我不管，反正哥你不能和永欣姐分手，你知不知道我男朋友最近也在和我闹？陆家原本答应给他融资的，现在哥你这样，我要怎么办？”

熟悉的声音，还真够冤家路窄的！

不过也是，毕竟沈茜就在电视台上班，自己来这里录节目，撞上她是在所难免的。

就在霍慈准备离开的时候，里面的人突然冲了出来。

沈茜看见她站在这里，微红的眼睛顿时射出了凌厉的光，一下子就进入了战斗状态：“你在这儿干吗？谁允许你偷听的？你怎么也跟你妈……”

她一句话还没说完，霍慈上前直接抓着她的衣服，猛地把她推进洗手间里。

一直推到她贴着洗手台的边缘才停下来，霍慈冷笑着看她："沈茜，你说话最好注意点儿，我妈妈再怎么说也是长辈。你要是敢对她有一点儿不尊敬，你猜猜我敢不敢揍你？"

霍慈可不是什么善茬儿，谁敢欺负她身边的人，她就能让对方后悔一世。

沈茜没想到她会这么强硬，原本还凌厉的姿态一下子就被打压下三分。自从柳如晗嫁给沈方棠之后，沈茜也随着沈随安前往英国读书。她不喜欢柳如晗，就算这两年回国来，也都是住在外面。

见到柳如晗她也是横眉冷对，柳如晗不大和她计较，她却越发地变本加厉。

再见到霍慈，她还当她是以前那个性子，说起话，张嘴就来。

被霍慈这么一吓唬，她倒吸了一口气，呵声说："你敢？"

霍慈冷笑，低头打量着她，幽幽地来了句："要不你现在试试？"

她说完，沈茜也没敢试试，心里是又憋屈又生气，恨不得诅咒霍慈去死，可是她又怕霍慈真的动手。

总有这种人，嘴上厉害，动真格的时候，却又往后退缩。

沈茜以为霍慈看见自己最起码会心虚，可霍慈一点儿都不，她没有什么可心虚的。

"别以为我妈嫁给了你爸，就欠了你的。她不欠你的，我也不欠你的。"霍慈低头，她早已经松手了，可沈茜靠在洗手台上一动不动。

她看起来是真被唬住了。

沈茜抬起头，恼火地说："霍慈，你别以为我没看见，那天我哥哥就是拽着你的手离开的吧。"

见霍慈不说话了，沈茜脸上闪过得意的神色，仿佛抓住了霍慈的把柄一样。她一脸张狂地看着霍慈，讥讽地说："别以为我不知道你的心思，你无非就是看见我哥哥回来了，就又想勾引他。他不会喜欢你的，你死了这条心吧。"

霍慈似笑非笑地看着她，说："你刚才不是说了，沈随安已经分手了，怎么，你那永欣姐姐翻脸不认人了？"

沈茜没想到她刚站在门口把什么都听了去，顿时气急败坏。

她张嘴就道："我哥只是一时鬼迷心窍，你以为他真的还会和你在一起啊。"

霍慈瞧她这样子，嗤笑一声，提醒她："我和沈随安是不可能的，这点你大可放心。我只是瞧不上你这种为了外人，硬逼自己哥哥的行为。"

沈茜这个人有多自私，霍慈不是不知道。她们两个人是同班同学，因为她生母早逝，所以沈随安这个当哥哥的对她格外宠爱。高中那会儿，别的同学还停留在耐克和阿迪的阶段，她已经各种国际大牌都用了起来。

看来这么多年来，她不仅没好转，反而变本加厉了。

为了自己的男朋友，她居然这么对自己的亲哥哥。

霍慈不想参与沈家兄妹的事，反正他们是一个愿打一个愿挨。

不过沈茜要是因为沈随安分手的事情迁怒于自己，进而对柳如晗不尊重，那自己不介意替沈家父子好好地教教她怎么做人。

话不投机半句多，霍慈也不再和沈茜废话，只是警告她："你哥的事情，是他自己的选择。你要是敢迁怒到别人身上，尽管试试。"

她转身离开后，沈茜气得胸膛起伏。

这么多年来，不管她哪次面对霍慈，都从来没有占到过便宜。

高中的时候，她们就不对付，可每次霍慈都能得到老师的维护，再后来连哥哥都护着她。沈茜一直觉得她是来抢沈随安的，没想到后来她妈妈居然还抢走了爸爸。

每次在新闻上看到霍慈的名字，沈茜就打心底里厌恶。

看着那张冷漠精致的脸，她恨不得撕碎了。

偏偏她心底再厌恶，却还是羡慕霍慈。

白羽见霍慈这么快回来，脸色也不好看，问怎么了，霍慈也没说话。只是到了楼下，她就给柳如晗拨了个电话过去。

柳如晗大概是没想到霍慈会突然打电话过来，接电话的语气都是高兴的："小慈，怎么了？有事找妈妈？"

霍慈听着她的语气，不像是受了沈茜气的。

"这段时间沈随安和沈茜经常回去吗？"霍慈问。

柳如晗没料到她开口就问沈家兄妹的事情，有点儿奇怪地说："怎么突然间问起他们的事了？"

自从知道霍慈和易择城在一起后，柳如晗心里的这颗大石头总算是放下了。

毕竟她也知道霍慈这么多年没谈恋爱，不是为了等什么沈随安，只是单纯地没遇到让自己动心的而已。

易择城这样的准女婿，那是首屈一指的。原本她还觉得沈随安不错，还有沈茜那个男朋友也不错，可自从见到易择城之后，她才知道，什么才叫作真正的优秀。

况且人家家室、人品、相貌，没一个不是最好的。

柳如晗就盼着他们能早点儿定下来，哪天结婚了，也让她安心。

只是她也不敢多问，怕霍慈不耐烦。

"我只是想提醒你一声，小心沈茜，她要是在家里发疯，你给我打电话。"霍慈这是怕她吃亏。

她打过电话之后，旁边开车的白羽问了："怎么了？是不是沈家这女的又惹事了？"

霍慈家里的事情，白羽也知道。

"谁知道。"她淡淡地说了一句，就转头朝车窗外看。

别说，还真被霍慈说对了。

沈茜几天都找不到沈随安，去他家里堵才知道他最近都不在家，去医院找人吧，他不是在手术就是在给病人看病。而且她自己也有事，总不能二十四小时去盯着他。

所以她特意叮嘱了家里的刘嫂，要是哥哥回家，就给她打电话。

她开车匆匆赶回去的时候，沈随安正准备离开。见她推门进来，沈方棠还挺高兴的，毕竟沈茜也难得回来一次。

“我先回去了。”沈随安跟两位长辈道别，就要出门。

沈茜见他如此躲着自己，顿时怒上心头，又想到今天遇到霍慈的事，恨不得一次性问清楚才好。她挡在沈随安面前就是不许他走：“哥，你到底为什么要和永欣姐分手啊？”

她话一说完，沈方棠和柳如晗都愣住了。

他们瞧沈茜这架势，还以为只是兄妹俩闹别扭了而已，没想到居然是这个原因。

沈方棠当即发问：“随安，这是怎么回事，你和永欣为什么会分手？”

沈随安淡漠地看了沈茜一眼，转头对沈方棠说：“爸，对不起，这件事我应该早点儿跟您说，我和陆永欣已经分手了。”

“哥，你怎么能这样，你们两个不是都要订婚了？你这么做，是不负责任。”沈茜尖叫。

沈方棠没想到沈茜会这么激动，但他内心不相信沈随安会如此鲁莽，沉声对沈茜喊道：“沈茜，你怎么能这么和哥哥说话。”

“随安，虽然恋爱是你们两个人的事情，但你和永欣既然决定订婚，就已经说明你们是认真考虑过彼此的关系的。我不希望你因为一点儿小事，便将分手挂在嘴边。毕竟你是男人，应该懂得适当地包容对方。”

沈方棠语重心长，陆永欣来家里拜访过几次，他私下还是十分喜欢她的。

毕竟她出身好，又与沈随安毕业于同一所大学，彼此之间有共同的话题，双方的家世也算匹配。门当户对虽然俗气，但在婚姻当中，十分重要。

他一直觉得亏欠了这两个孩子，自然希望他们能一路顺遂。

沈随安看着他，认真地表示：“爸，这件事我确实是经过深思熟虑的，我和永欣并不合适，我要是和她结婚，才是真正的耽误她。”

沈方棠向来尊重他的意愿，见他神色平淡，并不像是匆忙间做出的决定，这才点头说：“既然你这么说，爸爸尊重你的决定。但是不管是分手还是在一起，都要平和地解决问题。”

沈茜没想到她爸爸居然这么好说话，当时就又喊道："爸，你怎么能同意，哥哥不能和永欣姐分手！"

沈方棠见她这么激动，还以为她是喜欢陆永欣才会这么反对，说道："这毕竟是你哥哥的事情，如果他坚持，强扭的瓜怎么能甜。"

"爸，你就信我这一次，哥哥真的不能和永欣姐分手，永欣姐这么好的条件，哥哥以后上哪儿再去找一个这样的？"沈茜气急。

听到她这话，沈方棠的脸色冷了下来。原来她这么坚持反对，竟是因为陆永欣的家庭背景。

陆家在香港是厉害，是住在半山的豪门。

可沈方棠级别也不低，怎么会这么眼皮子浅，就因为女方的家世，硬逼着儿子和她在一起？

他问："这是你自己的想法，还是陆小姐请你来当说客的？"

他连永欣都不叫了，一声冷淡的"陆小姐"，却是表明了他的态度。

柳如晗见他们父女话锋不对，赶紧拉了拉沈方棠，劝说道："你别着急，沈茜也是关心她哥哥而已。"

"不用你在这里当好人，别以为我不知道你打的什么主意，我哥哥是不会和霍慈在一起的，你趁早死了这个肮脏的心思。"沈茜一股脑地把怒气全撒在柳如晗身上。

柳如晗气得脸都白了，沈茜平时就对她横眉竖眼的，她是长辈，也不便跟她计较。

可现在她竟造谣到霍慈身上，柳如晗也不想惯着她的毛病，立即就说："沈茜，我想你肯定是误会了。小慈早已经有男朋友了，你爸爸和你哥哥都是知道的。他们关系很稳定，也会很快结婚。我知道随安分手，你作为妹妹着急。但是再着急，你也不该口不择言，血口喷人。"

别说柳如晗生气，连沈方棠都忍不住指责她："你看看你像什么样子？霍慈早就有了男朋友，你哥哥分手也是他自己与陆小姐不能继续相处。你跟着瞎掺和什么？"

沈随安瞧着沈茜一脸委屈的模样，实在是失望。他问："是不是姓周的又来逼你了？”

沈方棠脸色更冷了，立即问：“究竟是怎么回事？”

“之前陆家答应给周溯的公司融资，现在我和陆永欣分手，这笔融资无法兑现，这也是为什么沈茜这么反对我分手的原因。”周溯是沈茜的男朋友，两人在英国的时候就在一起了。

沈随安之所以对她失望，就是因为她为了男朋友，可以完全不顾亲哥哥的感受。

他早已经和她说清楚他和陆永欣分手的原因，没想到沈茜居然还劝自己。

沈方棠真生气了，他怒斥沈茜：“荒唐，周溯一个男人连自己的事业都搞不定，还要依靠你。你居然还敢有脸要求你哥哥，沈茜，这件事是你太过分了！”

他一向对子女和颜悦色，这次发火是真生气了。

沈茜也不敢再说话，低泣了一声。

“随安，你先回去，周溯那边我来打电话，我看看他到底需要融资多少。”沈方棠脸色铁青，吓得沈茜赶紧抬头哀求。

沈家这边闹腾的时候，霍慈却难得在家和易择城一起看了一场电影。

两人都不想去电影院，好在家里有家庭影院。

她选了影片，因为是为了休闲，所以太沉闷、太文艺的都没选。等她选了部爆米花电影的时候，易择城已经把水果弄好端了过来。

自从两人住在一起之后，霍慈便请了个保姆来处理家务。

不过他们在家的时候，会让保姆提前回去。

易择城并不是完全不动手的人，他有时会给霍慈做饭，而且手艺颇为不错。霍慈最喜欢吃他做的肉丝面。

看电影的时候，霍慈随口说了几句，易择城见她对电影所用的镜头了然于胸，饶有兴趣地问：“你有兴趣拍电影吗？”

“没有。”她回答得很快，不过沉默了下，又表示，“当导演是个极大的挑战，我只是觉得我现在的能力尚不足以挑战这份工作。”

其实她平时拍广告，也会配合广告商的要求，拍摄微电影广告。

但微电影最长也不过十分钟，比起一部院线电影最少九十分钟的篇幅来说，实在是太短了。她一向目标明确，并不急于过早地挑战一些高难度的事情。

或许未来她会拓宽自己的职业领域，但最起码不是现在。

她需要更多的沉淀，更多的积累。

易择城见她提起工作就是一脸严肃，立即笑了，低头亲了下她的额头，柔声说：“放心，不管你选择什么，我都会支持你。”

“那我要是想上天呢？”霍慈想起那个要星星的笑话。

易择城低声笑着，认真地说：“那我就陪你一起上天。”

因为周五有拍摄任务，霍慈一大清早就到了摄影棚，一直拍摄到晚上八点多才结束。里面还在收拾东西，她因为拍摄太久，出门透口气，出来的时候居然碰到了沈随安。

“你怎么会在这里？”霍慈皱眉看着他。

沈随安看见她，顿时松了口气，说了句：“你没事就好。”

“我能有什么事儿？”霍慈冷冷地说。

沈随安想了下，还是说：“有人给我打电话，说你在这里有事，让我来看看你。”

其实原话是受伤了，要不然他也不会这么着急地赶过来。

霍慈觉得好笑，说：“谁这么无聊会和你说这种事情。”

说完，她随手给自己剥了颗糖，见他还盯着自己看，语气淡淡地说：“我没事，谢谢你的关心。”

沈随安点点头，欲言又止，过了好半天才说：“小慈，你要保重自己。”

他并不是不善言辞的人，可面对霍慈，最后只有这一句话。

沈随安走了之后，霍慈越想越觉得不对劲。她回头看了看，又觉得是自己太风声鹤唳了。

可她没想到，不到两天，真的出事了。

霍慈因为周一早上没工作，只要下午去工作室就行。结果十点多的时候，白羽的电话打来了。

“霍慈，你赶紧上网。”他的声音又气又着急。

霍慈还在睡着，迷迷糊糊地哼了下，问：“怎么了？”

“快别睡了，出事了，网上都炸锅了。刚才十点的时候，微博上有人公布了一组照片，说你是小三。”

她立即醒了，猛地坐了起来，揉了揉头发，直接把旁边的平板电脑拿了出来，打开微博，她的名字已经是热搜第一个，而且后面跟着一个紫色的“爆”字。

搜索量已经破两百万了，很好，确实很爆。

点进她的名字，热门微博第一条就是那个狗仔的爆料微博。

“是抗三斗士还是最强小三？最美摄影师马失前蹄，竟插足他人感情，百亿豪门富家女，也不是敌手。”

标题耸人听闻，连配图照片都格外吸睛。

图片上是她和沈随安，更重要的是，有几个角度，看上去他们两个似乎在接吻。

这种拍摄角度，肯定是预先埋伏好的。

她居然中招了。

这个偷拍虽然配图及标题耸人听闻，可网友也不是傻子，不会平白就相信。毕竟这年头男未婚女未嫁的多着呢。真正让人深信不疑的，是一条长微博，上面是各种佐证，都是从陆永欣的社交软件上扒下来的，她和沈随安从二〇一四年就认识，之后开始交往。

这就表明照片上的男人，确实是有女朋友的。

霍慈之前因为自己好友被人劈腿的事，大闹别人婚礼。当时舆论虽然说什么的都有，可大部分网友还是觉得她干得漂亮。

甚至有人直呼她是女侠。

有人讽刺地说：“这大概是年度打脸大戏吧，上蹿下跳地替朋友出头，打渣男骂小三，别人的脸面都被她踩在脚底下了。结果轮到自己的时候，就是严于律人，宽于律己。”

这条讽刺的微博，被上万人点赞。

路人就是这样的，觉得你好的时候，能将你吹上天；可一旦有不好的传闻，踩你的依旧还是这批人。

霍慈不在乎网上这些言论，但她不能任由别人把她当傻子一样耍了。

她立即打电话给白羽，吩咐他：“去那天拍摄的摄影棚，周围肯定有监控录像。偷拍的人之所以只放这种模糊的照片带节奏，就是因为只有这几种角度是有问题的。只要视频发出，就知道我当时根本只是和沈随安说了几句话而已。”

白羽一直在抓心挠肺地想怎么公关，没想到霍慈打电话过来，直接给他指了明路。

他大喜，立即说：“我亲自开车过去拿。”

“暂时先不要发声明。”霍慈冷笑一声。

白羽没想到她会这么说，立即着急了：“现在网上已经一片骂声了，虽然我们都知道这件事肯定是假的，可这些网友不知道啊，这种丑闻，应该越早澄清越好。”

“还有一天的时间呢，怕什么？”霍慈依旧冷静，她就是这样的性格，越是遇到大事，反而越是沉着冷静。

公关的黄金时间她自然懂，如今不过过去半个小时而已，她不着急。

她和沈随安之间的事情，几句话就能说清楚。她就是要看看，究竟是谁这么想往死里整她。圈内人基本可以排除，因为这个人一定对沈随安十分熟悉。

要不然那天也不会给他打电话，让他特地去自己拍摄的地方。

她在脑海中迅速锁定了两个人。

她虽然有些名气，但不至于让狗仔专门蹲守。他们这次这么干，肯定是收了别人的钱。

霍慈起床去洗漱，一边刷牙一边看着镜子里的人：面无表情，目光冰冷。

明盛集团成功拿下了美国在肝癌上的临床成果，如今癌症已成了威胁人类最大的疾病，明盛作为国内最大的民营医药集团，每年投在医药研发上的经费都是巨大的。况且明盛不仅本身有专门搞研发的实验室，也会花费巨资引进国外的临床研发成果。

易择城空降明盛这一年来，行事低调，但一出手便是大动作。

他准备拆分明盛旗下的产业结构，将拖累集团业绩的部分，进行大改革。但明盛集团自他外公创建之后，走到现在已三十多年。一旦要动，肯定会影响一部分人的利益，而这部分就是当初跟着徐老爷子打江山的人。

所以最近一直有人来找易择城，他本就不喜欢这种公私不分的情况，只是碍于对方是长辈，他也没有过于冷漠。

这才刚打发了一拨人离开，他立即召人到一号会议室开会。秘书点头，立即出去通知被他点名的部门总监。

杨铭趁机上前，低声说："易总，有件事我想您必须得知道。"

网上的爆料一出来，杨铭就知道了，只是易择城正在待客，他不便进去打扰。

所以等易择城这边一结束，他就立即进来了。虽然从微博爆料来看，一副信誓旦旦的口吻，可杨铭没相信，毕竟有脑子的人都不会在有了自家老板之后，再去劈腿别人。

他将平板电脑递给了易择城，页面停留在霍慈的热搜界面。

易择城低头看了几眼，旋即冷笑："荒唐！一派胡言！"

随后，他把平板电脑直接扔到了旁边的桌子上，"砰"的一声巨响，电脑在桌子上弹了好几下。他面色冰冷地说："联系公司合作的律师事务所，让他们发律师函给这个爆料者。"

杨铭见他盛怒，低声说："律师函是不是应该由霍小姐工作室那边来发，要不我跟她的经纪人联系一下。"

此时易择城已然处于愠怒当中，他极少会动火，这次不过看了两眼，就恨不得把眼前的平板电脑砸碎了。

“垃圾！”他狠狠地吐出一口浊气。

这种小把戏，他一眼就看出来了。这种娱乐圈相互陷害的把戏，居然玩到霍慈头上来了！

杨铭小心地偷偷觑着自家老板，就开始给白羽打电话，好在很快便接通了。

白羽这会儿应付媒体已经头皮发麻了，没想到杨铭也打电话来了。等听说他是来帮自己发律师函的时候，他小心地吸了一口气，轻声说：“易先生是不是还没给霍慈打过电话？”

杨铭被他一句话问得也有些发愣，说：“有问题吗？”

“霍慈的意思是暂不发声明。”连声明都不发，律师函自然不需要。

白羽也没让他着急，把霍慈让自己去拿监控视频的事情说了下。最起码拿到视频就能证明，霍慈当天确实只是和沈随安说了几句话而已。后来她就坐着白羽的车离开了。这样狗仔那套疑似接吻的图就不能成为佐证。

等杨铭把这件事说了，易择城听罢，还是拨了霍慈的电话。

此时霍慈正在家里换衣服，最初的恼火消散之后，她还能有闲情雅致在衣帽间挑选衣服。她挑出一条宽领带，正要给自己戴上时，电话响了。

“起床了吗？”易择城知道她今天上午不用去工作室，一开口声音还是很温柔，仿佛先前盛怒的人并不是他。

霍慈轻声一笑，把手机夹在肩膀和耳朵之间，伸手把领带戴在了自己的脖子上。她今天特地挑了一件领口微敞的黑色 T 恤，腿上是一条黑色漏洞丹宁裤，一身黑色装束又冷又酷。

不过她脸上的表情并不冷，她回答：“已经起床了，现在准备去工作室了。”

“今天还要过去？”易择城皱眉，这种时候霍慈再去工作室，肯定会被这些狗仔堵住。

霍慈听他这么问，就知道他应该也看到网上的传闻了。虽然他此时口吻正常，但她大概能想到他皱着眉又冷漠的模样，于是笑着问：“你生气了没？”

“嗯？”易择城反问了一句。

霍慈说：“这次的事情是有人故意的。我会处理好的，你不要担心。”

听着她云淡风轻地说要自己处理，易择城脸色反而比刚才还要可怕，他皱眉，声音都冷了几分：“什么都要你自己处理，要我这个男人做什么？”

霍慈：“……”

她低声一笑：“易先生，这句话要是被别人听到，该骂你直男癌了。”

“那是她们的事情，我只关心你。”易择城语气淡淡地说。

霍慈一直都喜欢他这种冷淡又骄矜的傲娇口吻，此时她靠在柜壁上，一抬头，就看见对面落地镜里自己上翘的嘴角。

我喜欢的人，就是这么在乎我。

“我只是觉得，对方不可能只是这么简单就打住，只怕还有后招。况且白羽已经去拿监控录像了，如果拿到了，我会让他们在晚上的时候发声明和律师函的。”霍慈轻声说。

易择城见她确实安排妥当了，心底有点儿无奈：“这种事情，你应该第一时间和我说。”

霍慈甜甜地说：“可是就算我不说，你也会知道啊。”

下午的时候，易择城放在桌子上的手机响了，他将文件都签好了名字，撇头就看见一个很难见到的名字在手机上闪动。

“我五点的飞机到北京，来接我。”电话刚接通，那边立即说。

易择城伸手捏了捏眉心，可是脸上已经浮起了笑容，过了许久，他才轻声骂道：“你还知道回来？是缺胳膊断腿，被人赶回来了？”

这话说得如此刻薄，应是关系极近的人。

“你来接我，不就知道了？”电话那头的男人哼笑了下。

易择城也笑了一声：“那我叫京阳还有韩尧他们一起吧。”

“不用了，我回头给他们都打。”那边男人有种理所当然的劲儿，笑声爽朗。

易择城跟着笑了起来，臭小子，回来了，回来就好。

挂了电话，他低头看了一眼手表，已经快两点了。好在今天没什么紧急的事情要处理，他给杨铭打了个电话，告诉他自己今天要提前离开。

不过他让他跟律师联系着，要是霍慈这边有事情，第一时间就要处理。

杨铭也开始去查这次到底是谁做的。这世上没有不透风的墙，既然敢做，就别指望别人查不到。

司机送易择城去机场，到的时候，已经四点半了。

韩京阳他们还堵在路上，不过也快到了。

等他们过来之后，就直接去出关处等着了。已经五点多了，正有一群旅客往外走，三人站在外围安静地等着。

直到一个穿着黑色飞行夹克的高大男人走出来，他身上背着一个硕大的军绿色背包，高大挺拔，一下就让人注意到了。

韩尧最激动，立即招手：“小成哥，这边。”

等人往这边走了，三人都仔细打量着，人很显眼，足足一米八七的个子，身材挺拔健硕，一身全黑装束，头发剃得极短，标准的军队士兵长度，一张轮廓极深的英俊脸，剑眉挺鼻。

他走过时，周围的年轻女孩都不住地回头望。

这样英气逼人的男人，走到哪儿都是一道风景线，让人欲罢不能的风景线。

蒋静成背着包阔步走来，看着面前的几个发小，嘴角突然勾起一抹笑，有点儿浪荡的痞气。

“我想着，要是今儿个谁没来，怎么弄死他呢。”

韩京阳听了，头一个忍不住，立即骂道：“丫是皇帝啊，好不容易回京一趟，还得诏告天下，八抬大轿来迎是吧？”

蒋静成不理他，先拥抱了离自己最近的易择城。

这一抱，让韩京阳的抱怨都吞了回去，心里只是想着：哥儿几个都多久没见面了。

打小就结下的交情，他们多数是独生子女，所以彼此之间就是没有血缘关系的兄弟。只要对方一句话，即使刀山火海，都会去赴约。

蒋静成一一和他们拥抱，这一群人站在一起，才真叫了不得。

原本围观他们的小姑娘就多，这会儿更有人已经拿出手机偷拍了。

他们也没多说，赶紧去了停车场。等上了车，总算安静点儿。蒋静成电话打得突然，什么都没开始问呢，韩京阳先说："你这次回来是探亲还是调任回来了？"

蒋静成和易择城两人一起坐在后排。开车的是韩尧，韩京阳坐在副驾驶座，一车刚好装下。

"听说咱们这儿万年铁树终于开花了？"蒋静成勾着嘴角问。

不提这个韩京阳还没想起来呢，这会儿他立即问："择城，你女朋友今天是不是在网上被人黑了，我看闹得还挺大的。你找人处理了吗？"

这就是亲哥们儿，哥们儿的女朋友出事了，第一反应就是被人黑了，绝对不相信人家姑娘是劈腿了。毕竟就算他不相信那姑娘，也得相信自己哥们儿的眼光。

易择城"嗯"了一声，倒是让蒋静成来了兴趣，立即问："什么事儿？"

等韩京阳把事情说了一遍，连开车的韩尧都怒了，骂道："现在的人心眼也太黑了吧，好好的姑娘非要给人安上一小三的罪名。那帮网民也是的，听风就是雨，连一点儿自己的判断力都没有。"

"标题挺耸人听闻的，连照片都是特意找了角度拍的。"韩京阳平时也用微博，虽然不常上，不过今天正好就看见了。毕竟霍慈就在热搜第一，想不看见都不行。

蒋静成听罢，突然冷笑了一声："这不是欺负人吗！"

"谁说不是，择城你打算怎么办？要不我替你查查谁这么缺德。"韩京阳瞧不惯这种赤裸裸黑人的把戏，估计这黑人的人，应该是还不知道霍慈已经有了男朋友。

"我已经让律师拟了律师函，会提告那个狗仔，还有明显造谣的人。"

谁知蒋静成的手已经搭在他肩上，低笑：“这种事情还不好解决？”

易择城偏头看他，刚从山上下来的人，倒是挺大言不惭的。谁知蒋静成说：“告诉所有人，她是你媳妇。”

“不要胡闹。”易择城语气淡淡地说。

谁知坐在前面的韩京阳却附和说：“我觉得小成这提议不错。”

关于公开的事情，易择城之前想过，只是他和霍慈都不是高调的人，没有刻意瞒着谁，但也不至于全世界嚷嚷他们在一起了。

“你们见过他女朋友吗？”蒋静成开口问。

韩京阳和韩尧异口同声道：“没有。”

“那还等什么呢，现在就去。”蒋静成一向就是这种性格，看好了就干，拖拖拉拉不是他的风格。

于是车子直奔着霍慈工作室去了。虽然易择城没告诉他们地址，可是这帮人想知道啥，还不是轻而易举的事情。

北京的交通不是很好，等他们到了工作室的时候，都已经快八点了。

易择城也没阻止他们胡闹，这都是他最好的兄弟，他也早就打算介绍霍慈给他们认识。之前一直没找到机会，这次也就任由他们闹吧。

结果没想到的是，最后闹得最大的反而是他自己。

越野车停在楼下的时候，瞧着三楼还亮着灯，易择城说：“我先打个电话问问她还在不在。”

“打什么电话。”蒋静成笑笑，立即降下车窗。

当真是多年的兄弟啊，连眼神都没交流，他刚喊出“一、二、三”的时候，三个男人齐齐地冲着楼上大喊：“霍慈！”

一句大喊，他们感觉又回到了年少时，半大的小子，天不怕地不怕，喜欢哪个姑娘，一帮兄弟给他壮胆，站在人家姑娘楼下就开始大喊人家的名字。

闹得整栋楼都开窗出来骂了，一帮人也不恼火，笑嘻嘻地等着那姑娘下来。

“一、二、三。”蒋静成带着节奏，三人对着灯火通明的三楼大喊起来。

此时霍慈正在和白羽说话，就见小助理进来心有余悸地说：“老大，您听到有人喊您的名字吗？”

刚说完，男人嘶吼的喊声清楚地传了上来。

别说霍慈工作室的人被震惊了，就连这栋楼里其他公司的人，也都站在窗子边上看热闹，甚至已经有人拿手机对着楼下开始拍。

霍慈出去，从窗口往下看，就见一辆黑色越野车停在车道上，然后一个人推门从车里走了下来。他长身玉立，漆黑夜幕都挡不住他挺拔的身姿。

他抬头看着三楼的窗户，发现那里挤着好多人。可即便视野模糊，没看见她，易择城也知道此刻她正低头看着自己。

身后是兄弟喊她名字的声音，他抬头，上面是她。

此时他心头涌上一种说不明的情愫，那种喷发的情愫涌进胸腔时，他突然抬起头喊：“霍慈，你要是愿意嫁给我，现在就下来。”

天哪！

楼上看热闹的人先疯了，这是求婚了啊！

车里的三个人也疯了，谁都没想到易择城会来这么一手。

霍慈原本正趴在窗口，还想着要不要和他招手，可当她清楚地听到这句话的时候，转身就推开人群，头也不回地往下冲。

她甚至连电梯都没来得及等，就从消防通道冲了下来。

当她跑到易择城面前的时候，长发飘动，气喘吁吁。站在离他几步之远的地方，她突然又有点儿不敢上前了。

“霍慈。”他看着她，喊了一声，声音不像平常那么清冷，甚至还带着一丝说不出的颤抖。

对面的人比他还紧张，好半天才说：“你刚才说的话，还算数吗？”

我下来了。

易择城听到这句，再也忍不住了，上前就将她抱在自己怀中，在她耳边低声说：“你愿意嫁给我吗？”

“愿意。”

第七章

你以后就是我的人了

WJXHTNY

“年度最虐狗求婚”，一段只有三分钟的视频，却在上传不到半个小时的时间，被无数营销号转载，甚至连新浪娱乐都亲自下场。

视频是从楼上往下拍摄的，对着一辆黑色越野车，因为是从车里传来的喊声。

上传视频的人，居然还贴心地配了字。

“本来还因为加班不开心，结果却正好遇到了年度大戏。原本只是听到喊名字，还以为是恶作剧，可是没想到是求婚。恕我语言太贫乏，简直不能描述其中的浪漫，虽然被求婚的不是我，可我还是想啊啊啊啊啊！”

放视频的就是霍慈工作室楼下的人，他们工作室所在的大楼里基本都是时尚圈的人。有造型室也有其他摄影工作室，所以装备齐全，这个视频就是专门的摄像机拍的。

一点开视频，就听到几个男人大喊着霍慈的名字，然后越野车的车门被推开，一个高挑修长的身影从车里迈出。

当他抬头冲着楼上大喊那句“你要是愿意嫁给我，现在就下来”的时候，围观群众爆发出尖叫声，看视频的人都开始激动了。

至于视频里的主角，立马就被扒出来是易择城和霍慈。

一个是上市公司的年轻总裁，豪门继承人，据说背景深厚。

一个是最当红的摄影师，肤白、貌美、腿长，哦，对了，今天还被人诬陷是小三。

对，就是诬陷。

围观群众本来还沉浸在霍慈居然去当小三的震惊中，可是到了晚上，剧情就猛地开始反转了。

“好了，霍慈不用解释了，我信她绝对不是小三！”这条微博被点赞和回复得最多，下面一排回复都是：“我信了”“我也信了”“我一百个信了”。

“说霍慈是小三，我早上看见照片就不相信。那套照片一看就是找的角度，有本事你把视频放出来啊。现在就要‘啪啪啪’打脸，可还爽？

看看人家男朋友是谁，你们觉得她还会去做别人的小三？”

“易择城居然是她男朋友，我的 B 大图书馆小哥哥啊，我早就看出来他们之间有猫儿腻了。这对 CP 我站定了，这波求婚太帅了，呃，我‘狗粮’吃太多了。”

于是早上还好好带了一波节奏的黑子，这回傻眼了。

其中最兴奋的就是霍慈的粉丝了，说实话虽然自家小姐姐被人追走了，可在拱走自家白菜的小哥哥实在是太帅了，居然没一个粉丝反对，全是各种支持。

“本来还一直在等律师函，告死这帮造谣的人，可没想到，先狗带的居然是我，因为我被这波狗粮噎死了。”

“我的摄影师小姐姐啊，狂霸酷炫跩，我以为这世上没人能降服得了你呢。人家让你下楼，你就真的下楼，什么时候这么乖啦。”

结果霍慈继续待在热搜第一，但易择城的名字很快就“空降”了。

这一波求婚真的是谁都没想到，两位真是不走寻常路。不公布不说，一公布就是屠版虐狗。

原本白羽拿到视频，还想着发声明呢，可这会儿已经连他首页都被屠了。

工作室的人刚才也有拿手机拍的，不少人发了朋友圈，都说被塞了一嘴狗粮。

此时霍慈却不知道这些，易择城把她带到停车场，两人上了她的车。刚才也不是说一时冲动，但绝对是超出计划的，他倒是不后悔，却觉得做得不够好。

“我应该带着戒指来的。”易择城握着她的手。

霍慈还沉浸在其中，原本易择城应该开车带着她去吃饭。毕竟韩京阳他们已经先开车过去了，可是霍慈说先在车子里坐一会儿。

这一会儿，就是半个小时。

在听到他这句话时，她还有点儿发愣，随后嘴角翘起来。我不要戒指，我只要你就够了。

“还不想走？”易择城的手机震动了好几下，他都没去拿。

谁知刚问完，坐在副驾驶座上的姑娘突然转头，车内光线昏暗，只有地下停车场照射进来的浅白灯光，弱弱地照着她的脸，那对黑如曜石的杏眼又圆又亮，却染着一层雾气，有种说不出的楚楚动人的味道。

她说：“我腿软。”

她到现在还是心跳腿软，更是掐了自己好几下，才觉得这不是在做梦。

一向天不怕地不怕的霍慈，居然会因为一个求婚瞬间秒变怂包，连霍慈都不能理解她自己的心态，可现在就是心跳脚发软。

易择城看着她，心底软得啊，伸手将她拉进自己怀中，宽厚的手掌在她背后安抚地摸了摸，带着笑意说：“没出息，脚软什么。”

“太开心了。”霍慈轻声说，整个人软得像一摊水，就这么靠在他怀中。

易择城耳边听着她柔和的声音，某处已自觉地起了反应，他贴着她的耳垂轻轻地啄吻，直到低头含住她柔软的唇瓣。安静的车厢内，是暧昧至极的气息声，压抑着的喘息越发带动着节奏。

直到霍慈推开他，一双眸子比刚才还要湿润地看着他：“我们还是快点儿过去吧，别让你朋友他们等急了。”

易择城这会儿恨不得立即开着车带她回家。

待他靠着椅背，稍微平息了自己的气息，才哼笑一声：“现在知道着急了？”

霍慈这会儿知道了，要是现在还不走，估计真的要马上被带回家吃掉了。趁他还有一点儿理智在，她赶紧点头。

“下回还撩吗？”易择城别过头，似笑非笑地看着她。

霍慈瞧着他铆足了劲儿的模样，平静的表情有种说不出的飞扬，她冲着他飞了个眼神，作死地说了一句：“撩啊。”

于是就因为这两个字，他们又在停车场里多待了半个小时。

等两人赶到餐厅的时候，一进包厢，里头三个人明显愣住了。

就见穿着黑色飞行夹克的男人笑了一声，欣慰地说：“可以啊，还能记得哥们儿。”

“还以为你们不来，我们已经先吃了。”韩京阳憋着笑瞧着他。

易择城牵着霍慈的手，一本正经地说：“刚才去了一趟店里，替她量了一下手指。”

胡说八道，他们一直就待在停车场的车里。

霍慈脸上保持着微笑，瞧着旁边的男人睁眼说瞎话。说实话，男人在说谎这个技能上还真是有天赋，易择城大概这辈子都没怎么撒过谎吧，可说起来，眼睛都不带眨的。

他说完，三个人调笑的表情不见了，韩京阳说道：“这就是你不对了，求婚都不带戒指，也幸亏是霍慈大度。”

这是给霍慈面子。

韩尧正在回复短信，抽空抬头说了一句：“择城哥，易端端已经疯了，一直问咱们在哪儿吃饭呢，让这丫头过来吗？”

“这么晚了，让她在家待着。”易择城语气淡淡地说，其实这会儿也就九点左右。

易端端是刷微博的时候刷到易择城求婚的事情，一下就从自己床上蹦跶起来，况且别人不知道那车里喊霍慈名字的是谁，她还能不懂。

肯定就是他们这帮人啊。

所以易端端立即狂轰滥炸韩尧，问他们现在在哪儿，她也来。

她简直是满地打滚地求着他了，韩尧许久没享受过她这种热情的态度，于是随口就问了一句，结果易择城还拒绝了。

在韩尧告诉她易择城不许她过来时，小丫头的夺命电话下一秒就打来了。

“我给你介绍一下，这是韩京阳。”易择城拉着霍慈给她介绍。

韩京阳起身，温和地笑了笑，说道：“之前我们见过，不过这次身份不一样了。”

霍慈冲着他笑了，韩尧就不用介绍了，毕竟韩尧和她在一个俱乐部里，算是点头之交了。不过如今她成了好哥们儿的媳妇，韩尧也不由得感慨，这缘分可真奇妙啊。

等介绍到最后一个人的时候，易择城还没说话，霍慈已安静地看着穿着黑色飞行服的男人。

“蒋静成，好久不见了。”她语气淡淡地说。

旁边几个男人都愣住了。

谁知她刚说完，蒋静成就站了起来，脸上带着笑容：“我一开始还以为是同名，后来想想，你在大学的时候就开始学摄影。确实是好久不见了，霍慈。”

韩尧目瞪口呆地看着，都忘记给易端端直播现在的状况了，因为他满脑子都是这想法：“他们两个居然认识？这又是什么时候的事情？”

而此时还沉浸在易择城和霍慈恋情曝光并且求婚的激动中的围观群众，突然发现劈腿事件的另外一个主角也出现了。

沈随安的微博是九点十分发送的。

“对于今天发生的事情，因为之前一直在做手术，所以没能及时回应。首先，我要向霍慈道歉，因为我和前女友分手的事情，她被牵累。我与陆小姐早在上个月便已经分手，而分手的具体原因，与第三人无关。针对偷拍者的故意抹黑，我已委托律师发函，法庭见。”

简单的几句话，特别是最后三个字“法庭见”，简短有力又能震慑人心。

吃瓜网友早就按捺不住激动的心情，一窝蜂地又跑到他的微博底下评论。

“基本剧情，我大概捋了一下，应该就是这位与女方提分手了，结果对方恼羞成怒，找了狗仔偷拍他。无意间偷拍到他和霍慈见面，就拿出当黑人的素材了。”

“这个小哥哥最后一句好霸气，我就喜欢这么干脆利索、不拖泥带水的人。”

“其实我想说一句，他长得也好好看哦。”

就在吃瓜网友还沉浸在好看的人果然是和好看的人扎堆的感慨当中，

霍慈工作室微博终于发博文了，而且还附带了一小段视频为证据。

还有工作室附带的声明：

关于今日在网络上对本工作室摄影师霍慈的无端指控，工作室在得知消息之后，立即联系了当日拍摄地点相关人员，并且在征得对方同意后，拿到了当日的监控录像。监控可证明，当日霍慈小姐只是与对方简单地说了几句话，随后对方离开，霍慈小姐返回拍摄地点，并在十分钟之后，与工作室的员工一同离开。

众所周知，偷拍者一向都是拍摄视频，为何单单这次只放出几张照片就敢如此大带节奏，就是因为他们知道霍慈与对方不过是普通关系，根本没有什么暧昧照片，这些照片，都是故意找的角度。

网络谣言之伤，诸多前车历历在目。本工作室将对此次造谣的人员追责到底，决不姑息。

言辞之锋，可作伤人之利剑。

顺祝万年单身狗霍慈小姐寻觅到良人，抱得男神归。

原本还一个劲地在私信官博骂他们关键时候就知道装死的粉丝，此时才知道工作室的人居然是去拿证据了。

点开视频就能看见，霍慈确实只是和对方说了几句，对方便离开了。

两人别说接吻了，就是连肢体接触都没有。

至于路人，则被官博的最后一句话成功吸引了。

好多人在下面留言，说他居然不小心就暴露了自家老板万年单身狗属性，小心被扣工资。官博居然还回复了，一本正经地表示：“没事，老板自己都承认了。”

谁都没想到，原本是高冷女神的人设崩坏大戏，结果居然反转到现在这种地步。

也是累坏了一众网友，他们一晚上就没歇过，从爆料求婚视频的博主那里跑到了沈随安的微博下，最后又跑到霍慈工作室的官博下面。

反转大戏，直接转成了虐狗大戏。

直到九点三十七分，一条微博将这场虐狗大戏推到了顶峰。

易择城：“谢谢你，女朋友。@霍慈”

霍慈回到家重新开了机，才知道刚才易择城居然在网上又艾特了她。因为今天记者一直给她打电话，所以她干脆关了机。

她开机后，微信里好多人连番轰炸，她才知道这件事。

此时易择城去洗手间洗澡了，霍慈在和莫星辰发信息。

莫星辰：“我们的易师兄真是太帅了。”

自从得知易择城是B大毕业，并且在看见那张惊为天人的图书馆照片之后，莫星辰觉得成天叫易先生显得太疏远了，便开始“师兄师兄”地叫。

霍慈笑了一声，手指在屏幕上点击着：“你霍爸爸看中的，能差？”

莫星辰发了恼火的表情：“占我便宜啊。”

霍慈淡淡地回：“估计你以后得占我一辈子便宜了。”

最近莫星辰虽然没提徐斯扬这个蠢货，不过据易择城透露，他正在洗心革面。

聊了一会儿，结果她收到一条手机短信：“小慈，我是沈随安，有些重要事情要告诉你，还请你待会儿接电话。”

沈随安大概是怕她看见自己的手机号码是陌生号不肯接电话，提前发了短信过来。

霍慈看着短信，皱眉，片刻后，他的电话号码已然出现在屏幕上。

“小慈。”沈随安见电话接通了，试探性地喊了一声。

霍慈淡淡地回他：“是我。”

“小慈，对不起，这次是我连累你了。”沈随安有些歉意地说，对方却陷入沉默当中。他只得将打电话过来的缘由告诉她，“这件事我想确实是因我而起的，因为之前我和陆永欣提了分手，只怕她心怀嫉恨，这才会出手诬陷你。”

“我知道。”其实今天这件事一发生，她就大概能猜到和谁有关。

她虽然性格不是万人迷，可这么下狠手想要弄死她的，也是屈指可数。况且联合狗仔偷拍，又找了这么多营销号下场带节奏，可是一笔不小的费用。不是恨她到骨子里的人，还真舍不得出这笔钱。

她讥讽地说："你还真挺有魅力的。"

沈随安听得出来她的嘲讽之意，只是今天这件事险些坏了她的名声，她心中有气，他能理解。

"抱歉，是我没处理好与陆永欣的关系。"沈随安语气中依旧充满歉意。

霍慈并不是喜欢以刻薄言辞打击别人的人，她知道这件事里，沈随安也是受害者。他能站出来澄清，也是保护了她的声誉。

沈随安轻声说："其实我想告诉你的是，我之所以和陆永欣分手，是因为我发现她指使别人抢走你的广告。"

霍慈愣了下，她没想到居然是这个原因。

沈随安继续说："那个摄影师叫南晚，她就是因为有陆永欣在背后撑腰，才会顺利抢走你的 T&A 广告。陆家是传媒集团，所以陆家在广告界颇有影响力。"

那个 T&A 总监之所以会和南晚突然有了关系，就是陆永欣从中牵线搭桥。

其目的就是为了让霍慈彻底丢掉 T&A。

没想到却被易择城从中阻挠，陆永欣嫌南晚没用，在电话中责骂她，不想被沈随安听到了。

他并不奢求陆永欣是什么道德高尚的人，但她对付霍慈，仅仅是因为他们年少时一段朦胧又暧昧的关系。

在那之前，沈随安已经决定和她订婚。

却因为这件事，反而促成了双方的分手。

霍慈也没想到，这件事背后原来早已经牵扯得这么深了。原来她不是最近才惹眼，是早就被人盯上了。她心底冷笑，看来陆永欣是把分手的账都算到别人头上了。

所以，这次她是想一次性毁掉自己和沈随安两个人。

“谢谢你告诉我这件事。”霍慈语气平静。

沈随安隔着电话，自然看不见她说这话时神色有多冷漠。他无奈地说：“我会找陆永欣再沟通的，如果她还敢有下一次，我一定会将其诉诸法庭的。”

“对付这种人，你以为法律有用？”霍慈觉得有点儿可笑，他还真是天真。

此时房门被推开了，易择城穿着睡衣，头发湿漉漉地就进来了。霍慈立即说：“那就这样吧，还是要谢谢你告诉我真相。”

等她挂了电话，易择城随口问了一句：“谁打来的电话？”

“沈随安。”霍慈的口吻比他还淡然。

正在拿毛巾的男人手顿了下，声音有点儿冷：“有事？”

对于沈随安，易择城一点儿都不陌生。他不仅是今天的另一个主角，还是曾经在霍慈生命中留下最初痕迹的男人。虽然知道他们两个甚至连早恋情侣都算不上，此时他脸色还是淡了下来。

霍慈憋着笑，就看着这个男人要怎么忍。

果然易择城擦头发的速度开始变慢，他也和霍慈一样不喜欢用吹风机。他乌黑的短发此时湿漉漉的，他随手揉了两把，然后不动了。

他转头看着她：“怎么不说了？”

霍慈看着他一脸冷漠的模样，立即笑得趴在他的肩膀上说：“你怎么这么闷骚啊。”

一声呵笑，从他口中不咸不淡地传了出来，霍慈偏头亲了他一下，这才把沈随安告诉自己的事情告诉了易择城。

她也不是想让他给自己出头，只是他们两个人之间没有秘密。

果然听完之后，易择城眉眼更冷漠，半晌才来了一句：“是这样啊。”

声音冷得可怕。

“小成，少喝点儿。”韩京阳跟蒋静成两人在酒店里，他回来之后，家也没回，因为喝了不少酒，干脆今晚住在外面，明天再回去。

谁知到了房里，两人一言不发，就又喝上了。

话是劝出口了，可对面的男人有点儿沉默，直到他转头看着外面漫天星光，霓虹耀目，这是在三千米高山之上看不见的繁华风景。

一个男人最好的岁月，却在无边寂寞当中度过。

可他从未后悔过。

最后连韩京阳都忍不住感慨："你说世界怎么那么小，霍慈和她居然是室友。"

"是啊，世界真够小的。"可是他怎么再也没能看见她呢，他捧在心上的姑娘，就这么不见了。

韩京阳看着他这副模样，心里也难受，可是最后到嘴边的话是："小成，忘了吧。"

坐着的蒋静成没说话，椅背上是他的飞行夹克，他只穿着一件短袖，隔着一层薄薄的布料，他伸手放在了胸口，手掌能感觉到心脏强劲而有力的跳动。

他说："忘不了，这里忘不了。"

他手指指着的，是心脏。

不眠夜，他思念着远方那未归的姑娘。

自从易择城在微博公开恋情之后，微博粉丝突破四百万人，而那条微博更是被转发了十几万次，点赞数更是突破了五十万。

好看的人和好看的人在一起，除了祝福，就只剩下祝福了。

就连他上班时，前台行政在起身向他问好的时候都不像平常那么战战兢兢的了。毕竟看起来严肃冷漠的易总，居然也是个宠女朋友的人。

网友形容他的微博，就是霍慈、霍慈、霍慈。

迄今为止，发的这么几条全是关于霍慈的。

霍慈到了工作室，迎接的都是各种勒索，刚进工作室，她还没说话，也不知谁先喊了一句："老板请客。"

"请客，请客。"所有人一瞬间都被点燃了热情。

昨晚他们亲眼看到这么浪漫到爆表的求婚，这会儿就算不是女主角，也都跟着激动。

霍慈看了他们一眼，摇头一笑："今晚浅川，想吃什么随便点。"

浅川是一家怀石料理，众人一听更疯了，这家可是人均消费八百以上的豪店。尖叫声差点儿掀翻房顶，霍慈看着他们，提醒："小心被投诉。"

"让他们投诉去，还不许咱们庆祝自己老板被求婚成功啊。"

于是众人又是一阵齐声欢呼。

正巧她把这件事告诉了易择城，结果就见他淡淡地回复："怎么没人来恭喜我？"

他回复的时候，刚开完上午的例会，公司几个部门的负责人都到了，众人依旧是一副严肃认真的模样。

霍慈见他连这个都要和自己比，不客气地说："大概是你人缘没我好吧。"

然后，这个男人不回复了。

结果等到差不多下午三点多的时候，霍慈正在处理一个杂志大片的后期，办公室门被敲响，助理一脸惊喜地走进来说："老大，外面来人了。"

等霍慈出来的时候，工作室俨然已经进入了下午茶时间。

精致的甜点摆在各种银架上，此时还有人不停地往里面搬甜点。正好有个穿着西装的男人走了进来，客气地问："请问谁是霍慈小姐？"

众人目光看了过去，西装男人自然也注意到了，走到她面前说："霍小姐，这是易择城先生为您和您工作室的员工点的下午茶自助餐，请您签收一下。"

随着他的这句话出口，一时间，现场气氛燃烧到了极点。

原本众人就因为晚上的怀石料理而激动呢，结果居然还有这么高档精致的下午茶。有人已经注意到，运送甜品的工人身上穿着的衣服，赫然印着某五星级大酒店的名字。

霍慈工作室里的人，个个都是吃喝玩乐在行的，自然早就认出了这家就是前段时间炒得很红的下午茶酒店。

天哪，居然可以在办公室吃上这家的下午茶。

霍慈签收之后，让他们先吃，自己去打电话。

易择城接通就问："东西收到了？"

那是当然的了。

他问："大家喜欢吗？"

霍慈把手机放过去，旁边全是高呼"易先生万岁"的狂热声音，她说："高兴得已经快疯了。"

他淡淡地说："我现在人缘比你好了吧。"

霍慈震惊得连话都说不出来了，被易择城震惊的。

他怎么能幼稚到这种程度？

此时易家来了一位客人，原本徐狄正在门口浇花，就听小保姆喊了一声："海小姐来了。"

海莲手里拿着一个袋子，显然又是带给徐狄的礼物。

徐狄把手中的水壶放下，招呼她："海莲来了，也难得你总是来看我。"

其实海莲已经好久没来了，毕竟易择城当面说那样的话，难免让她难堪。至于徐狄，既然知道自己的儿子已经有心上人，自然不会再干乱点鸳鸯谱的事情。

不过来者是客，既然来了，她作为长辈，当然还是要客客气气地招待。

她让家里的小保姆给海莲泡了红茶，就见海莲把手中的礼物拿上来，说是国外瞧见的，适合徐狄用的保养品。徐狄这个年纪，自然喜欢这些保养品。

不过她还是笑了下，客套道："你每次过来，都要带礼物，实在是太跟我客气了。"

海莲依旧笑得温柔，说了下这个保养品的好处，结果这话题聊着聊着，竟是转到了易择城身上。她瞧着徐狄，轻声问："昨天的事情，想必伯母还不知道吧？"

昨天的事啊，徐狄先是一愣，随后瞧着她淡淡地笑了。

“你是说择城的事情？”可见徐狄这模样，海莲猜不出来她是真不知道，还是真不在意。

可她自己早就存了一肚子的话，这霍慈，就只是个出名的摄影师而已。论家世，自然是自己厉害，况且自己还是新锐设计师，比起只会拍照片的，她才能被称为艺术家。

一想到易择城就是为了霍慈才不给她面子，这口气，海莲怎么都咽不下去。

她知道像易家这样的人家最看重媳妇的身份，霍慈这种家世和工作，怎么可能入得了易家人的眼睛。

徐狄瞧着她眼珠子一直在转，也不点破，不动声色地问：“择城怎么了？”

于是海莲添油加醋地就把事情说了，末了还不忘说一句：“我与您说这些，也不是告状，就是怕择城哥被人骗了。”

谁知她刚说完，徐狄的脸色突然就冷了下来。

她说：“你的意思是，我儿子连基本的识人都不懂？”

徐狄是温柔的性子，平时说话声调都不会太高，结果这会儿冷不丁地变了脸色，可把海莲吓了一跳。

她赶紧解释道：“伯母，您误会我的意思了，都说无风不起浪，网上传得沸沸扬扬的，我也是担心择城哥。”

徐狄看着她着急的模样，脸色稍微缓和，柔声开口：“海莲你是明事理的好孩子，怎么能和那些什么都不懂就对别人的生活指手画脚的人一样呢？”

这句话不是斥责，却比狠狠地训斥还要让海莲面红耳赤。

徐狄这是在说她怎么能和网上那些人一样多管闲事呢。

海莲在徐狄面前一向都是表现出端庄大方的样子。现在徐狄这话，不就是在说她和网上的那些键盘侠一样，听风就是雨，对别人的事情肆无忌惮地指责？

这能不让海莲难堪吗？

当然徐狄本来也不打算这么说她，毕竟人家是客人，还专门到家里来看自己。之前是自己乱点鸳鸯谱，瞎操心易择城的事情，对海莲是热情了点儿，让她心底有了期望。这不，如今易择城恋情曝光之后，她心底难免会失落。

当然她只是失落的话，徐狄还不至于这般自责。

毕竟这件事，自己也有错。

可海莲这么说，无非就是希望自己对霍慈的印象不好。这种赤裸裸的挑拨，徐狄要是看不出来，她还真不配当易怀泽的媳妇儿。

所以她突然冷下脸来，也不是真生海莲的气，而是希望用这种态度告诉海莲她对霍慈很满意，对她儿子的眼光也很赞同。

毕竟能拍出这样作品的姑娘，内心一定很柔软很善良。

最后海莲离开的时候，徐狄亲自送她出门。等回来之后，她就给易择城打了电话。

好半天那边才接通，一开口就歉意地说：“抱歉，刚刚在开会。”

“妈妈打扰你了吗？”徐狄问他。

他低声笑了下：“没有，您有事儿吗？”

“我儿子都成网络红人了，是不是打电话都要预约一下啊？”徐狄开玩笑地说。

谁知她说完，易择城沉默了一两秒，淡然道：“以前给我打电话，也是要预约的。”

徐狄：“……”

“对了，妈妈给你打电话是想告诉你，海莲刚才来家里了。”徐狄一向和易择城没秘密，海莲来家里主要还是为了他，所以这件事她当然会告诉他。

易择城微皱眉，问她：“有事？”

“还不就是为了你求婚的事情。”想到这里，徐狄都要给他鼓掌，简直太帅了。这求婚浪漫的啊，简直不输给当年的易怀泽，她看到视频的时候，觉得她儿子真是太帅了。

于是徐狄把方才的事情说了一遍，说完还邀功一样地说：“妈妈做得好吧。”

这傲娇的口吻，潜台词是：“儿子，快来夸我做得好。”

易择城忍不住笑了下，轻声说：“干得好。”

徐狄正要说话，易择城又笑了下，轻声说：“我就不把您偷偷给了徐斯扬信用卡的事情，告诉外公了。”

徐狄大惊：“你是怎么知道的？”

易择城忍不住抚额，徐斯扬几斤几两自己还能不知道？原本自己还想劝老爷子恢复他名下所有的信用卡，结果就发现他居然都有钱给他的跑车重新改装了。

自己没给钱，外公至今还等着徐斯扬低头呢，当然更不会给他钱。

唯一的可能，也只有徐狄了。

猜到此刻徐狄肯定是一副“这么大的秘密居然被你知道了”的表情，易择城有点儿不知道该说什么。他拿着电话，轻咳一声，语气淡淡地说：“您给钱之前，应该叮嘱徐斯扬不要像个刚有钱的暴发户一样。”

而此刻刚成了暴发户的徐斯扬，开着自己停在家里许久的跑车。之前因为老爷子断了他的经济来源，他连给跑车加油的钱都快没了，更别说保养，所以已经有好几个月没开车出去了。

今天之所以开车出来，是因为他知道莫星辰居然背着他要去相亲了。

一想到这个，他就不能忍受。

他是骗了莫星辰，他也愿意让她打，让她骂。可他不想她和别的男人有关系。

于是一直还没度过中二期的徐斯扬，给自己弄了一身醒目的装备，手腕上的百达翡丽，是去年他过生日的时候大姐送的，价值两百多万的手表。

他身上的衣服，是Dior Homme的最新款男装。

至于开的车，是他特地选的兰博基尼，因为之前莫星辰一直说喜欢大牛。

一想到莫星辰，徐斯扬又腿软了。她现在连话都不愿意和他说了。

等他出门的时候，易择城正好给他打电话，提醒他这周不要忘记去香港。老爷子在香港住了这么久，早就想回来了，徐狄又怕别人照顾不好，非要让徐斯扬跟她一起去接老爷子回来。

易择城怕他又乱跑，特地打了电话过来提醒。

徐斯扬按了按钮，易择城沉默了下，低声问："你要出门？"

结果对面的徐斯扬一愣，问道："你是怎么知道的？"

这句话也把易择城问住了，沉默了下，他捏了捏鼻尖："你开车门的动静很大。"

突然易择城明白了，他妈和徐斯扬确实是亲姐弟。

"哈哈哈，也是。"徐斯扬大笑。

易择城语气淡淡地说："不许惹事。"

结果，他还是惹出事情了。

莫星辰出门的时候，她妈妈特地打电话过来叮嘱，一定要好好把握机会。毕竟这次介绍的男人，据说长相帅气，身高一米八以上，而且还是清华毕业，之前在美国读 PhD，今年刚回国，现在在投行工作。

按她妈妈的话，就是提着灯笼都找不到的优质相亲对象。

听她妈妈的口吻，要是再不成功，她妈就该让她舍生取义了。

莫星辰磨磨蹭蹭地化好妆，开着她那辆刚修好的车出门。原本以为北京这样的交通，最起码要堵一个小时，谁知她竟一路畅通。

她没想到的是，在她车子后面，跟着一辆黄色兰博基尼。

大概是怕跟得太近，被她发现，徐斯扬离得很远。

直到她把车停在一家咖啡馆门口，这个地带很幽静，咖啡馆的落地窗是大片玻璃，从外面很容易就能看清楚里面的情况。徐斯扬坐在车里，看着她跟着服务员走到了落地窗边的位子上。

那里已经等着一个男人，她过去时，男人站了起来。

见男人居然主动伸手去和她握手，徐斯扬狠狠地冷笑一声：“人模狗样！”

于是他就在车里安静地看着。

此时夜幕降临，咖啡馆内亮着暖调的灯光，坐在落地窗边的男女，有说有笑。

徐斯扬看着低头浅笑的莫星辰，心里有股说不出的滋味。

自己骗了她，她生气也是应该的。

可是他不想让她和别人这么笑，他以为哪怕是她再生气，最后还是会原谅他。他还是斯扬，住在她那个温馨的家，等着她下班，两个人笑着讨论刚看的那部烂片。

虽然他们只相处了几天，可他确实喜欢莫星辰。

现在，他坐在车里，下午这些精心打扮和自以为是，此刻显得这么意兴阑珊。

而咖啡馆里的莫星辰，正支着笑脸看着对面的男人，他长相确实斯文帅气，谈吐优雅有礼貌，又不会显得特别突兀。两人虽然不是校友，可两所学校乃并肩而称的双子星。

提到自己的大学时代，对方学校是必然会提及的。

此刻他正在说着一场和 B 大的友谊赛，虽然没有夸夸其谈，但言语中的意思是，要不是他，那场球赛就得输掉了。

莫星辰突然有点儿后悔，她为什么要在这里。

突然手机震动了下，她低头去看，微信是个朋友发来的，问她晚上有没有空，要不要去喝一杯。

她失望地关闭屏幕。

对面的男人注意到她的表情，笑着问：“在等电话？”

“不是。”莫星辰摇头，立即放下手机。

就在此时，突然冲进来一个女生，她在咖啡馆里张望了一下，看见他们这桌，直接冲了过来，一言不发，竟是把桌布一下就掀了起来。

莫星辰面前的咖啡泼了下来，要不是她躲得快，只怕衣服都毁了。

可就是这样，还是有不少咖啡溅到身上了。

女人指着男人就骂道："贱人。"

然后她转头便对莫星辰说："小姐，我想你肯定是被骗了。这个贱人是有女朋友的，不过从现在开始就是前女友了。"

女人顿了下，又是一阵冷笑。

整个咖啡馆的人都朝这边看了过来，咖啡馆的服务员正走过来，可有个人比他们还要快。

徐斯扬在车里，一看到里面有人闹事，就冲了进去。

他把莫星辰拖了起来，立即对那女人说："她今天是第一次见这个男人，你有什么事情找他就好了，不许骂她。"

好看，这边又来了个护着女人的，这场大戏还真是精彩。

果然女人冷笑着上下打量了他一眼，嘲讽道："你倒是挺大方的啊，女朋友出来相亲都不生气。"

"她不是我女朋友。"徐斯扬立即说。旁边看戏的吃瓜群众失望了，可是刚说完，他又坚定地说，"她是我喜欢的人，只是她暂时还不喜欢我，我正在努力追求她。"

这会儿别说吃瓜群众了，就连闹事女人都愣住了。

闹事女人打量了徐斯扬一番，又回头看了一眼自己的前男友，"扑哧"笑出了声，对莫星辰说："小姐，你眼睛没毛病吧？这种帅哥不要，你跑来跟这种人渣相亲？"

她这么一说，旁边传来几声一时没压住的笑声。

当然她的讽刺也成功惹怒了渣男，只见方才还温文尔雅的男人突然变了脸色，扯着她的手腕就要把人往外面拖。

闹事女人虽然竭力挣扎，却怎么都没能挣脱。

咖啡馆的人已经报警了，只是这会儿服务员见男人把人往外拖，反而也不拦着了。

莫星辰正要上前，旁边的徐斯扬已经先过去了，他按着他们两人的手，对着那男人冷冷地说："你松手，人家姑娘不愿意跟你走。"

可男人就是不松手。徐斯扬也不想跟他客气了，刚才他坐在车里的时候就看这个男人很不爽了。

他一拳头打过去，众人惊呼声中，渣男被他打得往后退了好几步。

男人松开了闹事女子的手，摸了下脸颊，冲了过去。他的拳头往徐斯扬脸上打的时候，被一个扔过来的杯子砸在了手上。杯子砸在他手上的时候，碎得四分五裂，把他的手也划得鲜血淋漓。

莫星辰一脸不爽，砸完东西，看着他怒道："他也是你能打的？"

她这"护犊子"的性格，真是和霍慈没两样。

易择城和霍慈两人都接到了派出所的电话，也是差不多时候到的。连他们的律师都是差不多一块儿到的。

霍慈进去的时候，易择城刚进去，徐斯扬一脸"我真的没惹事"的模样。

"你相亲相到派出所来，也是够可以的啊。"这边霍慈看着莫星辰，也没放过她。

好在事情了解清楚之后，易择城和霍慈也没再说什么。倒是易择城看住了霍慈，因为她看着对面那个相亲男人的表情冷漠得可怕。

等四人出来之后，易择城还是紧紧拽着霍慈的手。

莫星辰也是一副面无表情的样子。

倒是徐斯扬小心翼翼地看了她一眼，轻声说："刚才也没吃什么东西，要不我们先去吃饭，我再送你回家吧。"

他刚说完，莫星辰转头看他，还是那副面无表情的模样："你今天怎么会在这里？"

徐斯扬心里"咯噔"一下，他都忘了这茬儿。

莫星辰眯着眼睛问："你跟踪我？"

"不是。"他矢口否认，可又想起来不能骗她，支支吾吾了半天才说，"我是怕你吃亏。"

"那还是跟踪我。"莫星辰哼笑了一声。

徐斯扬乖乖点头，不敢再撒谎。

莫星辰瞥了他一眼，问道："你还是喜欢我？"

徐斯扬惊讶地抬头，不懂她问这话的意思，可是见她脸上露出不耐烦，赶紧点头，说："喜欢。"

"嗯，我同意了。"莫星辰面无表情地说。

徐斯扬开心地看着她，简直不敢相信，还特别认真地问："你同意当我女朋友了？"

"当然不是。"结果她又否认了，"你不是说在努力追求我？我同意你追我了。"

于是还来不及露出失望表情的徐斯扬，又开心地笑了起来。

霍慈和易择城目瞪口呆地看着这两个情商加起来都不超过六十的人。

可以，很配了。

霍慈没想到晚上把人接出来了，还有这么一出。徐斯扬非要请他们吃饭，说是要庆祝莫星辰终于让他追求了。

结果莫星辰居然也非要拉着他们一起去。

于是最后四人到了餐厅，徐斯扬特地选的地方，云中餐厅。

徐斯扬还特地让人开了一瓶红酒，居然真的要庆祝。一顿饭吃完，已近十点。回去的路上，易择城偏头看了一眼霍慈，问她："很开心？"

今天霍慈难得喝了酒。

霍慈点头，说道："我这是为两个情商差不多的人能找到彼此而高兴。"

结果易择城轻笑了一声，提醒她："徐斯扬是小舅舅。"

言下之意就是，那还是得客气点儿。

霍慈忍不住笑了，靠在他肩膀上，抬头看他："那你还蠢货、蠢货地叫。"

"他也确实是。"易择城说完，连自己都笑了，"有一次气得急了，当着我爸的面也这么叫了，结果还被揍了一顿。"

易怀泽多严肃的一个人，怎么能允许他不讲尊卑呢。徐斯扬是比他年纪小，而且也没他懂事，可再怎么说，那也是嫡亲的舅舅，他这一句蠢货骂下去，把易怀泽气得够呛。他也没跟他客气，当场就和他翻脸了。

其实易择城长大了之后才明白，徐斯扬哪里是小舅舅，不管是易怀泽还是徐狄，都是把他当成小儿子养着。

重担都压在易择城的身上，徐家的小少爷啊，只要开开心心就好。

要不然他如今这么不着调，也没见谁真揍他一顿。

霍慈也有些感慨地说："莫星辰这家伙肯定是存心的，占我便宜。"

从"霍爸爸"平白成了小辈儿，她不就是被莫星辰占便宜了。

霍慈也笑了，说道："你必须要负主要责任。"

谁让你比徐斯扬小一辈儿的。

她说这句话的时候，声音软软的，说是抱怨，可其实就是撒娇。漆黑的车厢里，偶尔从外面透射进来的路灯，将她漆黑的眼睛照得泛着亮光。

前面司机正在专心开车，易择城不怎么会在人前和霍慈亲热，毕竟都是成年人，若是太过亲密，难免会显得轻浮。要是在家里，此刻他就会立即压住她，亲得她说不出一句话。他伸手摸着她的脸颊，拇指在她光滑柔嫩的肌肤上轻轻地摩挲。

易择城偏头看她，嘴角带着点儿笑："怪我。"

于是到了家的易先生，刚进门就把人一把抱在怀里亲了。霍慈被他亲得快喘不上气了，才被松开。她眼睛本来就又圆又好看，抬头看他的时候，像是要把他吸进去一样。

易择城一直都最喜欢她的眼睛，好看又透着一股子不服输的劲儿。

霍慈推了下他，还没问怎么了，就听他说："不是说怪我的，我现在给你补偿好不好？"

他的声音低沉，带着一丝暗哑，充满了魅惑。他紧紧地搂着霍慈的腰身，让她动弹不得。霍慈忍不住发笑，娇嗔道："你这是补偿吗？"

"你试试不就知道了。"易择城低笑，霍慈连躲都躲不开。

结果这一试，霍慈就彻底被试到没有力气。就连最后去洗澡，她都是被易择城抱去的。等她穿着睡衣重新躺在床上的时候，困得只想立即睡觉，偏偏旁边的男人一点儿也不安生，把她放在床上之后又出去了。

霍慈见他许久没回来，觉得奇怪，正要起床去看看，就见卧室的门被推开了。

首先映入眼帘的是一大捧花，是连易择城这样高大的男人抱在怀中，都显得特别大的一大捧花，鲜艳欲滴的红玫瑰，红得耀眼夺目。

她目瞪口呆地看着。

直到易择城抱着花走到她面前，特别认真地说："有人和我说，求婚应该有玫瑰、戒指，还要单膝下跪。可是我好像一样都没给你。"

甚至连他的求婚都是冲动的，他朝着窗户边站着的她问，要是愿意的话，就下楼来。这些求婚该有的东西，他好像一样都没给她。

霍慈也是头一次被人求婚，听到他在楼下喊自己名字的时候，就激动得难以言喻。

所以她连一秒思考的时间都没用，直接就跑到楼下。

两个都是新手，一个是头一回求婚，一个是头一回被人求婚。虽然都见过猪跑，可到这种时候，遵循的也只有自己的内心。

等回头别人一提醒，易择城又觉得太委屈霍慈了。

霍慈眼巴巴地看着他怀里的这捧鲜花，问："这是多少朵啊？"

"一千三百一十四。"易择城沉声说。

霍慈愣住，半晌才看他："易先生，你可真俗气。"

可是俗气得让她喜欢。

她伸手就要去接，可是易择城没给她，而是把花放在了床边。霍慈看着他的动作，看到他从口袋里掏出一个黑色丝绒方盒，她眼睛猛然睁得滚圆。

易择城缓缓地单膝跪下，坐在床上的人已经彻底傻了。

易择城也是第一次做这样的事情，他不是情绪外露的人，可现在就只有他们两个人。欢笑是他们，伤心也是他们，霍慈是他最亲密的人，自己可以在她面前毫无保留地做任何一件事。

"他们都说，每个女人都喜欢鲜花和戒指，就算嘴上不说，心里也会想要的。”他突然低笑了下，认真地说，“别人都有，我怎能委屈我的小姑娘呢？”

他打开那个黑色丝绒盒子，一枚夺目耀眼的戒指就安静地躺在盒子里。

霍慈愣愣地看着这枚戒指，她曾经给 T&A 拍过很多珠宝广告，那些名贵的珠宝，甚至要请专门的安保人员护送到现场。就连模特戴着的时候，都小心翼翼的，生怕弄掉上面的任何一颗钻石。

当时霍慈就想，钻石真够麻烦的。

此刻，她看着这枚戒指，看着这个盒子里繁复华丽的戒指，主钻是一颗极闪烁耀眼的钻石，周围还镶嵌着两圈碎钻，在灯光下，闪耀夺目。

“你是什么时候准备的？”霍慈知道这样的钻戒肯定不是立即能买到的。

易择城看着她：“在美国的时候，我参加一个慈善拍卖会，看到这枚未切割的钻石时，就把它拍下来了。”

“所以这枚戒指，你早就准备好了？”霍慈有点儿不敢相信地问。

其实易择城求婚时，她都觉得太过惊讶了。从他们认识到现在，才过了半年而已。甚至连她自己都没想过，会这么快等到他的求婚。

她不是不相信他，只是两人都是慢热的性格，要接受一个人完全走进自己的生活中，应该需要一段并不短的时间。

易择城看着她眼角微湿，抬手用拇指擦拭了下她的眼泪。

“我说过了，只要我认定你了，不管是一天也好，十年也好，都不会改变，我要的是你这个人。”男人穿着一身简单的家居服，单膝跪在那里，头发还有点儿湿，说话的时候，喉结微微滑动着，更加让人沉醉。

这个男人，是她当初拼了命要回来的。

霍慈不知道自己这一生可以确定什么，否定什么，可她唯一能确定且从不会后悔的事情，就是爱上面前这个男人。

她伸出手掌，修长白嫩的指尖像是三月里的笋尖。

“霍慈。”他将戒指缓缓地戴在她手指上的时候，语气淡淡地说，“你再也跑不了了。”

霍慈笑了下，可是眼泪也跟着落下了。

他凑近，伸手将她抱在怀中，语气中难得志得意满地说：“你以后就是我的人了。”

这话说得，可真像个占山头的土匪。

第二天早上起床的时候，霍慈想了想，还是把戒指盒里的钻戒戴在了手指上。

开车的时候，她一路上总是不自觉地往手指上看，她的手指修长又白皙，十分漂亮。特别是拿着黑色相机的时候，漂亮得简直让人挪不开眼睛。所以她一向不喜欢在手指上戴东西，怕工作的时候不方便。

等到了工作室，她已经开了电脑，准备今天的拍摄工作。助理敲门进来，告诉她今天的拍摄时间改了。

霍慈皱眉，立即问：“怎么回事？”

“是杂志社那边打电话过来说的，说是要延迟两个小时，因为这期的封面人物，昨晚参加了个活动……”助理越说越小声。

霍慈知道问题不在她，现在这些明星被捧得越来越高，粉丝恨不得天天为他们摇旗呐喊，就算真的耍大牌，也有一堆粉丝帮忙洗白。

她挥挥手让助理先出去。

结果小助理眼睛一亮，直接指着她的手问：“老板，这是您的求婚戒指吗？”

也不怪小助理惊讶，实在是这戒指太醒目了，刚才霍慈挥手的时候，她就注意到了。这就是传说中的鸽子蛋吧？

霍慈浅笑，点了下头，就让她出去了。

小助理出门之后，当然没放过这个八卦到极点的事情。其实之前易择城求婚时，虽然大部分人都说这求婚太浪漫了，可是也有人酸溜溜地表示，这求婚也太廉价了，别说鸽子蛋了，连枚戒指都没有。

结果一转头，鸽子蛋就有了。

于是一个早上，工作室的人找了各种借口进霍慈的办公室，就为了观瞻一下传说中的鸽子蛋。

等下午拍摄封面的时候，因为之前已经打过招呼了，这次杂志拍摄会有同步直播。

虽然对方还没到，杂志社的人却已经先把直播开了，霍慈正在调整相机，就见对面拿着手机的编辑说道："现在呢，你们的信哥哥还没到。就让我们先看看摄影棚，对，这就是今天的摄影师哦，霍慈霍老师。"

弹幕瞬间爆炸一样，粉丝一看居然是霍慈，顿时开始跟她表白。

这期拍的也是个当红小鲜肉，粉丝一见杂志社请了霍慈，当即狂表白。当编辑手机镜头对准她的时候，就见她低头看着面前的相机，桌子上摆着电脑还有其他设备。

"我的天哪，她手上那是戒指吗？好大一颗啊，得有六克拉以上吧？"

眼尖的还不止一个人，已经有很多粉丝注意到了。因为弹幕一直在刷，连拿着手机的杂志编辑都注意到了。编辑靠近，定睛看了下，还真的是一枚极夺目的钻戒。

"是男神送的？肯定是吧。"

"小编，你赶紧问啊，我们都等着呢，你要是问了，我们给你刷礼物。"

于是各种送鲜花送礼物的立即暴涨，杂志编辑一看，这也太热情了，而且大家连偶像都不关心了，全关注在八卦上了。

最后杂志编辑还是在众人的催促下小心地开口说："霍老师，您这枚戒指，可真漂亮啊。"

"笨蛋小编，直接问谁送的啊！"

"就是，说这些没用的干吗。"

"快问谁送的，我给你送跑车。"

于是在各种威逼利诱下，杂志编辑正要鼓足勇气问，霍慈却先抬起头，她看了一眼镜头，有点儿认真地说："谢谢。"

"那个我能看看吗？"杂志小编也是个有些怂的，主要是她们和霍慈也不是第一次合作，知道这位的性格有点儿冷冷的，怕真的触怒她。

其实霍慈一直不喜欢在拍摄期间开直播。

霍慈瞧着她，半晌才语气淡淡地说："看可以，但是不能用镜头拍。"

"好好好。"杂志小编连声说好，早已经把等得嗷嗷叫的粉丝忘记了，而此时弹幕也全是骂她关键时候拖后腿的。

小编虽然没用镜头对准，但还是现场描述了一下这枚戒指的好看程度。

"霍老师，这枚戒指是别人送的吗？"杂志编辑终于拐弯抹角地问到了主题上，于是弹幕上又是一片撒花的叫好声音。

霍慈点头，轻声说："是我喜欢的那个人送的。"

这句话虽然声音不大，却让直播间里所有人都听到了。

"不行，我要昏倒了，太甜了。"

"'我喜欢的那个人送的'，我也想有人送，可前提是我得有个喜欢的人。"

"我本来只是来看偶像的，却被强行塞了一嘴狗粮。"

此刻，镜头外霍慈的声音再次响起来："很珍贵的。"

第八章

霍慈，怎么可能会被打败

WJXHTNY

因为四月要在上海举办摄影展，霍慈提前三天去了上海。上海站的展票更是一经推出，迅速被秒空。原本预定五天的展览，也延期到七天。其实这次展览所有作品都会出售，而展览所得照旧会捐赠给无国界组织。

在离开北京之前，柳如晗跟她见了面。

虽然她不是经常上网的人，可霍慈的事情在网上闹得沸沸扬扬，总有人会告诉她，况且还牵扯到了沈随安。

更别提易择城求婚的事情。柳如晗原本是想去家里的，不过她去家里时发现霍慈家的门锁已经换掉了。

不得已，她亲自去了一趟霍慈的工作室。

“求婚这么大的事情，你们总该和长辈商议一下吧。”柳如晗一进门就瞧见了她手上那枚钻戒，耀眼闪烁，美得让人移不开眼睛。

她一直觉得易择城性子极沉稳，却没想到他竟也有这么冲动的时候。

霍慈看了她一眼道：“求婚这种事情，本来就需要一股冲动。”

柳如晗看她这模样，知道现在说别的也没用。只是既然都已经求婚了，那就该讨论起来别的事情了，就问：“择城有提过什么时候安排双方家长见面吗？既然决定结婚了，也该早点定下来。婚礼……”

“家长见面？”霍慈皱着眉头，不悦地看着她，冷冷地说，“爸爸还在南苏丹。”

猛然听到霍慈提起霍明舟，柳如晗神色一滞。他离开得太久了，久得让她觉得和他一起生活的事情，就像是上辈子的事情。可是他们的女儿，此刻就坐在她的面前。

柳如晗忍不住挽着手中的包，过了好久，才问：“你爸爸还好吗？”

她们很少会提起霍明舟，又或者是从来不会刻意去提。毕竟离婚了，就不再是一家人，况且自己又再婚了。霍慈过着远离父母的日子，好也罢，不好也罢，总之都是她自己孤独前行着。

直到现在，她终于不再孤单。

柳如晗想到这里，竟是想要谢谢易择城。是他让霍慈慢慢走出了孤寂的生活，让她的世界不再只有镜头，只有摄影。

“很好，他很快就会回来了。”霍慈语气淡淡的，脸色却是温和的。

在和霍明舟和解之后，她对柳如晗也不再像从前那么冷漠。当然，她之所以换了家里的密码，是因为她现在正和易择城住在一起，怕柳如晗突然去家里吓着了。

她终于在这么多年之后，学着和父母和解。

或许就像霍明舟曾经劝解她的那样，父母的分开并不代表他们不爱她，只是两个人没办法也不适合再继续生活在一起了而已。

柳如晗听到还是觉得开心，毕竟南苏丹那个地方实在是有点儿乱。

虽然婚姻不在了，但她一直都希望霍明舟能平安。

她点头，安慰说：“那就好，只要能早点儿回来，比什么都重要。”

柳如晗其实就是想霍慈了，找个借口来看看。上次霍慈在北京开摄影展的时候，她每天都去看，虽然是同样的作品，可是她每天去看的时候，都觉得能看出新鲜的东西来。光线、镜头，这些专业的东西她并不了解，但她一直想了解霍慈心底想要表达的东西。

这些照片传递的是希望、生机，虽然生存很艰难，可这些困苦当中的人从未放弃过，这些无国界医生也从未放弃过。

“你在上海的摄影展，妈妈能去看吗？”柳如晗小心地问。

霍慈：“其实照片和北京的是同一套，你之前已经看了那么多遍，不用再特地跑过去的。”

柳如晗有点儿失望，正要点头，霍慈又说：“我去上海之前，你有空吗？易择城和我想先请你吃饭。”

柳如晗大喜，立即点头。

在到了上海之后，霍慈收到时窗团队老大魏来的邮件，是纪录片的第一集。之前在网上只有一个片花，不过那个片花播放量已经被点播到近两千万次。

时窗团队这几个月以来，一直在加班加点地准备。

原本定下纪录片一共是六集，现在粗剪了第一集。魏来在征求易择城同意之后，就把第一集先发来给霍慈。

毕竟她是专业的摄影师，虽然没拍过纪录片，但她拍过不少广告片，她能从专业的角度给一些建议。

霍慈待在酒店的房间里，安静地看着电脑里的视频，一共有五十分钟。

等她看完时，她放在桌子上的手机突然响了起来，是易择城打过来的。电话接通之后，她先开口说："你看了时窗的纪录片了吗？"

"看了，很不错。"他这个人要求甚高，能有很不错这样的评价，可见他这次对时窗团队的工作也是极满意的。

毕竟纪录片做得不枯燥，是一件很考验团队能力的事情。

易择城当初选择这么一支年轻的队伍，也是出于这方面的考虑。只是易择城没想到，他的电话打来，女朋友最先说的不是想念他，而是问他有没有看过这个纪录片。

他压低声音，提醒道："霍小姐，现在不是工作时间。"

其实他现在就坐在办公室里，易择城一向是行动力强的人，能今天做完的事情，绝对不会拖到明天。常年的外科医生工作经验，也由不得他有一丝的拖拉，毕竟病情不会等人。

"我觉得时窗的能力很强，我知道魏来一直想拍长剧情电影，其实如果有好的剧本，他可以尝试一下，甚至……"霍慈却没回应他的话，继续往下说。

她对时窗这个年轻的纪录片团队，十分有好感。

毕竟他们曾是并肩作战在非洲的战友。

"霍慈。"易择城突然喊了一声她的名字，声音压得有点儿低，还带着几分危险气息，让正说到兴头上的霍慈忍不住顿住了。

他声音淡淡地问："你要一直在我面前提别的男人？"

霍慈："……"

对于他这没来由的吃醋理由，霍慈真是哭笑不得。

他轻声说："你才离开几个小时，我就想你了。"

没在一起的时候，两个人都是孤独惯了的，去哪儿都是孤身一人。有时候背着一个背包，就能开启一段旅程。霍慈干过这样的事情，易择城也做过。

现在两人在一起了，心里有了对方的存在，两个都曾经孤独地站在神坛上的人，突然沾染了满身的人间烟火气息，他不再是那个骄矜冷漠的易先生，而她也不是高高在上如女神一般的摄影师。

“下周我去上海接你回家。”易择城挂断电话前说了这么一句话。

就因为这句话，霍慈一直在等着，甚至有了一份迫不及待的心情。

直到摄影展结束的前两天，易择城终于飞来上海。他之前去了一趟日本，是特地赶在霍慈摄影展结束前回来的，因为他承诺过，只要是她的摄影展，自己一定会到。

他进来的时候，霍慈正趴在栏杆旁，手里举着相机。

当他从门口进来的时候，她正举起相机给他拍照。直到他听到楼上相机“咔嚓”作响的声音，抬起头，原本清冷淡漠的脸上，一瞬间浮现出一抹淡淡的笑容。

镜头下，他的脸英俊得让人挪不开眼睛，即便在眼前被数倍放大，也让她心跳一瞬间加快。

此时展览虽然临近结束，但馆内依旧有很多人。上海站的火爆程度，比北京更甚。她和易择城进去时，不少人都转头看了过来，两人并肩走着，虽然没有亲密的举动，可他们身上有一种磁场，那是只有彼此能感受到的磁场。

一抬头，就能看见对方，眼里再不容下别人。

第二天回北京之后，易择城难得没去公司，搂着霍慈在家里睡了个午觉。到了傍晚的时候，他先起床去洗澡，等洗完之后，打开衣柜选了一套西装。

霍慈还在床上睡得迷迷糊糊的，见他在找衣服，问道：“你还要出门？”

他轻“嗯”了一声，等选了一套蓝色西装后，突然说：“不是我要出门，是我们要出门。”

“去哪儿？我哪里也不想去，就想待在家里。”说完，霍慈还特地在床上翻滚了一圈。

易择城声音还挺自然的：“回家，我告诉了家里人，你今天和我回去吃饭。”

霍慈也懒懒地“嗯”了一声，然后她僵住了，半分钟后，她脑袋僵硬地转了过来，问道：“你说什么？”

“今天我们要回大院吃饭，我爸再过一个小时该回家了，我们还是早点儿收拾一下。”易择城还没说完，就见床上的人猛地弹了起来。

“易择城，你害死我了，你怎么不提前和我说？”

然后整个卧室陷入一种躁郁当中，霍慈迅速去洗澡，吹干自己的头发。幸亏这几天有采访，她的头发是刚保养的，还算柔软顺滑，就连新烫的造型都保持得不错。

可原本能更好看些的。

接着就是找衣服。霍慈的衣帽间就是那种女人心目当中最完美的衣帽间，挂满了当季最新款的衣服，有些是品牌商送的，也有她自己买的。每一件都是设计师的精心之作，可就是这样，她一直到最后都没选好。

还是易择城按着她的肩膀，帮她选了一件白色束腰连衣裙，这才把她安抚住。

车子开到总政大院的门口时，因为栏杆还没升起来，他的车子停了一下。门口站岗的士兵对他早已经熟悉，“唰”地一下行了一个标准的军礼。

霍慈从未接触过军人家庭，虽然之前一直知道他的背景，此刻乍然接触，心里还是有些震撼。

车子往里开的时候，正好遇到一队正在巡逻的士兵，各个穿着松枝绿军装，身姿笔挺，行动统一，处处都透着一股严肃气息。开车经过的地方，不时会出现红色五角星，这个大院是他一直居住着的地方。

“你从小就住在这里吗？”霍慈忍不住好奇地问。

易择城点头，车速慢了下来，他伸手指着不远处，说道：“以前住在那栋单元楼里，后来搬到后面去了。”

霍慈问他：“为什么啊？”

易择城沉默了下，语气淡淡地说：“因为我爸升官了。”

等到了易家现在住的地方时，他把车子停下，霍慈坐在副驾驶座，伸手去解安全带的时候，居然连按了两下都没解开。易择城沿车头转过来，打开车门，替她把安全带解开。

他看着她，伸手握着她的手掌，突然笑了：“很害怕？”

霍慈难得地不逞强，点点头。

“别害怕，有我在呢。”

他的话缓解了霍慈的紧张，她刚下车，结果后面又来了一辆车。易择城拉着她的手，站在路边等着那辆车过去。车子稍稍越过他们身边，然后在靠近易家大门的地方停下了。

霍慈觉得有一只手猛地攥住她的心脏，让她连呼吸都变得困难起来。

那辆车停下后，后面的车门被打开，一只黑色皮鞋先踩到地上，松枝绿的军裤笔挺整洁，直到车里的人走下来，易择城方拉着她上前。

下车的人回头看着他们。

易择城拉着她，在男人面前站住，郑重地介绍道：“爸，这是霍慈。”

霍慈抬起头，就见刚才下车的是一位中年男人，五十多岁，可身材依旧挺拔瘦削，虽然面容有些苍老，却依旧能看出年轻时英俊的模样。

易择城像极了他。

易怀泽含笑看着面前的姑娘，他伸出手，说道：“霍慈同志，欢迎你来家里做客。”

那只攥着霍慈心脏的手，突然消失了。

“好了，都不要在外面站着，赶紧到家里去。”易怀泽笑着说，此时坐在副驾驶座的秘书将他的公文包拿了出来。

易择城伸手接过，顺便又给霍慈介绍了一下易怀泽的秘书，也是跟在他身边的老人。

进了院子，就见徐狄正站在门口等着他们呢。她穿着一件修身过膝裙，身姿挺拔，虽然年过半百，但依旧苗条优雅。

见他们进来，徐狄上前，易怀泽已伸手握住她的手掌。

徐狄看着霍慈，脸上带着温柔的笑意：“小姑娘今天真漂亮啊。”

这以后带出去，别提多有面子了。徐狄这辈子就生了一个儿子，而且打小就是个沉稳的性子，她压根就没享受过儿子的撒娇。好在后面又有了徐斯扬，虽说是弟弟吧，可年纪实在是差得太多了，干脆当成儿子养。

这相当于她养了两个儿子，可惜都是臭男生，一个甜甜的小公主都没有。

“霍慈来啦，快点儿进来。”徐狄太开心，要不是易怀泽及时拽着她，只怕她真的要扑上去了。

易怀泽瞧着她这开心表现得太明显的模样，握着她的手，轻捏了两下，意在提醒他：不要吓着孩子了。

这是霍慈第一次上门，礼物是易择城早就准备好的，这才让霍慈总算没那么紧张。不过她心里又有点儿愧疚，特别是看到两位长辈都对礼物很满意的模样，都是沾了旁边这个男人的光啊。

徐狄收到礼物，惊喜地问：“霍慈怎么知道我喜欢这个的？”

“知道要来家里，她早就跟我打听了，这也是她特地托人买回来的。”易择城语气淡淡地说。

霍慈看着徐狄手里的东西，更心虚了，可这心里啊，又是一阵说不出的甜。

他总是能把什么都安排妥当了，让自己没有一点儿后顾之忧。

就像霍慈总说的那样，他真的要把自己惯坏了。

“晚餐准备了吗？”易怀泽收好礼物，问徐狄。

徐狄往厨房的方向看了一眼，娇嗔地说：“你放心吧，我哪次耽误事情了。特别今天还是霍慈第一次到家里来做客，我特地让警卫送小玲去买菜了。”

“伯母您太客气了。”霍慈此时手脚僵硬着，幸亏还能说出话来。

她也不是没见过大场面，其实她这人什么都不怵。她参加过那么多次国际时装周，还有各种活动，早就适应了各种紧张的场合。但此刻不一样，面前的两位是她喜欢的这个男人的父母。

他们养育了他，将他培养成这么好的一个男人，然后与她相遇。

霍慈太想让他们喜欢自己，认同自己。

因为有所期待，所以紧张。

徐狄虽然之前在展览馆里见过她，却没和她好好聊过。毕竟这是儿子带回来的第一个姑娘，徐狄忍不住要高看霍慈两眼。

“霍慈平时工作累吗？”徐狄好奇地问。

霍慈想了想，解释说：“我有自己的工作室，所以工作一般都是很弹性，并不会很累。”

怎么可能，想想她前年一年拍了九十个封面，去年拍了七十几个，那还是出国采风和去了一趟非洲的情况下完成的。她的工作强度高，可以说是圈内出了名的。

她没有艺术人随性的毛病，从骨子里她一直都是个极自律的人。

“霍慈的摄影展办得可成功了，报纸上、电视上都一直在报道呢，可惜你去沈阳了，要不然也能看到。”徐狄一脸遗憾地看着易怀泽。

易怀泽瞧着她，淡淡地笑道：“你不是替我去看了？”

“可我还是想让你亲自去看看，而且还有我们城城呢，拍得特别好。”徐狄连说了几遍特别好。

霍慈见徐狄提到易择城的那张照片，立即开口道：“伯母，如果您喜欢的话，我可以把那张照片送给您。”

徐狄惊呼了一声，满脸欢喜地看着她，有点儿不敢相信地问：“可以吗？不是还要做展览的吗？我听说这次摄影展要去好几座城市。”

“是的，现在北京站和上海站已经结束，还有三座城市没展览。其实这次的照片都是会做拍卖的，而所获得的收益会全部捐赠给无国界医生组织。”霍慈解释。

徐狄一听是要做慈善的，立即表示：“那我出十万买这张照片。”

霍慈：“……”

她有点儿被徐狄的大方吓住了，一张照片十万，她这个中国最具有商业价值的摄影师，之前最高要价也不过是拍摄一天十万。

“你这是哄抬物价了。”易怀泽看着她，打趣说。

徐狄可不愿意听他这么说，坚定地表示：“那是你没看见霍慈拍得有多好，算了，你又没有审美，我不和你说了。”

易怀泽的性子就是这样，与其去欣赏那些艺术品，还不如多看看几本书。况且他是军人，一向对这些没有兴趣。

“谁说我没审美的。”易怀泽板着脸，认真地看着她。

徐狄刚要说话，他严肃的面容突然又带上了几分笑：“我夫人可是徐狄，最起码在娶老婆这个审美上，没人能比得上我吧。”

易择城：“……”

霍慈：“……”

坐在旁边沙发上的两个小辈听了这话，神情各异。

易择城神情还算正常，毕竟他打小就习惯了父母的这种相处模式。易怀泽平时都很严肃，是那种传统的严父，为人正直克己，以身作则为儿子树立了一个高大的形象。只是在和徐狄的相处当中，他并不会一直严肃，这就是他们的相处之道吧。

至于霍慈，她则有点儿吃惊。毕竟方才在门口的时候，易怀泽握着她的手，还叫她霍慈同志，弄得她就像是刚见了大领导的小新兵一样，心里忐忑不安，生怕一个行差踏错，就被这位严肃的首长看见了。

所以突然听他这么说话，霍慈有点儿愣住了。

徐狄原本想教训自家老公不够浪漫，结果自己被甜了一脸，脸上哪里还有恼火的表情，嘴角不自觉地带着笑。瞧见对面的两个小辈，她又有些不好意思，立即起身说：“我去厨房看看晚餐准备得怎么样了，正好我也给你们做个菜。”

“你伯母厨艺很不错，只是难得下厨，霍慈你今天有口福了。”易怀泽含笑看着她。

霍慈低笑一声，说道：“是伯父您的面子大。”

易怀泽一脸笑意地摆摆手，对儿子说：“择城，你带着霍慈参观参观吧，我上去换身衣服。”

于是易择城领着霍慈上楼，其实他们搬到这栋小楼来住也就几年的时间。毕竟易怀泽的职位上去了，待遇也会有所调整。其实按着徐狄的身价，她在哪儿住都行，只是她嫁给易怀泽之后，从来不摆大小姐的架子。

以前一家三口就住两室一厅的房子，打扫卫生都是她亲自动手。

徐老爷子多疼女儿的一个人，哪儿舍得让她做这些家务事？于是他就派了保姆过来，结果刚到就被徐狄赶回去了。她说了，易怀泽这个职务，要是整天弄个保姆在家里，像什么话。原本易家这样的人家，就容易被人盯着。别人都会觉得你姓易，做什么都会沾家里的光。

偏偏易怀泽是不服输的人，他不服输，徐狄作为媳妇当然不能给他拖后腿。

所以易择城小时候根本就没觉得自己家里有什么了不得，就觉得自己和大院的其他孩子一样，顶多就是周末回爷爷家里的时候，有专车接送，还有勤务兵带着他们玩。

还有就是外公家的房子，特别大。

也就是后来易怀泽职务升上来了，徐狄也有了些年纪，易怀泽怕她一个人收拾这么大的房子累着，这才请了家里的远房亲戚过来帮忙。

两人上楼之后，易择城拉着她的手进了自己的房间。

其实这里的卧室远不如他之前住的地方大，不过处处都透着一股温馨的感觉。霍慈十分新奇，在房间里转了转，走到书房旁边，她看见上面摆着两个相框，一张是一家三口的合影，还有一张是易择城的单身照片，竟然是他穿着学士服时拍的。

霍慈新奇地看着照片，除了上次的图书馆照片之外，这是她看到的第二张他学生时代的照片。

“你的相簿呢？”霍慈饶有兴趣地问他。

易择城立即皱眉，表示：“我家没有这样的东西。”

“不可能。”霍慈看着他的表情，就知道他在撒谎，要是真没有的话，他不至于这么不自在啊。

居然能让一向淡然冷静的易择城先生不自在，霍慈顿时对他小时候的相簿更加好奇了。

于是她又说：“赶紧把相簿拿出来，不然我要生气了。”

结果一向对她的要求无不满足的易先生，目光淡然地盯着她，面不改色地说：“真的没有这种东西。”

“没什么？”突然，一颗脑袋出现在门框边。

霍慈被徐斯扬吓得往后退了一步，差点儿撞到身后书桌的桌角，幸亏易择城及时捞了她一把。

易择城见霍慈被吓得花容失色，立即皱眉训斥他：“你怎么不知道敲门？”

徐斯扬委屈地看着大开的房门，指了下：“你们根本就没关门。”

见易择城还要教训他，霍慈拉住他的手轻声说：“算了，他也不是故意的。”

“就是，你看看霍慈都通情达理，我真怀疑你是不是我亲外甥。”徐斯扬立即站上道德的制高点开始谴责他。

易择城冷冷地看了他一眼，直吓得徐斯扬心虚，不过这可是在家里，他难得硬气一把：“你要是敢碰我，我就告诉姐夫。”

见他要走，霍慈赶紧喊住他。

“徐斯扬，你知道他小时候的照片在哪儿吗？”霍慈好奇地问。

易择城立即说：“我都说了没有。”

“怎么可能没有，我大姐收藏了六大本他小时候的照片，让你看一夜都看不完。”徐斯扬跳起来哈哈大笑，这种难得能给易择城添堵的事情，他做起来简直太得心应手了。

易择城这次真板着脸了。

可不管他再低气压，霍慈和徐斯扬已经讨论起来。徐斯扬站在门口也不进来，冲着霍慈说：“你先等着，我下去问问大姐放哪儿了，我去给你找。”

徐斯扬一溜烟地跑了，就留下房间里的两个人。

易择城皱着眉头，轻声说："你就这么想看我光着屁股的模样？"

霍慈大惊："还有这种照片？"随后脸上又是大喜，她当然想看了。

易择城："……"

什么叫挖坑给自己跳，他就是。

徐斯扬在楼下喊他们下去，霍慈拉着他就要下楼，结果到门口的时候，易择城突然带上房门，还把她压在墙上，沉着声音说："你要是真想看，我现在就能满足你的愿望。"

霍慈原本还没听懂他的意思，结果抬起头看着他深邃的眼眸，突然明白了他话里的意思。

她压低声音说道："耍流氓。"

"和自己的媳妇，能叫耍流氓？"易择城冷笑一声。

他的双手已经紧紧地扣着她的腰身，霍慈突然抬头，狠狠地亲了过去。易择城先是愣住了，随后又迅速地夺回主动权。直到两人气喘吁吁地分开，就见霍慈眼眸带水，软软地说："易择城，你就让我看看嘛。"

十分钟之后，做事从来不会后悔的易先生终于明白，什么叫作美色误人。

徐狄一听霍慈想看易择城的照片，立即十分得意地把自己的摄影作品找了出来。易择城小时候那会儿，自拍还没像现在这么发达，拍照都是用相机。这也是徐狄唯一奢侈的举动，她买了一台相机，没事就拍拍儿子小时候的模样。

毕竟生了这么一个人人都夸赞的宝贝疙瘩，徐狄自然要把她儿子年幼时的美貌完整地保留下来。

小孩子嘛，拍个露点照片可不算什么。

只是当看见肉乎乎的小娃娃穿着大红色兜肚，看着镜头时，霍慈真的忍不住笑了。徐狄见她笑，还特别得意地说："这张拍得好吧，瞧瞧多可爱啊。"

徐狄看着平摊在桌子上的相册，一脸怀念。

易怀泽自然早就看过这些照片了，只是他瞧着强忍着笑的徐斯扬，和已经笑起来的霍慈，不忍看易择城的脸色更加难看，开口提醒："既然人都到齐了，就先吃饭吧。"

"对对对，先吃饭，霍慈，我这里还有五本，等吃完饭之后，咱们一起看。"徐狄拉着霍慈的手特别开心地说，她终于找到喜欢这些照片的人了。

平时也就她会翻翻这些照片，易怀泽看得少，易择城更是连看一眼都嫌没意思。

霍慈点头："好呀，伯母，我觉得您拍得都不错。"

"你是专业摄影师，我就是业余的，随便拍拍。"徐狄说着就带着霍慈到了餐桌旁边。

餐桌上的气氛很热络，有徐斯扬在里面插科打诨，众人都很放松。吃着吃着，徐狄随口问了一句："霍慈，你父母如今都在北京吗？要是合适的话，让城城什么时候安排一下两家人见个面。"

徐狄一直盼着易择城结婚，况且现在儿子连婚都求了，她自然希望他们尽早完婚。

桌子上的人都一愣，徐斯扬嘀咕了一声："大姐，您这太着急了吧。"

"你这个单身狗不要说话。"徐狄没好气地瞪他。

徐斯扬端着碗愣在那里，随后气急败坏地说："谁说我是单身狗了？"

徐狄好笑地看着他，问道："那你的意思是，你有女朋友了？"

因为旁边两个是知情者，特别是霍慈还和莫星辰是好友，徐斯扬也不敢撒谎，支支吾吾地说："我已经有喜欢的人了，现在正在认真地追求她，很快就会有女朋友了。"

徐狄呵呵笑，无情地打击道："那等你真的有了再说吧。"

"我爸爸在非洲，目前不在北京。"霍慈说道。

徐狄眨了眨眼，还是易择城替她说："霍慈的父亲是国家派到非洲的援非医生，目前正在那里执行援助任务。”

这么一说，易怀泽顿时肃然起敬：“不容易啊，能参加援非的都是了不起的人。”

易怀泽曾经出访过非洲，所以了解那里的情况，知道他们工作条件非常艰苦。作为一名医生能放弃在国内的优越条件，去非洲援助，是值得称赞的。

“谢谢伯父。”

“我们不着急，那就等霍慈的父亲回来，到时候我们给他接风洗尘。”易怀泽看着妻子，安慰道。

易择城难得感激地看着他。

易怀泽发话了，就是认可了霍慈，这是把她当成一家人来对待的。

“现在情况怎么样？”乔朗全副武装，看着身边的女兵问道。

旁边的女兵手里也端着枪，直到无线电里又传来声音。过了一分钟后，最新的指令下达，她们女兵班级需要跟着一连前往医院，因为那里的重伤员在不断地增加。

南苏丹的局势在一瞬间就呈现了白热化，总统与副总统分别代表着不同的势力，为了争夺这个世界上最年轻国家的政权，闹得不可开交。

乔朗收到消息后，转头对身边的女兵喊道：“立正。”

女兵班所有人立即立正站好，军靴撞击的声音，响亮又肃穆。

“现在接到命令，要求我们配合一连保护朱巴和平医院的安全。”乔朗目光沉着地看着面前这一张张年轻的面孔，很多人告别家人、爱人、朋友，来到这片陌生的土地上，就是为了能保一方平安。

今天，战火再起，他们都不能退缩。

虽然双方的交火越演越烈，但医院是相对安全的地方，毕竟医院多数是平民。况且这里很多医院，都有其他国家的援助医生。

当他们到达医院的时候，大量的伤患已经被送了进来。

中国医生正在紧急而忙碌地抢救病人。乔朗带着她的兵开始维持秩序，让大夫能够更迅速地救治伤员。

直到一枚炮弹打进医院的时候，所有人都愣愣地看着被打穿的大楼。

“空袭，是空袭，快趴下！”

尖叫声、哀号声不断，此刻，这里犹如人间地狱。

霍慈刚到家就坐在沙发上，易择城去替她倒水，回来就看见她正在打电话，他问：“给谁打电话呢？”

“给爸爸打电话，这个点他应该在吃饭吧。”霍慈说。

易择城在她身边坐下，霍慈看着他，突然笑了下，说：“以后你一定要好好孝敬我爸爸。”

他安静地看着她，她靠在他的肩膀上，柔软地说：“因为你抢走了他的掌上明珠。”

“我会好好对这颗明珠的。”他伸手扣住她的手指。

一辈子疼她，爱她，待她如明珠。

“霍老师！霍老师在手术室里抢救病人呢！”一个凄厉的声音响起时，乔朗下意识地看着医院被炸毁的地方。

那里是手术室。

厚实的窗帘将窗子密不透风地遮挡着，即便外面漫天星斗，却连一丝光亮都未曾透进来。半夜的时候，易择城被身边的霍慈闹醒了，她在做噩梦。

“霍慈。”他伸手轻轻地抚着她的后背，小声喊她的名字。

过了好一会儿，霍慈缓缓地睁开眼睛，后背都湿透了。

她惊魂未定地睁开眼睛，大脑还沉浸在梦魇之中，连身体都在发抖。易择城见她这么害怕，伸手抱住她，轻声问：“做噩梦了？”

“嗯。”她低声应了一句，声音有点儿沙哑。

易择城掀开被子，翻身下床，伸手打开床头灯。他穿着拖鞋出去，没一会儿就回来了。他给她倒了一杯温水，将水杯递给霍慈："喝点儿水。"

"我是不是吵醒你了？"霍慈摸了下额头，一层薄汗。

易择城摇头，坐在床边按着她的肩膀，有些担心地问："是工作压力太大了吗？"

"不是。"霍慈摇头，她也不知道为什么，就是突然做噩梦了，就连此刻心还在慌着，一个劲儿地跳。

见她已经把水喝完，易择城接过杯子放下，拿起放在床头的手机看了一眼，凌晨一点五十一分。

见她揉眼睛，易择城低声说："时间还早，再睡一会儿。"

直到她躺下后，易择城才关掉床头灯，在她身边重新躺下。他伸手把人捞进怀中，霍慈个子高骨架却纤细，抱在怀里瘦弱得让人心疼。想到她刚才一脸汗水地惊醒，他微微叹了一口气，看来得找个时间带她出去散散心。

万里之外的南苏丹，此时却处于战乱炮火之中。

突然的空袭将原本应该是救死扶伤的医院，瞬间变成了一片人间地狱。此刻医院大楼里的人都一个劲地往外冲，因为谁都不知道炮弹会什么时候再次落下来。

尖叫声、哀号声，伴随着头顶飞机不时掠过的声音。

"怎么办，霍老师还在里面呢。"原本正在帮忙抢救病人的中国护士，顿时哭了出来。

乔朗不知道她是如何拿出无线电的，直到里面传来嘈杂的声音，她才慢慢地说："报告，这里是朱巴和平医院，医院在两分钟之前遭到了空袭，请求增援，请求增援。"

此时戴着蓝色头盔的士兵，正在帮忙将病人搬出来。

乔朗看着身后的兵，直接命令："你们都去帮忙，将那些不能动的病人尽快转移。我去手术室看看。"

"班长。"副班长喊她，着急地说，"我和您一起去吧。"

“不用，你注意接收无线电，如果我查明了情况，再通知你们。”乔朗眼睛盯着大楼最里边那个已然被炸出一个大洞的地方。

她必须去。

就在她冲到医院大楼门口的时候，被人从身后追了上来，是中国维和步兵营一连的连长孙遇。他一脸沉着地看着乔朗，说道：“乔朗，你太莽撞了，怎么能一个人闯进去？”

“我们中国的医生就在里面做手术，现在他生死未卜，你不要阻止我。”乔朗恶狠狠地看着孙遇，手掌紧紧地握着她的枪，指关节发白。

孙遇看着她：“谁说我要阻止你？”

他挥挥手，身后荷枪实弹的士兵跟了上来。他喊道：“这里是朱巴和平医院，我国援助南苏丹的医疗队就驻扎在这个医院里。现在我要求你们找到所有的中国医生，并且确保他们的安全。”

他偏头看着乔朗：“中国人走到哪儿，中国的保护就会到哪儿，你觉得我会丢下自己国家的人民？”

说完，他带头冲进了一片狼藉的医院大楼。

此时大楼的供电系统已经被彻底毁掉，电梯自然是不能用，所有人从安全通道直接上楼。因为要小心空袭再次发生，即便是全副武装，也没一个人的脚步敢停顿。

当他们到了手术室门口的时候，就见门已经被震歪，他们迅速地冲了进去。

里面一片狼藉，因为天色昏暗，大楼又处于断电的状态，他们甚至看不清里面的情况。直到有人打开手电，然后有个人喊道：“在这里，在这里。”

所有人都围了过去，就见塌陷的墙角里，压着两个人。

有个虚弱的声音在喊：“救我们，救人。”

“我们是中国人，是维和部队的人。”孙遇沉着地说。

乔朗心里“咯噔”一下，她为能找到一个中国人而感到高兴，可这个声音是个女人的声音。

“还有一个医生和我在一起，他被掩埋了。”女人的声音带着几分哭腔。

因为炮弹是从上空穿透而下，所以手术室内到处都是水泥碎块。乔朗几乎能听到自己颤抖的声音，她问：“被掩埋的是霍明舟医生吗？”

“是的。”女人激动地说。

“救人。”连长孙遇喊道。几乎所有人都在第一时间放下手中的枪，开始救人。

因为害怕光亮会引来头顶的飞机，没人敢再用手电，可是所有人都在齐心协力地救人。因为废墟之下掩埋着的，是他们的同胞，是他们举着枪发誓要保护的人。

早上总是忙碌的，霍慈起身的时候，有点儿晚了。易择城已经洗完澡在换衣服，她抱怨道：“你应该早点儿叫我的，该迟到了。”

“谁敢扣你工资？”易择城边系衬衫的扣子，边笑了一声。

洗手间里传来她含糊的声音：“易先生，你这种态度可不好。你自己也是老板，更应该知道老板要以身作则吧。”

易择城是心疼她昨晚没睡安稳，早上特地晚了半个小时叫她，没想到还落得一顿抱怨。

他看着里面匆匆忙忙的人，说道：“我去做早餐，你慢慢来，不着急。”

正在厨房煎荷包蛋的时候，裤兜里的手机响了，他一边拿着锅铲一边掏出手机，居然是柳如晗的电话。

这么早？

他按了接听键，对方已先于他开口：“择城，你好，我是沈方棠，霍慈的继父。”

“您好。”他有点儿错愕，没想到这通电话是沈方棠打开的，此时锅内哧哧作响。

那边只怕也听到了，所以沈方棠问他：“你现在方便接听电话吗？还有麻烦你找个安静的地方，最好不要让霍慈听到。”

易择城关掉天然气，沉声道：“我现在很方便，霍慈也不在我身边，有什么事请您尽管说。”

当沈方棠说完时，他原本以为自己已经做好了心理准备，可在这一瞬间，还是觉得天旋地转。

因为沈方棠说：“霍慈的父亲在南苏丹出事了，昨天南苏丹发生内乱，他所在的医院遇到空袭，他为了救和自己在一起的医生，受了极重的伤。这件事应该第一时间通知家属的，但是我觉得应该先告诉你。”

“谢谢。”易择城在听完之后一直在深吸气，过了许久，他才缓缓地说出这句话。

沈方棠旁边，柳如晗正在抽泣，她虽和霍明舟离婚了，可他们毕竟是多年夫妻。即便爱情不在了，亲情却还在，况且他要是出事的话，她的女儿霍慈怎么办？

沈方棠一手握着柳如晗的手掌，对着电话说：“霍慈和她父亲关系很好，我们也是怕她一时接受不了，所以想先打电话告诉你。最起码在她得到这个消息的时候，你能在她身边。”

“我想去找小慈。”柳如晗泪眼汪汪地看着沈方棠。

沈方棠伸手捏了下她的手掌，示意她冷静。如今这种情况，她过去只会让霍慈更加难过。

“医院这边肯定会通知霍慈的，所以你……”就在沈方棠叮嘱他的时候，突然洗手间传来一个巨大的声音，似乎是什么东西碎掉了。

就算是冷静如易择城，在这一瞬，心脏也骤然停顿了下。

他顾不得礼数，挂断电话，直接将手机扔到桌子上，冲回卧室。等他打开洗手间的门时，就看见正对着门的洗手台上方的玻璃被砸得粉碎，霍慈赤着脚站在那里。易择城走过去，就看见她脸颊上有一道血口子，是被飞溅的玻璃割破的。

他的心猛地一跳，居然在这一刻，觉得腿软。

如果玻璃不是割破她的脸颊，而是飞进她的眼睛……

“霍慈，怎么了？”在这种时刻，就连他的声音里都带了几分慌乱。

他刚问完，霍慈转身就离开了。

在她走出洗手间的时候，易择城追了上去，他伸手按着她的肩膀，喊了一声："霍慈。"

"他们打电话来说爸爸可能出事了，我得去看看。"她面色平静，仿佛她真的能承受得住一样，就连眼神都平静无波。

可越是这样越让人害怕，因为她的眼神太平静了。

况且她说要去看看，去哪儿看，霍明舟远在南苏丹，她在北京。她的态度平静得好像霍明舟就在离这儿不远的一家医院，她随时能过去一样。

"霍慈，事情还没到最坏的地方，爸爸是受伤了，但是那边的医院也在全力地抢救，你冷静点儿。"易择城伸手就想抱住她。

却不想，被她猛地推了一把，就听她大吼道："我还不够冷静吗？我现在还不够冷静吗？那是我爸爸，是我的爸爸！"

这一吼，似乎把她刚才伪装的平静都打破了，她浑身都在颤抖。

她在愤怒，因为太害怕了，所以在愤怒自己的懦弱。

可是怎么能不害怕，那是她的爸爸啊，她从小到大的天神！她第一声喊"爸爸"，她骑在他的脖子上威风凛凛的模样，她第一次滑冰，他就在前面小心翼翼地伸着手，生怕自己会摔倒……记忆在她的脑海中翻滚。

她是他的明珠啊，现在明珠要失去一直庇佑她的天神了吗？

"霍慈，别害怕，会没事的，会的，他这么爱你，他还没把你亲手交给我呢。"易择城上前，将她抱在怀中。

连他的声音都在颤抖，他的霍慈是这么害怕，这么伤心。

南苏丹的突然内乱，造成了三百多平民的死亡，甚至还有两位维和官兵牺牲，以及数名援非工作者受重伤。

可就在这种时候，有些人甚至都不愿意放过。

有人冷嘲热讽地说："现在有些山区的人都没医生可看，这些人倒好，居然还跑到非洲去。现在还不是要花纳税人的钱，还不如直接死在那儿算了。”

莫星辰一大清早刷微博，就看到这种糟心的评论，当真是气不打一处来。

她连小号都懒得切换，直接转发了这条微博，冷笑着回复：“给你们看看智障。”

她微博内容一向安静平和，说的也多数是时尚圈相关的东西，关注她的粉丝没想到，一大早就能看到这么劲爆的。

结果她没想到，居然还有人追到她微博下面骂。

有人说她作为公众人物，不该这么说。

她不客气地回复：“不好意思，我从来不认为我是公众人物，我只是在做自己喜欢的事情而已。况且这种人的言论，我实在看不下去。你知道援非医生有多么伟大吗？你知道他们所要经历的危险吗？如果你什么都不知道，请闭嘴！”

结果她刚发完，白羽就给她打电话了。

他说：“你现在能联系到霍慈吗？”

“怎么了，她没去上班？”莫星辰这会儿已经到医院了，她是体检科的大夫，工作还算清闲。

白羽：“你难道没看新闻？”

“哪个新闻啊？天天那么多新闻。”莫星辰没好气地说，她刚因为一个新闻生气呢。

“就是南苏丹内战的新闻啊，上面说有个医院被空袭了，我记得霍慈的爸爸就是在南苏丹吧。”白羽因为早上一直联系不上霍慈，都要着急上火了，正好听到工作室的年轻人在讨论这件事，各个都在感慨，还是生活在和平国家好。

莫星辰愣住了，忽地站了起来，紧张得都结巴了：“不，不会这么巧吧。”

“我现在联系不上霍慈了，而且我给易先生的助理也打了电话，他说易先生今天也没去公司，你说会不会真出事了？”白羽此时也想抽自己的嘴巴，骂自己乌鸦嘴。

可是今天太反常了，霍慈从来不会爽约的，况且她清楚今天有个广告要拍摄。

莫星辰立即说：“我去她家看看。”

她工作的医院，开车到霍慈家只要十五分钟，比白羽从工作室过去要近。这也是白羽给她打电话的原因。

她请了假，开车直接就往那边赶。

到了霍慈家楼下的时候，正好碰到刚下楼的两个人。莫星辰看着这两人，松了一口气，正要抱怨霍慈怎么不接电话，就看见易择城手里提着的箱子。

“你们要出门？霍慈你今天不是还有拍摄任务？”莫星辰紧张地说。

霍慈看了她一眼，神色漠然，没有说话。

还是她身边的易择城点头道：“抱歉，我们必须马上去机场，还要麻烦你跟白羽说一声，霍慈这几天的工作只怕都要延后。”

“你们要去南苏丹？”莫星辰紧张地问。

易择城虽然没说话，但她知道，她没猜错。她立即喘了一口粗气，盯着易择城：“易择城，你疯了，你知道南苏丹有多混乱吗？昨天死了那么多人，你还敢带她去？”

“莫星辰，你让开。”霍慈冷漠地看着她。

莫星辰眼泪都要掉下来了，说：“霍慈，我知道你担心你爸爸，可是那里真的很危险。”

“可是他一定在等我。”霍慈神色显出一丝柔软，说，“他在等我，等我接他回家。”

易择城伸手按着她的肩膀，低声说：“我们去接爸爸回家。”

到了机场的时候，易择城的电话再次响起，这次给他打电话的是易怀泽。他接通电话，低声道：“爸，谢谢你。”

“你和霍慈，都小心些。”易怀泽声音依旧沉稳，末了，却又叹了一口气，说道，“多安慰安慰霍慈，这种事情我们都不愿意听到。”

这次南苏丹空袭事件不仅中国医疗队伤亡惨重，中国维和官兵也有两人牺牲。他到办公室时就得到了消息，心里感慨：又是两位烈士啊！

年轻的士兵，带着祖国和家人的期望，远赴他乡，却最终未能归回故里。

作为一个军人，他为他们骄傲，却又为他们惋惜，为他们的家人痛惜。

一个小时后，一架私人飞机飞往非洲乌干达。

霍明舟受伤之后，中国大使馆立即派人将他转移，连同几位同样受伤的维和官兵一起，转移到了乌干达首都恩德培的一所医院。在那里，从国内迅速赶来的医生，对几个伤患进行了会诊。

霍慈就比国内的医疗团队晚到了六个小时，她到恩德培的时候，已是傍晚。

虽然她是家属，但她是以私人身份前来的，到医院的时候，便被荷枪实弹的士兵拦住了。易择城又打电话回国内，从国内再联系这边，他们进去时，已经是一个小时之后。

在这一个小时时间里，霍慈就站在医院的门口，要不是易择城强制让她喝下一瓶水，只怕她连动都不会动一下。

霍明舟此刻依旧在ICU病房，院方准许他们进去，但是他们也只能隔着玻璃看一眼。

就在要去换衣服的时候，她突然转头看着身边的易择城。

这一刻，她比任何时候都需要他。

他伸手抱住她，轻声说："去换衣服，然后我们一起去见爸爸。你还没告诉他我向你求婚的事情吧？"

"我说了，你求婚的第二天，我就说了。"她声音在颤抖，这种时候，似乎这种家常话，能让她没那么紧张。

易择城轻轻笑了，低声说："那我这蹩脚女婿，该见见老丈人了。"

就在他们换好衣服时，从ICU里走出了一个人。霍慈没想到，她会在这里看到乔朗。只见乔朗的手臂被白色绷带吊着，显然也是受伤了。

"你来了？"乔朗不禁睁大眼睛，她没想到霍慈会在两天之内赶过来。

霍慈看着她："你保重。"

说完，她就要往里面走，乔朗却又喊了她一声："霍慈。"

"霍老师在彻底昏迷之前，还是有知觉的。"乔朗转头看着她，过了好久才说，"他在喊你的名字。"

虽然声音很轻很虚弱，可她听得清清楚楚。

她以为自己永远没办法告诉霍慈她的父亲有多爱她，可在这一刻，最起码她不想让霍慈有遗憾。

天知道，她多希望那时候他也能喊一声自己的名字。

玻璃窗内，那个高大的中年男人此刻正安静地躺着，甚至胸口起伏微弱得让人看不见。只有旁边的仪器告诉她，他还活着。

在来的路上，她想过了无数种可能，在见到他的时候，她是怨恨还是害怕，或是用力地将他喊醒。

可是这一刻，她的心底只有庆幸。

最起码，他还活着啊。

霍明舟是因公受伤，况且这次还牺牲了两名维和士兵，国内举国震惊，大家都在关注着这边的情况。所以在将他们安顿到乌干达之后，国内启动紧急方案，要将重伤员撤回中国。

在国内专机还未到来的时候，外交部得知他们抵达了乌干达，立即派人过来慰问。

"我想尽快带我爸爸回国。"当外交部的工作人员问有什么可以帮助她的时候，她只有一个要求。

工作人员很理解她作为家属的心情，安慰她："霍小姐，请您放心，国家对各位伤员的病情很重视，一定会尽最大的努力去救的。"

使馆这边还给他们安排了酒店，是乌干达最好的酒店。

虽然他们来得匆忙，但易择城还是迅速地收拾了几件衣服带来，回酒店之后，就连洗澡他都要陪着她去。

霍慈一整天没什么话，神色冷漠，也只有刚才在医院里隔着玻璃看着里面的霍明舟时，她才露出温柔的表情。

不管是在医院，还是在使馆工作人员的面前，她都表现得大方得体且克制。

可是当水流从头顶浇下来的时候，霍慈突然哭了。

她的眼泪混着热水不断地流淌下来，甚至连她自己都没察觉。她闭着眼睛，靠在易择城的身上，他抱着她，滚烫的肌肤紧紧地相贴着。霍慈此时的心情，万分痛苦。

她看着他躺在那里，一动不动，脸色苍白，甚至连胸口微微的起伏都看不见。

在她心目中，不管什么时候，爸爸都是一棵大树，为她遮风挡雨。即便这几年来，她跟他怄气，可她知道他就在这里，受着所有人的尊敬，做着救死扶伤的工作。

突然间，她的大树倒下了。

甚至，还可能永远都没法苏醒过来。

“霍慈。”耳边是易择城的声音，从爸爸出事到现在，是他一直陪在自己身边。

霍慈不敢想象如果他不在，自己要怎么熬过这段时间。

她紧紧地抱着他，眼泪一直顺着眼角往下落。她其实比任何人都软弱，害怕失去最亲的人。

“别害怕，不管发生什么，我都会永远在你身边。”他知道此刻说什么都无法宽慰她伤痛的心，可他还是想跟他的小姑娘保证，告诉她，不要害怕。

哪怕这世上有再多的风雨，他都愿意陪在她身边。

易择城抱着霍慈出去之后，要找吹风机给她吹干头发，却被霍慈抱住，她趴在他的肩膀上，身体不停地颤抖，可偏偏连一丝哭腔都没有泄露。

他就这么安静地抱着她，在这遥远的异国他乡，他抱着怀里的人，像这么紧紧地抱着一个世界。

第三天，专机启程，飞回国内。

霍慈和易择城作为家属，可以随同一起回去。霍慈因为想陪着霍明舟，便乘坐这趟专机一同回国。

上了飞机，霍慈总算能近距离看到他。

霍明舟现在的状况并不适合远途飞行，可在乌干达这样的地方，医疗水平到底是不如国内。此刻国内卫计委已经组织了专门的医疗团队，就是为了救治这次在南苏丹受伤的人。

霍明舟是作为国家医疗队队员派遣出去的，如今他出了事，国家不会不管他，会尽全力去救治。

反而是霍慈能为他做的并不多，此刻她只需要安静地待在他身边。

当飞机直上云霄的时候，她轻轻转头看着旁边的人：“爸爸，我们终于回家了。”

她一直在国内等待他的归来，却没想到，是自己亲自来接他回家。

到了国内机场的时候，停机坪上早已停着医院的车辆。卫计委的几个领导都到场了，亲自来迎接这次受伤归国的医疗队员。

沈方棠看见霍慈的时候，没有感觉意外。

她刚到乌干达的时候，那边就传了消息回国，说霍明舟医生的女儿已经抵达乌干达了。这件事沈方棠到现在还瞒着，没敢让柳如晗知道。

倒是沈方棠看见易择城时，不免多看了两眼。

那天他之所以会先打电话给易择城，就是觉得他成熟稳重，想问题考虑事情能顾全大局，最起码能劝住霍慈。可他没想到，反而是他把人带走的。

他们出国是乘坐私人飞机离开的。

霍慈没这么大的能力在几个小时之内弄到一架私人飞机，还有一条飞往非洲的航线。

所以一得知这件事，沈方棠就明白，这必然是易择城所为。

“辛苦了。”沈方棠和归国的几位同志握手之后，走到霍慈和易择城的面前，说道，“我的车就在外面，我送你们回去吧，也别让司机来回奔波了。”

易择城本来是准备叫他的司机过来接人的，如今沈方棠既然这么说了，他偏头看了霍慈一眼，她疲倦地点点头表示同意，这几天的来回飞行着实让人吃不消。

等上了车之后，沈方棠坐在副驾驶座上，霍慈和易择城坐在后面。原本易择城想要坐到副驾驶座的，沈方棠摆摆手，看着霍慈说："我看小慈也实在太累了，你们坐后面，待会儿叫她靠在你肩膀上休息一会儿。"

沈方棠儒雅温和，身居高位，还能如此细心妥帖，连易择城都不得不佩服。

他微微颔首，表示感谢。

等上车之后，没一会儿霍慈就靠在易择城的肩膀上睡着了。沈方棠回头看了一眼，轻声说："霍慈的妈妈很担心她。"

易择城一动不动，目视着前面，过了一会儿，才轻声说："她很坚强。"

最起码在这种时候，她挺过来了。

沈方棠点头："择城，这种时候你能陪着她，霍慈的妈妈和我都很感动，也很感激。"

这一次易择城沉默了更久，因为肩膀上靠着的人轻轻地动了一下。直到他确定她真的睡熟时，才重新开口："这是我本来就应该做的事情。"

沈方棠笑了，易择城在长辈面前，是一点儿都不客气。可是自己欣赏他这种直接和直白的态度，他这样的魄力，是沈随安所不具备的。

所以沈随安彻底地失去了霍慈。

关于儿子和霍慈之间的关系，他一直都未曾反对过。

真正阻止他们的，并非是他和柳如晗的结婚，而是沈随安性格上的软弱。他在关键时刻的退缩，让他彻底地失去了她。有些事情，在一开始做出选择的时候，就注定了结果。

沈方棠惋惜儿子错过了他挚爱的姑娘，另一方面他又为霍慈能遇到这样一个优秀的男人庆幸。虽然他不是霍慈的父亲，可一直以来，他对她和沈茜一视同仁。

霍明舟在医院的ICU病房住下，专家会诊之后，需要对他再次进行手术。

手术需要霍慈签字。

这是她第一次签这样的字，明明“霍慈”二字她已经写过无数遍，可拿着笔的时候，她的手还是在抖。

这几天别说她了，就连易择城的工作都受了影响。杨铭每天往医院跑好几次，就是为了找他签字。霍慈也劝易择城回去，可他一直跟在她身边，一步都不愿离开。

其实霍慈也不想他走，她总是害怕，害怕下一刻就会收到霍明舟的病危通知书。

好在手术进行得很顺利，到了第二天，霍明舟就不用在ICU里接受观察。所有人都松了一口气，只是连专家都无法保证他什么时候能醒过来，甚至有医生委婉地提醒她，霍明舟很有可能成为植物人。

霍慈听完这个，什么都没说，在医院外面的长椅上，坐了很久很久。

在这之后，她来医院的次数更加频繁，要不是晚上易择城来接她，她真的要住在医院。

工作室那边的事情，她已经完全放下。

直到白羽亲自来找她。

“霍慈。”白羽进来的时候，霍慈正在给霍明舟按揉小腿，因为病人长期躺在床上没有活动，肌肉很可能会萎缩。

她转头看了一眼，白羽带了一束鲜花过来，知道霍明舟一直没醒来，带别的东西过来也没什么用处，所以他特地买了一束花过来。

她语气淡淡地问：“有事情？”

“你跟我去一趟T&A吧，那个珠宝广告，出事了。”白羽早已经火急火燎，要不是顾念着霍明舟，他恨不得一进门就把霍慈拖走。

她回头看着白羽，眯了下眼睛，神色冷漠地问：“出什么事了？”

“这个就是永世珠宝最新的广告，在座诸位应该也看到了，不管是画面还是构图，或者是镜头的运用，都和我们 T&A 最新的珠宝广告如出一辙。”当运营总监说完这句话时，所有人的目光都盯着对面的霍慈。

这个广告是由霍慈全面负责，甚至创意都是她的。

如今永世的广告今天放出来，网上的宣传已经展开，很快地广播电台、电视台广告都会陆续出来。永世珠宝作为国内的珠宝公司，一向都是以强大的营销宣传出名的。

那句“爱她，就给她永生永世”，就是永世公司名字的来历。

如今这广告先于 T&A 的珠宝广告出来，这就意味着对方抢占了先机。

“霍慈，还请你跟我们解释一下现在这种情况。”运营总监说完，坐在上首的 T&A 大中华区总裁罗伯特看着她，失望地说。

霍慈还在看着屏幕。

这广告从头到尾都是她一手策划的，甚至连摄影分镜头的运用，都充满了她的个人风格。

可是她没想到，居然会出现这样的事情。

她的眼睛死死地盯着屏幕，手掌紧紧握住。

“霍慈，你作为资深的摄影师，应该明白抄袭是一件多么严重的事情。”罗伯特摇摇头，眼中带着遗憾。

此时坐在霍慈旁边的白羽为她辩解道：“罗伯特先生，您的这个指控毫无根据可言。虽然这广告先出现在网络上，可是您怎么就能确定这广告先于我们拍摄呢？”

“如果不是抄袭，那这就是严重的泄密事件，涉及商业机密的泄露，我想比抄袭的后果，更加严重。”罗伯特看着他，毫不客气地说。

白羽顿住，说是抄袭，他自然不可能相信。

霍慈工作这么多年，从未有过如此传闻，况且她个人风格明显，反而她才是屡屡被抄袭的受害者。

可是说到泄密，白羽就不敢一口否认了。

工作室里能接触到这广告的人不少，况且当时又有那么多的工作人员在现场，谁又知道究竟是谁泄密的？

“霍慈，你有什么想要解释的吗？”罗伯特见她一直没开口，看着她问道。

霍慈语气淡淡地开口：“我很失望。”

罗伯特露出奇怪的表情，就看到她面色淡漠地看着自己说：“我与T&A合作五年，从我进入这个行业之后，从未受到过抄袭的指责。但是一家与我合作这么久的公司，在未经过任何调查的情况下，就将一顶抄袭的帽子扣在我头上。

“我很失望。”

罗伯特没想到她态度这么强硬，当即被她反驳得哑口无言。

“至于泄密的事情，贵公司能接触到这广告的人有多少？还有当时在拍摄现场的人有多少？我建议你们一个一个地去调查。”霍慈冷笑。

此时运营总监忍不住说：“霍慈，话可不能这么说。你知道这广告是要在整个亚洲地区播放的吗？现在突然被永世抢先，整个广告只能全部撤回，就连我们拍好的硬广都要再修改。还有视频网站和电视台这边，我们已经买下广告时段，下周就是广告上线的时间，现在要怎么办？”

“怎么办？如果真的是泄密，请你确定是由于我们工作室的疏忽造成的，再来追问我怎么办。如果不是，你们倒不如想想，这是不是永世的恶意竞争。”

毕竟抢先放出一部广告片，不仅能及时宣传自家的产品，还能让竞争对手吃一个天大的哑巴亏。

因为广告片是他们先放出来的，T&A要想告他们抄袭，取证难度太大。

“如果你们是要兴师问罪，我想你们找错人了，与其现在讨论这些，倒不如想想怎么补救。”

当走出T&A的大门时，白羽跟在她身后刚想说话，突然就听霍慈一声暴喝：“闭嘴！”

霍慈是开着自己的车过来的，她走到车旁边，突然又转头，吓得白羽立即停住脚步。她冷冷地看着白羽，问他：“你能保证泄密的不是工作室的人吗？”

白羽张了下嘴，没敢说话。

霍慈冷笑："你不能。"

"那就查，查到你能保证为止。"霍慈盯着他。

几个小时之后，易择城给白羽打电话，问他霍慈去了哪里。他大吃一惊，问道："她没回医院吗？"

易择城此刻就站在医院里，只有护理人员在陪着霍明舟。

他挂断电话之后，正要再找人，杨铭匆匆赶过来说："霍小姐一个小时前就回家了。"

易择城立即亲自开车回去，当打开家门时，里面安静得过分。客厅和厨房都没有人，他推开卧室的门时，就听到"哗哗"的水声。

声音是从洗手间里传来的。

他打开洗手间的门，就看见满地都是水，而霍慈躺在浴缸里。

他紧紧地握着门把手，看着安静地躺在浴缸里的人，她的身体显得那般轻盈柔软，身上还穿着她今天出门时穿的衣服，白色的衬衫已完全湿透。

如果说，这一生，他最害怕的是哪一刻，易择城终于明白，是现在。

他缓缓地走过去，在浴缸旁边蹲下，他的手指慢慢地伸了过去，伸到她的鼻息间。

突然，霍慈的眼睛睁开了，那双一直漆黑晶亮的眸子，似乎一下子扫除了之前的晦暗死寂，重新焕发了光彩。

她目光淡淡地看着他，他的手指已接近自己的鼻子。

"这就是你这几天对我形影不离的原因？"霍慈安静地看着他，问道。

易择城没有回答，因为他正死死地看着她。直到面前这张精致小巧的脸突然贴近，她湿润冰冷的嘴唇，紧紧地贴着他的嘴唇。

"我怎么舍得你呢？"

待两人四目相对时，那双漆黑的眸子里充满了倔强。

她看着他，认真地说："霍慈，怎么可能会被打败！"

第九章

她和易择城的小孩?

WJXHTNY

永世珠宝的最新广告大片，在全网推送之后，没想到迅速地引发了热议。

“这个广告的风格也太像霍慈拍的了。”有人在永世官博下面留言。

没想到这条微博引发出大量的热议，网友迅速跟进。

“楼上真勇士，说出了我心里想说的话。”

“看到这个广告片的时候，我还特地查了一下是谁拍的，要是不说，我绝对想不到是南晚拍的。光看镜头的运用，简直就是霍慈的手法啊。”

能看得出镜头运用手法的，都是有专业水准的。

当然霍慈的粉丝群也炸开了锅，她的不少粉丝都是摄影专业的学生，也有摄影爱好者，都是把她当成一个奋斗的楷模。霍慈个人风格太鲜明，所以之前有新晋摄影师为了走捷径，做出过抄袭她作品的事情。

当时就是一帮粉丝找证据，还亲自发给工作室，希望能帮助到他们。

结果这次居然又出现了这样的事情，况且大家都知道，霍慈之前也拍摄了 T&A 最新的广告片。可 T&A 的广告还没上线，这边就出现了一个极具霍慈个人风格的广告，粉丝群几乎都炸了，都问这次广告到底是不是南晚抄袭霍慈。

白羽回公司之后，就接到霍慈的电话，电话那头她声音冷漠：“你现在给我好好调查，我们工作室内所有能接触到这支广告的，都给我仔细检查！最起码不要等 T&A 的人先查出来。”

她这句话说出来，就已经是在提醒白羽把眼睛放在工作室内部。

其实霍慈工作室里的人员并不多，就二十来个人，因为薪资待遇和福利都是业内顶级的，所以人员流动极少。如今在工作室的，就连前台助理都已经工作三年了，很多更是从工作室一开始成立就进来的。

她心底也希望，不是工作室内部人员泄的密。

她挂断电话，易择城拿了衣服过来，她身上还裹着浴巾。刚才易择城把她从浴缸里拉出来的时候，她浑身冰凉。此时虽然已经是四月，可这么穿着衣服躺在浴缸里一个小时，也实在是冻得够呛。

“我给你放了热水，先去洗澡。”他低头看着霍慈，看了一眼她的手机，眉目清冷，“再重要的事情，待会儿再说。”

霍慈扬起嘴角，脸上露出似笑非笑的表情，玩笑般地说：“就怕有人连洗澡的时间，都不愿意给我。”

易择城看着她，语气淡淡地说：“那就打回去，打到他们不敢再招惹你为止。”

“易先生，这种时候，你不是应该教育我和气生财的吗？”霍慈没想到他会这么说，稍愣之后，笑了起来。

易择城：“如果对方不知好歹，总该叫他们清醒清醒吧。”

霍慈也是因为今天的事情，突然意识到这个世界依旧在转。对，现在是她这辈子最艰难的时刻，可是没有人因为她所遇到的事情，就会对她网开一面。想要对付她的人，依旧没有住手。

这个广告的事情，在T&A的时候，她虽然竭力否认了，但其实谁都明白，矛头就是冲着她来的。

要不然，对方不会这么明目张胆地抄袭。

这也是T&A第一时间联系她，并且总裁罗伯特那么生气的原因。在T&A看来，广告片出事和她脱不了干系。

霍慈自然不能让他们把这口锅扣在自己身上。

可私底下，她不能掉以轻心。之前和沈随安被偷拍的事情，因为易择城突如其来的求婚，最终完美地解决了。现在别人居然又在工作上陷害她，看来这是跟她作对到底了。

“知道是谁吗？”易择城低头看着她。

霍慈一笑：“怎么，要帮我出头吗？”

“难道不应该？”易择城眉眼温和地看着她，脸上带着笑意反问。

霍慈伸手就要去抱他，谁知居然被他躲开了，他皱眉，有些无奈地说：“你这满身是水的。”

你瞧瞧，前一秒还要帮她出头的人，下一刻居然就嫌弃她身上的水会弄湿他的衣服。

霍慈知道他是故意这么说的，无非就是想逗她。可她是什么人啊，撞到南墙也非要把南墙撞倒，而后昂首挺胸踏过去的霍慈。

她直接抱着他，身上的水蹭得他的衣服都湿透了。

易择城一脸宠溺地看着她问："非要这样？"

"就得这样啊，咱们是有福同享，有难同当嘛。"霍慈一脸坏笑，就是让易择城对她没办法。

易择城直接把她抱了起来，笑着说："现在行了吧？"

霍慈这才得意地笑了起来。

"现在你打算怎么办？"易择城给她擦头发的时候，问她。

霍慈乖巧地坐在他面前，任由他一直用毛巾帮她擦干头发。她微抬眼睛，脸上带着深意笑道："你说我应该怎么做呢？"

这种事情要想维权实在是太难了，毕竟是对方抢在他们之前发布广告。

对方抢占了先机。

"不知道。"易择城确实是不太清楚这种抄袭应该怎么去界定，毕竟在版权问题上一向都是很难去维权的。

霍慈抬头看他，嘴角扬起一抹笑，故意逗他："你可以期待一下。"

白羽开始在工作室排查这件事，但是难度太大。毕竟 T&A 的广告参与的人很多，他一时也没什么头绪。

霍慈正在医院给霍明舟剪指甲，白羽打来电话的时候，她正好剪完最后一根手指。

"没办法排查？"霍慈冷笑，说，"你知道这个广告抄袭的程度吗？这完全是拷贝我的原件照抄下来的。这个人肯定是进了我的办公室，你调出监控，给我一天一天地查看。"

对于 T&A 这种级别的合作伙伴，拍摄出来的东西，都只会保存在霍慈的电脑里。

不过好在工作室因为之前进过小偷，所以已经安装了监控，谁在她不在的时候进过她的办公室，那就有重大嫌疑。

当然不排除工作室的人并没有问题，而泄密发生在 T&A 那边。

霍慈希望得到的结果是这样的。

“现在网上已经炒得沸沸扬扬了，有人说你是故意炒作，我看永世珠宝恨不得抓住这波热度，炒作一番呢。”白羽有些恼火地说。

霍慈淡笑：“就让他们多蹦跶几天。”

在交代完护工之后，霍慈回了工作室一趟。工作室的人都知道她家里出了事情，因为她一周没回来了，乍见到她，众人都松了一口气。毕竟霍慈才是这个工作室的摇钱树，谁都可以离开，但她不行。

刚到门口的时候，她就撞见了白艾莉，就是白羽那个表妹，被签约在工作室当模特。

“霍慈，你回来了。”艾莉看了她一眼，亲热地说。

霍慈随意地扫了她一眼，看着她穿的衣服及挎着的包，香奈儿早春款外套，就算在欧洲买也得六万多一件，还有她背着的包是LV限量版的，国内极难买到。

她点了点头，艾莉挥挥手离开了。

等进了办公室之后，她叫了助理进来，问道：“艾莉最近的工作是谁在安排的？”

“还是白总。”助理不明白她怎么突然问起艾莉的事情，立即说道。

她手肘撑着桌面，下巴抵着手掌，轻声问道：“最近艾莉很红吗？”

助理眨了眨眼睛，似乎不太理解霍慈怎么会这么问，支支吾吾地说：“比之前应该好点儿了吧。”

其实工作室签约模特，也就是多开展一项业务而已，这些模特顶多在霍慈拍各种广告的时候，蹭一下老板的资源。别说红了，根本就是查无此人。

霍慈冷笑，工作量都没有，却突然富贵了，看来这女人是发了一笔不小的横财。

她直接打电话把白羽叫了过来，他刚一进门，霍慈就问：“艾莉最近交了男朋友了？”

“没，没有啊，她又闯祸了？”白羽一下子被霍慈问蒙了。

霍慈看着他说：“那你给她钱了？”

“她好手好脚的，我没事给她钱干吗。”白羽一头雾水地说。

霍慈站了起来：“给她打电话，让她立即回来。”

白羽见她一脸严肃，赶紧给艾莉拨了个电话，把人又叫回来了。等她推门进来的时候，见霍慈和白羽都在，还笑嘻嘻地问：“是不是有工作安排给我？我就知道霍慈回来，肯定是有好事。”

霍慈看着她，眼睛在她背着的包上又重新扫了一圈，看到包上刻着的字母：“NW”。

“好事没有，不如我们来谈谈，你为什么要把T&A的广告偷给南晚？”霍慈看着她，一双漆黑的眸子透出一股冷漠笃定。

“我没……”艾莉刚要否认，可是她一抬头就看见那双眼睛。

那双总是隐藏在相机背后的眼睛，是那么冷漠，看着她时，让她说不出一句谎话。

白羽震惊地看着艾莉，同样也不敢相信，可是艾莉心虚地垂着眼睛，谁都不敢抬头看。霍慈走到她身边，抬手就将她搭在肩上的包扯了下来，冷笑一声：“就为了这么一个包？你知道这个包多少钱吗？”

艾莉没敢说话，霍慈冷笑：“三万，你居然为了三万愿意去坐牢，很好！够蠢！”

听到“坐牢”两个字，艾莉顿时就慌了，终于知道反驳了，张嘴就说：“我没有，你没有证据。”

“没证据？”霍慈笑了，她拿起包，直接就砸在艾莉的身上，指着包上的一角，骂道，“你睁开眼睛看看包上刻着的字母，这是南晚名字首字母拼音。这个包是她去年参加时装周的时候，品牌商送给她的。”

白羽立即上前，抢过那个包，定睛一看，可不就是字母“NW”。

他记得，南晚去年确实跟了春夏时装周好几场活动。

“哥，你救救我，我真不是故意的。”艾莉知道自己否认不了了，干脆就跟白羽哀求。

白羽气得浑身都在发抖，看着她就怒道：“南晚是什么东西，你难道不知道？你以为她会真心和你交朋友？霍慈说得对，你为了一个包就愿意去坐牢。你想死，我不拦着！”

艾莉没想到一向对她有求必应的白羽，居然会这么对她。

她看着他们两个，脸上惊慌却又嘴硬地说：“你们吓唬我呢。”

“吓唬你？泄露商业机密，你知道T&A这次损失了多少吗？这次的广告要全部重新拍摄，所有的硬广要撤回。”白羽看着她，太失望了。

艾莉这才知道事情的严重性，其实她本来也不想干的，可她实在是被诱惑了。

她想着就算偷了东西，顶多就是让广告延迟而已。

她哭着去抓白羽的手，却被白羽甩开。直到霍慈抬头看着她，问道：“这件事是南晚指使你的？”

“对对对，就是她，她是气你抢走了T&A的广告。”

可她还没说完话，便被白羽一声暴喝打断。

“放屁！明明抢走T&A的是她，她用了下作的手段抢广告，你是没脑子吗？她随便说两句就能忽悠你。”

艾莉被他骂得不敢说话。

“现在这件事已经不单单是我们工作室的事情，艾莉偷的东西属于商业机密，就算我放过她，T&A的人你觉得会善罢甘休吗？”霍慈淡淡地看着白羽。

白羽垂着头，昨天的会议他是跟着一起去开的。

所以他知道，一旦T&A那边知道这件事，肯定也不会轻易放过艾莉的。

艾莉哭得一塌糊涂，但白羽没有对她心慈手软，直接没收了她的身份证和全部的银行卡，让她连逃跑的机会都没有。

白羽让她先滚到他的办公室，而自己则是留在霍慈这边。

“对不起，霍慈。”他知道艾莉做出这样的事情实在是太蠢了，可他也无话可说。

霍慈倚靠在桌子边，看着他：“你知道为什么南晚要拿一个旧包来给她吗？她就是向我们示威呢。”

白羽自然明白，所以他此刻对南晚的厌恶也达到了顶点。

艾莉高中没毕业就辍学了，长得漂亮，上学的时候只会谈恋爱，后来被学校开除了。所以她根本没什么文化，也不懂商业泄密的严重性。南晚利用了艾莉，现在还用她来向霍慈示威，可见上次 T&A 珠宝的事情对她打击有多大。

“咱们现在怎么办？”白羽问她。

霍慈突然抬头，看着他问：“传媒大奖颁奖典礼是不是在这个周末？”

这个颁奖典礼是传媒圈的一大盛事，每年参加的当红明星都有不少，而且很多新锐摄影师都是从这个颁奖典礼上出来的。毕竟业界对传媒大奖还是十分认同的，每年的颁奖嘉宾都是各个传媒公司的董事长及杂志总编。

白羽不知道她怎么会突然问这个，还是点了点头。

霍慈站了起来，语气淡淡地说：“她不是一直想要传媒大奖最佳摄影师的奖项吗？你去告诉主办方，我今年会出席。”

早在一个月前，白羽便和霍慈说过南晚的经纪人到处在活动，就是想要替南晚拿下这个大奖，好挽回一下她今年的颓势，毕竟她之前涉及潜规则，这属于丑闻，实在是太难看了。

她冷笑一声：“她不是想向我示威吗？我总得回敬一下。这次我就送她上天。”

霍慈的作品在国际摄影大赛上得奖之后，她就再未参加过任何比赛，就连国内的颁奖典礼也从来都是回绝。

以至于白羽打电话告诉主办方时，对方欣喜若狂。

白羽轻笑，说道：“是这样的，前期能不能先不要公布，我的意思呢，是霍慈以神秘嘉宾的身份出现。”

对方迟疑了一下，问道：“是不是霍老师有什么顾虑？还请霍老师放心，这次年度最佳摄影师霍老师入围之后，我们是一直希望邀请霍老师来参加颁奖典礼的。”

这就是一些国内颁奖典礼的现状，到场的才会给奖。

不过之前霍慈也曾拿过一次传媒大奖，那次是白羽去帮她领的奖。这次她再次入围，原本主办方一直派人来游说白羽，希望他能劝说霍慈参加。

可主办方一直都没得到确切的答复，没想到霍慈的经纪人今天主动打了电话过来。

虽然没明说，但电话里的意思，就是只要霍慈到场，这个奖就非她莫属。

“帮我预约造型师吧，咱们周末战场见。”

可不就是战场，而且是没有硝烟的战场。

此刻南晚并不知道霍慈也要参加传媒大奖，她拿着手机刷了一下微博，发现关于广告片的事情，她的粉丝又和霍慈的粉丝撕起来了。经过上次的丑闻，她脱粉实在严重，原本就撕不过霍慈的粉丝，现在更是被吊打。

南晚气得摔了手机，喊了徐薇好几声，她才从外面进来。

“网上都闹成这样了，你也不知道管管。”南晚指着沙发上的手机，恼火地看着她。

徐薇失笑：“多大点儿事，也值得你这么生气。好了，好了，回头我找一批水军，多刷刷评论，把这些不好的都顶下去。”

听到“水军”两个字，南晚秀气的脸颊顿时扭曲得厉害，她盯着徐薇，双手抱在胸前冷冷地说：“你这是什么意思？是觉得我人气太虚，现在只能靠水军？”

徐薇见她不高兴了，赶紧安抚道：“南晚，其实你是摄影师，有没有粉丝对你来说影响不大。”

南晚哪里会不知道，她就是不服气：凭什么霍慈就能有那么多不离不弃的粉丝？凭什么她就能找到那样的男朋友？凭什么她就能处处踩在自己的头上？

霍慈被求婚的视频，她不是没看过。她身边也有富二代，可那些富二代哪个不是冲着她的名气，想随便玩玩的。

求婚，她想都不敢想。

“粉丝后援会的那些管理者都是干什么吃的，一群废物，掐架没一次能撕过人家的！”南晚低头看着她手上新做的指甲，其实她特别喜欢美甲，可因为要拿相机，总是会磨坏指甲，实在是太烦了。

徐薇被她说得一句话都不想说，她是真不知道民间疾苦啊！

自从上次被曝出她是靠潜规则才拿到 T&A 的广告，粉丝里就脱了一大批粉，要不是徐薇及时用利益安抚住后援会的那几个大粉，只怕大粉都要带头脱粉了。

徐薇劝说她：“南晚，你现在最重要的不是关心网上掐架的事情，而是拿出好的作品。你看看霍慈，她这次的摄影展办得多成功，题材贴近现实，有深度，也足够打动人心。就连之前一直批评她太商业化的那些人，都对她这次的摄影展赞不绝口。”

人家原本就是领头羊的地位，结果还能放低身段，拍摄出这样令人深思的作品。

徐薇再看看南晚，原本她也是走参加比赛拿奖的路线的，可自从她开始往时尚圈靠拢，徐薇就发现南晚放在摄影上的心思太少。这半年来她拍摄的封面被人诟病的可不少，推出的精品更是少之又少。

“我怎么就没拿出作品了，我这半年来的工作量有多大，你不知道？”南晚斜了她一眼，没好气地说。

徐薇道：“就你前一天在酒吧泡吧到三点，喝得酩酊大醉，第二天又去拍摄现场的状态，能拍出什么好作品来？”

可她劝也劝了，南晚还是不听，照旧我行我素。

徐薇也知道南晚根本就不是什么有事业心的女人，她现在就是一心想找个富二代，好把自己嫁出去。可现在这些富二代又不是傻子，你玩够了想上岸，也得看有没有愿意当接盘侠的。

见徐薇不说话，南晚更生气了，问道：“传媒大奖的事情，你到底搞定了没有？”

“你放心吧，霍慈一向不会出席这些颁奖典礼，今年的最佳摄影师肯定是你的了。”徐薇刚才在和主办方打电话，就是为了确定这个奖能被南晚拿下。

毕竟这次入围传媒大奖的摄影师中，只要霍慈不出席，也就她的机会最大了。

南晚拿了奖，到时候再好好宣传一下，肯定能把上次的负面新闻带来的不良后果消除了。

不过南晚似乎还嫌不够，她说：“要不这样吧，你再多买点儿营销号预热预热，到时候让粉丝多刷刷话题。”

“提前买的话，会不会不太好？”徐薇就怕颁奖礼有什么变故，这要是提前进行各种营销，怕是会适得其反。

南晚冷笑：“要是有变故，那就是你的工作没做好。你不是说这个奖板上钉钉是我的？”

徐薇被噎住了，自己什么时候说板上钉钉了？不过南晚也不想再讨论了，她站起身来，说：“还有礼服，可千万要借超季的。”

此刻是四月份，按理说当季礼服应该是春夏款的，只是秋冬时装周已经开过了。有些人能直接借到秋冬款礼服，这种就是时尚资源特别好的。

对于她这个要求，徐薇也是心里有苦说不出。

她毕竟只是个摄影师而已，还真把自己当成一线小花旦了？

周末的传媒大奖也是一年一度的盛会，特别是对于传媒业来说，这是一次受瞩目的机会。由于现在自媒体的广泛和强势，这样的颁奖典礼是一定会被直播的。

四月的天气并不算冷，所以红毯成了嘉宾争奇斗艳的地方。

霍慈的出场特别靠后，压轴的是一位影帝，她是在影帝之前出场。这也是因为主办方对她特别重视，主办方原本是想安排她和影帝一起走红毯，这样搭配也能吸睛。

然而，霍慈拒绝了。虽然易择城不能来参加，不过她可不想让他看见他的女朋友挽着别的男人的手。她不是演员，这种事情只要不是工作必需的，能拒绝的，她一定会拒绝。

白羽告诉她，南晚就在她前面出场，而且还是跟一位当红小鲜肉一起走。

“要不咱们还是和影帝一起走吧，毕竟他们两个人呢，而且我估计那个小鲜肉到现场的粉丝很多，到时候直播里肯定都是他们的欢呼声。”白羽是担心霍慈一个人走太吃亏，怕她的气势被前面两个人压下去。

霍慈冷笑一声，她今天穿了黎巴嫩设计师设计的一条大红色礼服裙，带着独特花纹的雪纺，繁复不失飘逸的设计，还有独有的银丝流苏和精细的刺绣，即便是坐在昏暗的车内，看起来也有一种繁花似锦的华丽优雅。

裙子是裹胸长礼服，腰间系着一条银色腰带，将原本就纤细的腰肢勒成了不盈一握的感觉。裙摆下是若隐若现的一双纤细长腿，雪白笔直，透过大红色雪纺隐隐地露出来。

这个品牌是巴黎高定协会的会员，是世界上真正有高定礼服资格的品牌。国内能接到这家当季礼服的女星少之又少，霍慈这次是亲自出马，又是她第一次出席颁奖典礼，品牌商才点头同意。

裙子是紧急从巴黎空运过来的，按着她的尺寸重新修改过，总算是在周末前赶制出来了。

她在车里候场的时候，易择城发信息过来，他昨天去了上海。

“到现场了吗？”他发信息问。

霍慈回复他：“已经到了，正在候场，应该还有半个小时吧。”

红毯流程就是这样，走红毯不仅要拍照，还要接受主持人的采访。有时候一个颁奖典礼，光是红毯都要走一两个小时。

“累吗？”他的信息又及时发了过来。

霍慈看着简短的两个字，仿佛看见他一边低头浅笑，一边给她发信息的模样。

她回道：“不累，不过我今天特别漂亮，可惜你看不到。”

此刻坐在车内的易择城忍不住笑出了声，副驾驶座上的杨铭都不用回头就知道老板在和谁聊天呢，光听这笑声，就裹着蜜呢。

这次易择城没再回她了，霍慈以为他又去忙了，也没在意。

又等了半个小时，还没到她。

白羽看起来比她还要着急呢，手机按个不停，一直在和谁发信息。霍慈看了一眼手机，问他："是不是该我上场了？"

"是啊，是啊。"白羽满脑门都是汗。

霍慈还多说了一句："要不开个窗子，看你热的。"

其实这边红毯上南晚和小鲜肉已经在接受采访，此刻直播间都能听到粉丝的尖叫声，南晚一脸温柔地挽着小鲜肉的手臂，跟他一块儿接受主持人的采访。

此时霍慈的车子应该开过去的，可是偏偏车子没动。

等南晚和小鲜肉进了会场，直播间里一直有粉丝在问："下面是不是该我们影帝了？"

毕竟影帝的粉丝也等了一晚上。

可过了几分钟，红毯那头还是没车子过来。

主持人调侃着说："看来这北京的堵车到现在依旧没有好转啊，请耐心等待一下，我们的神秘嘉宾马上就到哦。"

没一会儿，一辆黑色轿车缓缓地开到红毯尽头，所有媒体的相机都已对准，都在等着这位神秘嘉宾出场。

车子停下之后，霍慈正要推门下车，便被白羽拉住了。

她回头看着他："你是想让所有的媒体明天的头条都报道我耍大牌吗？"

毕竟车子已经停下了，她却迟迟不下车。这会儿连直播都开着呢，直播里已经有人开始问："这人是谁啊，怎么到了也不下车，是要大牌吗？"

直到一个黑色人影从另一辆车里下来，他缓缓地穿过人群，来到红毯尽头旁的车子边上。眼尖的主持人笑着说道："那位穿黑色西装礼服的，是我们的神秘嘉宾吗？"

因为他背对着镜头，所以主持人没看见他的脸。

他走到车子旁边，轻轻敲了两下车窗。里面的霍慈一愣，伸手把车门打开。

穿着黑色晚礼服的易择城站在车外，朝她浅笑着。

此刻因为他转了个方向，媒体的镜头拍到他的脸，主持人先欢呼起来："原来是我们的神秘颁奖嘉宾易择城先生，不过为什么他会出现在红毯上？车子里坐的又是谁？"

直播里都是一个劲地"啊"，刷屏刷得简直快看不见人影了。

"我以我的追星生涯发誓，里面肯定是霍慈啊。"

"老子明明是来追我家哥哥的，为什么又要喂我狗粮。"

"太帅了，我必须诚心地说，易择城真的和我哥哥一样帅，他穿着黑色礼服简直太帅了，宽肩窄腰大长腿，羡慕霍慈。"

易择城缓缓伸出手掌递到她面前，轻声说："我现在看见了，你今天确实很漂亮。"

霍慈既惊又喜："你怎么会突然来的？"

"来给你撑场子。"

霍慈抬头看着他，嘴角露出浅笑，将自己的手掌放在他的手心里，慢慢移步下车。她本就高挑，今天又穿着一双 Jimmy Choo 的细高跟鞋，从车里下来站在易择城身边的时候，与他相视一笑，引得无数镁光灯追逐。

"现在走上我们红毯的是今天的颁奖嘉宾易择城先生，及入围了今年年度最佳摄影师的霍慈女士，欢迎两位。"主持人拿着话筒，声音高亢地对着镜头说道。

这是霍慈第一次在镜头前，和易择城手牵着手，他宽厚的手掌紧紧地握着她的手，两人慢慢地往前走。她穿的礼服裙裙摆随着晚风，缓缓地往后飘动。

易择城黑色西装礼服上系着的领结颜色是暗红色，与霍慈的大红礼服交相辉映。

闪光灯一直在对准他们猛拍，霍慈提醒他："易先生，千万不要眨眼睛哦，小心他们挑你的丑照登出来哦。"

“没关系。”易择城的声音清冷低沉。

此时霍慈对着镜头微笑，就听到他说：“明盛有专门的公关部，不会有这种情况出现的。”

霍慈：“……易先生，你过分自信了啊。”

两人到了背景板前，旁边的礼仪小姐递上了两支笔，霍慈和易择城分别在板上签上自己的名字。

“两位请到这边来，接受一下我们的采访。”女主持人明显有点儿兴奋，立即请他们过来了。

因为霍慈的裙摆有些长，易择城站在原地替她拉了一下裙子，又伸着手臂让她挽住，并不是刻意地秀恩爱，可两人之间一举一动都透着一股默契、和谐。

霍慈一只手挽着他的胳膊，一只手微提着裙摆，走到了主持人的旁边。

“欢迎两位来到今年的传媒大奖颁奖现场，如果我没记错的话，两位都是第一次出席吧？”女主持人问道。

霍慈看了易择城一眼，他淡笑，她先拿起话筒说道：“是啊，这是我第一次参加传媒大奖颁奖典礼，气氛很好，也很喜欢。”

“最主要是因为今天有人陪着吧。”女主持人眼睛朝着易择城看了过去。

霍慈一愣，点头，脸上已带着明显的笑意：“这个算是意外的惊喜吧。”

原本还因为主持人的问题，霍慈的粉丝有些不开心地在直播里刷屏，表示她家小慈是入围了今年的年度最佳摄影师，这个主持人怎么不追问重点啊。

好在霍慈应答得十分得体。

结果女主持人在霍慈这里铩羽而归，又把目光转向她更感兴趣的易择城，笑着问：“据我所知易先生连传媒采访一向都极少接受，今天怎么会想着来参加传媒大奖典礼当颁奖嘉宾呢？”

直播间的嘲讽声更大了，所有看直播的人几乎都在问：“女主持到底会不会采访啊？”

好在易择城微微一笑，淡然地看着她：“主办方邀请，我接受这个邀请，就是这么简单。”

他说完，女主持人柔媚的笑容有些僵住，此时直播间的人都在拍手叫好。

“就喜欢易先生这种明怼的，脑残主持。”

结果主持人在回过神之后，还是不死心地说：“我刚才看见两位一路走过来的时候，易先生您很照顾霍慈。”

他淡淡地扫了女主持一眼，突然笑了：“我自己的未婚妻，照顾不是应该的吗？”

直播间里顿时刷屏到爆炸。

“‘我自己的’，我的小心肝哟，要被易先生帅死了。”

“我的图书馆小哥哥啊，帅炸天。”

回答完最后一个问题之后，旁边的男主持立即感谢他们能接受采访，就请他们到里面去了。此时里面还没开始，不过他们走过去时，有工作人员立即上前，将他们领到自己的位子上。

没想到与她相隔两个位子的就是南晚，此刻她正在低头看手机，脸上表情不是很好看。

当她抬起头的时候，就看见霍慈正挽着一个男人缓缓地走了过来。

“金童玉女，绝代风华！”抬头的一瞬间，南晚脑子里就只有这个念头。其实她并不是个特别有文采的人，更不是网上所说的什么大才女。这不，在看见这么般配的一对男女走过来时，她脑子里居然只有“金童玉女”这四个字。

因为霍慈的位置在更中间的地方，所以她要经过南晚面前。

也不知为什么，南晚鬼使神差地站了起来，冲着她打招呼：“霍老师，您也来了。”

南晚今天穿了一条黑色短款小礼服，她身形小巧玲珑，穿这样短款小礼服更衬些。只是面对着光是裸身高就有一米七二，今天还穿了有七八厘米高的高跟鞋的霍慈，她的小巧玲珑在这一瞬间也显得很是小家子气。

霍慈挽着易择城的手臂看着她，突然往前站了一下，而旁边的易择城则是顺势挡住了旁边的工作人员和摄像镜头。

霍慈对着南晚轻声说："你今天要白跑一趟了。"

她稍稍退后一步，南晚有些狰狞扭曲的面容一下就暴露在众人面前，居然还被前面的摄像镜头捕捉个正着。

当南晚意识到不对，再收敛表情时，镜头早已经将她脸上的表情拍得一览无余。

等霍慈坐下刷微博的时候，南晚那个表情居然已经被做成了动图，并且传到了微博上。而看热闹不嫌事大的营销号，居然还发微博问："今晚颇受瞩目的传媒大奖，没想到典礼还没开始，就先上演'宫心计'了。国内顶级摄影师霍慈，以及后起之秀南晚，都入围了今年的年度摄影师大奖，你们觉得这次谁能摘得桂冠？"

配图发的就是南晚扭曲面孔的这张动图，众人可以清楚地看到她看向霍慈时眼中的嫉妒和深深的怨怼。

结果下面留言全是同情霍慈的。

"霍慈是国内顶级的摄影师，南晚顶多就是靠着捆绑她上位的吧。之前老是骂霍慈过于商业化，可看看现在两人的作品，霍慈的纪实摄影展很出彩很感人，而南晚却是一头扎进商业的圈子里出不来。"

"两个人不是一个级别的，麻烦先别捆绑。"

"不是说南晚是才女吗？说她是心机女还差不多吧，看看这表情，她应该去演宫斗剧。"

霍慈边看边笑，易择城转头看她，她挑眉："我刚刚是故意跟她说那句话的。"

易择城就站在她旁边，所以他不可能没听到。她说完，易择城看着她，眼里缓缓起了笑意："我也是故意挡着那个工作人员的。"

于是他们两个联手坑了南晚。

因为这边人多，霍慈伸手捏住他的手掌，轻声说："回家给你奖励。"

“奖品随我挑吗？”易择城看着她，目光在她锁骨上流连了一会儿。

她穿的长裙是裹胸款式，露出修长白皙的脖颈及纤细精致的锁骨，长发盘起，整个人看起来特别优雅又充满风情。

霍慈目光淡淡地看了他一眼，这才缓缓地说：“那我岂不是太亏了？”

“要是还有别的呢？”易择城浅笑。

霍慈忍着笑，轻声说：“那就要看看是什么了。”

很快，颁奖典礼开始了。其实典礼很无趣，唯一让人期待的，就是各项大奖的颁发。这是业内奖项，平时那些星光璀璨的明星此刻反而成了配角，而摄影师、编辑这些幕后人员，难得成了主角。

“对了，主办方这次让你颁什么奖？”霍慈这会儿才想起来问这个。

易择城目光淡淡地扫了她一眼，轻笑一声：“你说呢。”

霍慈顿住，过了半晌才说：“不会是年度最佳摄影师吧？”

“霍老师，你猜对了。”易择城忽地笑了一下，清冷的俊容瞬间柔和起来，谁知正好就被切过来的摄像镜头捕捉到，现场顿时出现小小的骚乱。

霍慈听着旁边女生的尖叫声，其实这些姑娘大多是冲着今天参加节目的小鲜肉来的，可奈何易择城这样低调的人，今天难得参加节目，一干小姑娘在为自己偶像欢呼的同时，不忘关注一下他。

“看来以后不能再让你来这样的场合了。”霍慈手肘支着椅子的扶手，微扬着下巴，此刻眼睛晶亮，像是盛着星光。

易择城淡淡一笑：“都听你的。”

南晚如坐针毡一般，虽然之前徐薇给她保证过，这个年度摄影师大奖肯定会落在她手里。可那是在霍慈不来现场参加的情况下啊。现在霍慈来了，她这心里原本十成的把握，也变成了没底。

更何况，她刚刚用手机刷了一下微博。

各大媒体都在官博发了这次传媒大奖的红毯照片，南晚还特地叮嘱徐薇一定要收藏好照片，千万不要让不好看的媒体照流出去。

可当她看见自己的红毯照片，及霍慈的红毯图时，整个人都气得有些发抖。

说得好听点是她娇小玲珑，可对比霍慈的高挑身材及身上的高定礼服，她身上的这款短款小礼服实在是有点儿上不了台面，甚至有网友说她的礼服就像淘宝爆款。

都怪那个该死的造型师，非说她个子小，选短款礼服可以显得高挑些，可是再高挑能赶得上人家实际就有一米七二的身高吗？

徐薇就坐在她身后几排的地方，南晚忍不住发了条短信过去。

“今天的年度摄影师不会有问题吧？”

她发完，徐薇许久没回短信。她转头朝后面看过去，徐薇抬头看了她一眼之后，居然又立即低下头了。

颁奖典礼一直进行着，而年度最佳摄影师奖乃重要的大奖，是在最后才颁发的。

好在越是到后面大家的精神反而越集中，毕竟颁发的都是大奖。不久，工作人员过来，请易择城到后台去准备。

易择城转头看着她，含笑道：“我先去后台了。”

霍慈知道他要颁发的是哪个奖项，微微点头，可是他没立即起身，而是伸手握了下她的手心，轻声说：“等你上来。”

连旁边请他到后台的工作人员都一愣，她这才笑着说：“易先生，你这样会让人家觉得，这个奖是内定的。”

“当然不是，我相信主办方的眼光。”易择城语气淡淡地说。

随后他起身，稍稍整理了下衣襟，跟随工作人员前往后台。

十分钟之后，主持人终于宣布进入这次颁奖典礼最重要的一个大奖的颁发环节。他宣布颁奖嘉宾的时候，会场内粉丝的高呼声，让人误以为下面要出场的是哪位当红小鲜肉。

当易择城与《V》杂志主编陈嘉携手出场的时候，欢呼声震天。

霍慈在台下坐着，看着他一身黑色西装礼服，身材高大挺拔，清俊面容在聚光灯下熠熠生辉，当身后的大银幕上出现他的身影时，连霍慈都忍不住跟着笑了起来。

她的易先生，不管在哪里，都是人群中最焦点的地方。

就像她第一眼就在酒吧里注意到他一样。

易择城伸手为旁边的主编陈嘉调整了一下话筒的高度，又引发一波欢呼浪潮，陈主编微笑着看着台下，说道："我想这欢呼声应该不是给我的吧？"

哄笑声响起，主编斜眼看着旁边的易择城道："方才在后台是第一次见到易先生，我也没想到传媒大奖颁奖典礼的主办方居然这么有面子，能请到易先生和我一起颁这个奖项。"

说完，她又转头看着台下的某处，略一沉吟，笑着说："不过看到台下坐着的某人时，我想不是主办方有面子，应该是某人有面子吧。"

不得不说，今天传媒大奖请的摄像师实在是机灵，在陈主编说完这句话的时候，第一时间将镜头给了台下的霍慈。

显然所有人都知道，她就是主编口中那个"有面子的某人"。

霍慈对着突然切过来的镜头也没躲避，大大方方地冲着台上打了个招呼。她当初在国际上得奖之后，进入时尚圈，《V》主编陈嘉就是最早欣赏她的人，陈嘉甚至将《V》杂志的周年刊交给她拍摄。

说陈嘉是她的伯乐，也并不为过。

所以，她知道陈嘉的调侃是善意的。

"易先生，有没有想过，如果今天不是某人得奖，要怎么安慰她呢？"陈主编转头将问题抛给旁边的男人。

一直站着的男人在听到这个问题的时候，微微蹙眉，似乎从未思考过这个问题一般。可底下的观众已经被陈主编撩得飞起，所有人都睁大眼睛，充满期待地盯着他。

直到易择城清冷的眼神缓缓地看了一眼台下，轻声说："不是还有我吗？"

这次，连见惯了大场面的陈主编，都被台下观众的欢呼声震得耳朵疼。

"就算没了大奖，不是还有我吗？"虽然他只说了后半句，可是所有人都主动脑补了前半句，那个清冷淡雅的男人安静地站在台上，眼眸含笑，专注地看着一个人，轻声说，“还有我呢。”

这一幕比任何电影里的浪漫场景，都要打动人。

就连霍慈都在这一刻垂下头，眼眶微湿。

“好吧，既然这样，我们现在就开奖吧。”陈主编轻轻一笑，会场慢慢安静下来，所有人的眼睛都盯着她手中那个信封。就算不是霍慈粉丝的观众，此刻都希望陈主编念出来的是她的名字。

直到陈主编低头看了两眼，表情有些严肃，随后对着话筒朗声道：“第二十一届传媒大奖年度最佳摄影师获奖者是……”此时屏幕上是五个入围的摄影师，除了霍慈和南晚之外，其他三位都是男摄影师。

片刻之后，一个名字从她口中被大声地喊了出来：“霍慈！”

“恭喜霍慈！看来今晚她不用抱着你哭了。”陈主编冲着易择城哈哈一笑。

掌声雷鸣般响起，会场里的尖叫声震天，霍慈缓缓地起身，接受周围人的拥抱，然后她缓缓地走向那个镁光灯聚焦的舞台中央，那个坚毅挺拔的男人，正含笑地看着她。

霍慈上台后与陈嘉相拥，随手接过她手中的奖杯。直到她转身，就看见易择城拿着礼仪小姐递上来的鲜花，她抿嘴一笑。

他缓缓地走了过来，霍慈正要伸手去接他手里的花束，可整个人已经落入他的怀抱。

台上，高大英俊的男人紧紧地拥着他怀中的人。

此刻，不管是场馆内的观众，还是直播前的粉丝都欢呼声震天，这样的画面，美好得让人想永远将它定格。

“恭喜你，霍慈。”他的声音在她耳畔轻轻响起。

这是霍慈今晚听到的，最美好的祝福。

当他下去之后，霍慈伸手擦了下脸颊，这才转过身正对着镜头。她冲着台下微微鞠躬，声音清润：“谢谢大家。”

“其实这个摄影展我一开始并没有想法，是一个人改变了我，他让我明白，这个世界上你能做的不多，但最起码你应该去做。他作为无国界医生，救过无数的人，即便现在退出无国界医生的第一线，无法以一个医生的身份再去救人，但他依旧在帮助着那些人。”

虽然她没提他的名字，可此刻谁都知道她说的是谁。

易择城在后台的休息室，安静地看着电视里的人，她眉目淡然，可是漆黑的眼眸中尽是坚定执着。

“还有我的父亲霍明舟先生，他是援非医疗队的一名成员，就在半个月之前，他因为南苏丹内战身负重伤，至今还昏迷未醒。”说到这里，霍慈微微哽咽，她多么希望此刻霍明舟能在电视前看着自己，她接着道，“所以我想以这次摄影展，致敬这些伟大的医务工作者，不管你是无国界医生也好，还是援非医务工作者也好，你们都在帮助着那些处于贫困和绝望中的人们。

“敬最伟大的你们！”

一席话，让多少人眼中含泪。

霍慈下台之后，走到休息室内，易择城正在等着她。

“现在是想庆功还是回家？”他伸手揽着她的腰身。

霍慈抱着他，抬起头有些傲娇地说：“庆功和回家都想要。”

“那就回家庆功。”易先生十分懂她的心思。

两人出门的时候，正好南晚经过休息室门口，她怨毒的眼神射过来时，霍慈目光有些冷，而旁边的易择城则是面无表情。

南晚也不管旁人的目光，只恨恨地看着她。

霍慈是什么都没对她做，可什么都没做，就把她踩在了脚下。她就像一个蹩脚的女配角一样，在一旁衬托着霍慈。

那种处处赶不上别人的怨毒，终于在很多年后，再次将南晚席卷淹没。

南晚正想要走过去，却被徐薇抓住手臂。徐薇低声怒道：“咱们赶紧走吧。”

她转头盯着徐薇，恨恨地说：“怎么，我这个输了的人，连恭喜别人的权利都没有？”

“你是疯了吗？也不看看她身边站着的是谁！你是想和人家作对？那你也得看看他的背景。”徐薇可不像南晚这么不管不顾，南晚现在是她的摇钱树，她最起码还有脑子。

说到这个南晚更恨了，一整晚，易择城的眼神从未在别的女人身上停留过。

他的眼里，只有霍慈。

“咱们走吧。”霍慈已经让南晚彻底丢人了，自己就是要压着她，要拿走她想要的东西。

至于她的广告，霍慈也不会就这么轻易算了。

可她没想到的是，半个小时后，她刚到家，白羽通过微信发来一条消息，是永世珠宝官方微博上发布的一条微博。

我公司在近期发布的一条广告片，经证实系摄影师南晚抄袭他人创作。因本公司未能在第一时间察觉此抄袭行为，从而造成了极恶劣的影响，特向原作者@霍慈道歉。具体的赔偿事宜，之后会联系摄影师本人，再次向摄影师和大众道歉。

霍慈看着永世这条微博，愣了一下，她正看着呢，莫星辰的电话先打过来了。

这边刚接通，莫星辰就立即问：“永世珠宝的微博到底是怎么回事？还有T&A广告泄密的事情，是真的吗？”

T&A广告出了这么大的纰漏，其实根本就瞒不住的，总有人会说漏嘴。莫星辰也算时尚圈内部人士，她和霍慈关系好，总有人想从她这里旁敲侧击地问霍慈的事情。这次也不例外，T&A的事情外面一有传闻，不知有多少人来打听。

莫星辰是因为不想烦她，所以才没打电话问霍慈。

今晚她在家里看直播，吃了一嘴狗粮刚准备打电话谴责一下霍慈的行径呢，谁知道就看到了微博上永世珠宝的声明。如果说之前还只是江湖传闻，现在就是从传闻变成了事实。甚至谁都没想到，永世珠宝会发出这样一则声明，这几乎是把永世放在火上烤，更别提南晚了。谁都看出来了，永世这是弃车保帅，把南晚当成替罪羔羊推出去了。

要说偷广告创意这件事，肯定不是南晚一个人干的，但现在责任都被推到了南晚身上。不得不说，光是网上这群充满正义感的网友，都能活生生地扒下南晚的一层皮。

“微博的事情我也看到了，所以我也不知道是什么情况，不过 T&A 珠宝泄密的事，确实是真的，我打算就这件事向 T&A 那边解释。”霍慈用手捏了下鼻梁，她身上还穿着那条昂贵精致的礼服长裙，而高跟鞋早已经被踢掉了。

莫星辰听出了她的言外之意，惊讶地说：“还真是工作室这边泄密的？”

霍慈也自觉没脸，说：“确实是内部人员。”她也算是给白羽留了脸面，没说是艾莉做的。

“不过好在这次永世自己承认了，要不然这事儿还真难办，我怕 T&A 那边找你麻烦。”莫星辰松了一口气。

两人又说了几句，霍慈挂了电话。

此刻网上确实是闹翻了天，之前因为这个广告的事情，众人已经议论纷纷了。摄影师的作品风格总不会突兀地改变，南晚本来和霍慈就不是一个风格的，结果她突然弄出一个霍慈式的广告片，当时就有霍慈粉丝跳出来说她抄袭。

但 T&A 的广告片并没有放出来，所以霍慈粉丝没有证据，还被人嘲讽说是趁机加戏，故意找碴。

谁都没想到，最后居然会是这么一个结果。

以至于网友都震惊了，还有人在永世珠宝的官博下面直接留言说：“第一次看到这么干脆利索地认了抄袭的。”之前哪次不是抄袭者死不认证，最后被人拿证据糊一脸，才勉强承认错误的！

霍慈看了好一会儿才发现，易择城在书房打电话一直没出来。

她忍不住站起来，轻手轻脚地走到书房门口，听到里面模糊的声音，于是她轻轻敲了下门，里面传出一个含笑的声音：“进来。”

“我没打搅你吧？”霍慈推门进入。

易择城摇头，招手示意她过去。霍慈这才走到他身边，就被他一下握着手掌，顺势带着坐在了他的腿上。其实这个书房原本是霍慈用的，不过自从他搬过来之后，就变成了易择城的专用书房。

他正在和对方打电话，应该是个国际友人，因为说的是英文。

霍慈听了个大概，应该是讨论无国界医生的事情。她忍不住调皮起来，伸手就解开他礼服上的蝴蝶结，暗红色蝴蝶结被她随手扯了两下，随后她又伸手解开他白色衬衫的领口。

因为他正在打电话，当领口被解开时，她能看到他说话时喉结上下微微滑动。

这块男人身上最灵活的骨头，像是生了小爪子，一直勾着她的眼睛。

霍慈低头，忍不住在他的喉结上轻轻地咬了下。

易择城伸手揽着她的腰身，低头看了她一眼，有些警告她不许捣乱的意思。可是人逢喜事精神爽，今晚霍慈拿了大奖，还有永世主动承认抄袭，她心情不错，就想戏弄他一下。

所以她在咬了一口他的喉结后，伸手解开他衬衫上的扣子，一直往下解，解到第三颗的时候，她的手掌又被抓住了。

电话还没结束，易择城冲着她摇头，却不想她依旧我行我素。

一直到她伸手解开他的皮带，要把皮带抽出的时候，听到“吧嗒”一声，是手机摔在桌子上的声音，头顶上是男人危险的声音：“想找事儿是吧？”

“不想。”她跳起来想跑，可是火都被她撩起来了，他哪里会这么容易放开她。

易择城双手握着她的腰身，低头看着她，眯着眼睛在她锁骨上细细观察着，低声说：“你猜在打开车门看见你的那一刻，我想做什么？”

霍慈立即表示：“我不想猜。”因为她知道，肯定不是什么好事儿。

果然易择城抬起一只手，在她裹胸长裙的胸线边缘处轻轻地摩挲了两下，扬唇浅笑："想剥掉它。"

霍慈的脖子生得修长纤细，所以她极适合穿这样裹胸款式的长礼服，高挑身材又能将礼服穿出优雅的风情。

"不许把这件衣服扯坏了，这可是借来的，很贵。"霍慈确实担心，可她刚说完，就听到布料撕裂的声音。

他含着她的耳朵，直接说："坏了，我买。"

可是霍慈舍不得，一件高定晚礼服少说也要十几万，她立即喊道："不要扯坏了，这件裙子，我特别喜欢。"

"特别喜欢？"易择城看着她。霍慈点头。

易择城在霍慈耳边说了几句，她有些气恼，脸颊都开始泛红。可是一想到这条裙子可能的下场，她咬咬牙，点头。

随后她掀开裙摆，坐在他腿上。

他的背后就是书房的窗户，外面正是满天星斗。

直到书房里传出暧昧的响声，她扶着他的肩膀，脚尖一下绷得笔直，身子不自觉地往后缩。易择城及时搂住她的腰身，倾身吻住她的唇，她面前是他结实的胸膛，身后是桌子的边缘。

她忍不住靠在他的胸口，脸颊贴着他滚烫的皮肤，听着他的心脏强劲而有力地跳跃着。

霍慈都不知道当晚自己是怎么被抱到床上的。

第二天早上起床的时候，她才知道白羽昨天给她打了多次电话。她有些气恼地看着易择城，问他："是你把我手机调成静音的？"

"你实在太累了。"易择城给她倒了一杯牛奶，轻声说。

霍慈想到昨晚她是因为什么劳累的，瞪了他一眼，这才给白羽回了一个电话。

"休息好了？"白羽接通电话，第一句问的就是这个。

霍慈又瞪了易择城一眼，不知道他昨晚和白羽说了什么。不过她还是清了清嗓子，问："昨天永世的声明，究竟是怎么回事？"

“你还不知道？”白羽大吃一惊，反问她，“易先生没和你说？”

霍慈冷笑了一声，问他：“你们之间还有多少我不知道的事情？”

等白羽把事情说出来，霍慈这才知道为什么永世这次这么轻易就低头了。原来霍慈每次的作品，白羽都会通过专门的版权公司进行注册登记。就是因为之前霍慈的作品屡屡被抄袭，他才干脆花钱找人登记。

可他没想到，就因为他防患于未然，这次的事情才能这么快被解决。

因为艾莉偷东西的事情，他知道艾莉是活该，可艾莉到底是他舅舅的女儿，她也是被人利用的。就算真的要抓她去坐牢，最起码也应该去抓那些幕后主谋。

于是白羽直接联系了易择城，他不是怕霍慈知道阻止他，而是觉得对付永世这样的大公司，就该有比他们更有震慑力的人才行。

易择城知道这件事之后，直接让律师团去了永世珠宝公司，告诉他们，如果不发表声明的话，就会打官司告他们。他们律师手里有霍慈这次广告拍摄的时间，还有版权登记，更有人证在，真要打起官司来，拖也拖得赢他们。

他知道永世珠宝正在进行 IPO，要是顺利的话，最迟年底就能在香港上市。

如果他们坚持要打官司的话，势必会拖垮他们的 IPO。

这件事易择城清楚，永世的人自然也清楚。

所以从他们开始接触，到永世珠宝发表声明，不过两天的时间。

霍慈没想到这中间还有这么多的事情，她挂了电话，看见还在优雅闲适地吃着早餐的易择城，忍不住问道：“你还想瞒我到什么时候？”

“没打算瞒着你。”易择城放下杯子，认真地说。

“只是不想这种小事，一直烦着你。”他笑了下。

霍慈看着他说得如此轻描淡写的模样，忍不住说：“易先生，你知道在中国版权维权有多困难吗？”

“所以你有个还算不错的经纪人，最起码还知道做事。”易择城倒是头一回称赞了白羽。

不过易择城还是提醒她："永世那边的问题解决了，现在麻烦的反而是 T&A，泄密是从你们工作室开始的。这次的责任，在你们。"

瞧瞧，这就是易先生。在帮你对付别人的时候，他毫不手软，恨不得一竿子弄死对方；可在分析原因的时候，他也是一本正经，是你的锅，别想甩给别人。

霍慈决定把这口锅背牢了，她点头说："放心吧，我会好好处理 T&A 这边的问题的。"

她一向就是自己的事情自己解决，不过自从有了这位易先生之后，她好像被保护得太好了些。

两人从家里出门之后，易择城去公司，霍慈开车去医院。

她昨天因为要参加典礼，只在早上看了霍明舟一次。所以今天她早早过来，顺便把她的奖杯也一并拿来了，想让他看看。

到了医院，护工正在给霍明舟按摩。

"霍小姐来了。"护工冲着她点头，霍慈笑了下，让他先出去休息会儿。

她在床边坐了一会儿，陪着霍明舟说了会儿话，就觉得小肚子疼得厉害。她捂着肚子，可是那种胀痛感不时传来。正好赶上医生来查房，霍明舟是因公受伤，所以他的病情医院一直很重视。

医生进来的时候，霍慈起身和他们打招呼，跟进来的护士长看着她关心地说："霍小姐，你是身体不舒服吗？我瞧你脸色有点儿苍白。"

"没事，就是有些腹痛。"霍慈摆摆手。

可是她这额头上的冷汗不停地下来，别说护士长看出她的不对劲，就连医生都瞧出来了。于是主治医生让她坐下，赶紧给她检查了小腹。

结果查完了，他有些不确定地说："霍小姐，你还是到楼下去做个B超，验下血吧。"

"问题很严重？"霍慈想着，她的大姨妈应该是这两天要来，不过她的例假一向不准时。

"黄护士长，你带霍小姐到楼下挂个号，去检查一下。"主治医生没多说什么，倒是转头对护士长吩咐了。

护士长一听，就过来劝她："霍小姐，做彩超也就一会儿的事情，你跟我去一下，这样才放心嘛。"

霍慈也确实是有点儿不舒服，就跟着她去了。

等她拿到B超单子的时候，护士长早回去忙了，她自己去找了之前挂号的妇产科大夫。

当大夫看完单子，对着她看了一眼，冷漠地说："恭喜你，小姐，你怀孕了。"

霍慈瞧着大夫冷漠的模样，一时没回过神。过了半晌，她傻傻地问："什么意思？"

大夫见她这副模样，冷漠的脸上露出一丝笑意："就是说，恭喜你要当妈妈了。"

霍慈难以置信地问："您没和我开玩笑？"

大夫脸又冷下来了，霍慈自己本身就会看B超单子，好歹她也读过一年的医学院。此时拿着这张单子，她甚至不用医生指点，就已经看到了那小小的胚胎。

她和易择城的小孩？

几乎就是一瞬间，她的脸上绽放了笑容。

第十章

你也太偏心了

WJXHTNY

妇产科的大夫见惯了年轻小姑娘过来拿了化验单先是目瞪口呆，随后就是哭哭啼啼的场景。新生命的降临，带来的可能并不都是快乐。大夫本来见霍慈一副傻眼的模样，还以为她是不想要这个孩子，可是这会儿她又笑得这么开心，于是忍不住问了一句："这孩子要吗？"

"要，当然要啦。"霍慈声音陡然提高八度，还猛地拿手捂住自己的肚子，似乎生怕医生对她做什么。

医生看着她，微微一笑，叮嘱道："你之所以腹痛就是因为怀孕所导致的，估计应该是工作太累了，没有按时休息，所以胎儿有点儿不稳。如果真的想要这个孩子，我建议你这几天好好休息。毕竟怀孕的前三个月，特别容易流产。"

霍慈点头，她不由得想到昨晚和易择城干的荒唐事。

她哪里知道会是这种情况，他们平时都有做好保护措施，毕竟两人暂时还没结婚的打算。

"那我需要住院吗？"霍慈问医生。

医生挥挥手："倒也不用住院，现在医院床位也紧张，回家休养两天就好了。"

霍慈出来的时候，手里还拿着B超单子，这可是小家伙的第一张照片。想到这里，她忍不住握紧了手中的袋子。走廊上坐满了来看病的人，有些人已经挺着大肚子，有些人则和她一样小腹平坦，有些人是孤身一人来的，有些人是家人陪同来的。

一想到家人，霍慈忍不住快步走回住院部。

等她进了病房的时候，床上的霍明舟依旧安静地躺着。她走到床边坐下，手里的袋子被她捏得皱巴巴的。一路走过来，她才发现自己有好多话要跟他说。

"爸爸，爸爸。"霍慈伸手握着他的手掌，突然眼泪就落了下来。

她低声抽泣着，心中却有种说不出的开心和痛苦夹杂的复杂情绪，说："爸爸，您到底什么时候能醒过来呢？您不是说还要看着我穿着婚纱，牵着我的手，把我交给我爱的人吗？”

“爸爸，我怀孕了，您难道不为我开心吗？我好想您，好想和您说说话，好想您告诉我，应该怎样去做一个称职的妈妈。”霍慈握着他的手，脸颊贴着他的手背，滚烫的眼泪不停地流下来。

直到他的手指动了动，戳着她的脸颊。

霍慈猛地抬起头，看着他，发现他的手指尖又在动。

她捧着他的手，欣喜若狂：“爸爸，您是不是要醒了，爸爸？”

她又喊了两遍，霍明舟却不动了。于是她立即起身，去找医生。在听到她的来意时，医生有点儿无奈地表示：“霍小姐，我们之前就曾经讨论过，这是植物人的典型特征。有些肢体会动，并不代表病人的意识复苏。”

“我知道，但是我觉得这次他一定是醒过来了，因为我喊他了。”霍慈有点儿着急，她不知道应该怎么和医生解释。

对，她曾经也是医学院的学生，所以她知道植物人会有植物性特征出现。但是这次，直觉告诉她，爸爸是真的要醒来了。

医生见她着急，又知道霍明舟身份特殊，干脆就跟着她去看一眼。可他们刚走到门口，就见黄护士长匆匆从病房出来了，一看见他们，又惊又喜地说：“梁医生，您快来看看吧。”

霍慈刚走到门口，就看见病床上躺着的人，已经睁开了眼睛。

他看起来还处于迷茫阶段，直到他眼睛微动，视线朝着门口看过来，在看见霍慈的一瞬间，他没什么神采的眼睛，骤然迸发出笑意，漆黑的眸子陡然变得晶亮。

“爸爸。”霍慈想要进去，却被护士长拦住了。

她劝说：“霍小姐，您先在外面等一下，让梁主任先给霍先生检查一下身体。”

霍慈点头。随后有好几个医生赶了过来，易择城打电话的时候，她正坐在外面的走廊上等待消息。

“爸爸醒了。”一接通电话，她就颤抖着声音说。

易择城微怔，随后就说："我现在就过去。"

霍明舟被带去检查的时候，霍慈是想跟着去的，只是黄护士长看她面色苍白，安慰道："霍小姐，我看你还是在这里等着吧。这检查要楼上楼下跑，我看你身体好像也不是很舒服。"

霍慈很担心霍明舟，可又想起刚才医生叮嘱她的话，就真的不敢乱跑了。

"黄护士长，那麻烦您了。"她说道。

黄护士长笑了下，随后霍明舟就被推出病房去做检查了。

易择城赶到的时候，就看见霍慈一个人坐在病房内。他见她面无表情地坐在那里，立即揽着她的肩膀，轻声安慰："霍慈，别害怕，爸爸醒了是好事，别怕，别怕。"

他一边说，一边将霍慈搂在怀中。

见她还是不说话，易择城半蹲在她面前，担心地问："这是怎么了？"

"爸爸他……"霍慈说着眼泪又落下来了。易择城有些着急，可是又不能催促她，于是只能握着她的手，耐心地等着她把话说完。

可是她不停地流泪，她说："他太偏心了。这一个多月以来，我一直跟他说，他都不搭理我，不回应我，也不醒过来。刚才我告诉他我怀孕了，他就醒了。"

"他太偏心了。"

霍慈气得伸手狠狠地用袖子给自己抹了抹眼泪。

易择城笑了，看着她说："你怎么跟小孩子一样，还……"

他不说话了。

他就这么直勾勾地看着霍慈，眨了一下眼睛，又眨了下眼睛。霍慈抹完眼泪后，也看着他，两人四目相对。

他声音轻得像呓语般问："霍慈，你刚才说什么？"

"爸爸太偏心了。"她抽泣了一声，满腹委屈。

易择城猛地握住她的手，摇头，猛地摇头："不是这句。"

他深吸了一口气，有些小心翼翼，然后看着她问："你说你怀孕了？"

霍慈这才想起来，她还没把这件事告诉他。面前的男人在问这句话的时候，是那么小心翼翼，似乎生怕吓着她。

终于，她缓缓地点了点头。

他没说话，她也不说话，病房中安静得过分。身后干净的窗户外，是温暖的阳光，今天外面是难得湛蓝的天空。

“我要当爸爸了？”易择城问了一遍。

霍慈点头。

“我要当爸爸了？”易择城又问了一遍，这次他脸上渐渐有了表情，是那种从心底溢出的欢喜，清冷英俊的面容在这一刻竟带上了傻乎乎的可爱表情。

霍慈伸手抱住他，轻声说：“恭喜你，易爸爸。”

他紧紧地抱住她，他的身体在颤抖。

当他再次放开霍慈的时候，直勾勾地看着她，忍不住说：“霍慈，你也太偏心了。”

霍慈：“……”

她干什么了？

“你应该第一个告诉我的。”易择城就在她的面前，此刻眼睛盯着她的小腹，她腰身一向纤细，此刻依旧如此。

可是，这里现在有一个孩子了？

易择城在当无国界医生的时候，有时候因为没有专门的儿科医生，他也会去照顾那些刚出生的新生儿。虽然他看着很冷淡，但是对病人一直都很耐心，对那些孩子尤其是。

他从未想过，有一天自己有了孩子该怎么办。

毕竟他不是个喜欢假设的人，可是这一次，不是假设，而是真的。十个月之后，不，也许是九个月之后，他就会成为一名父亲。

“对不起，我也是今天才知道。”霍慈抱歉地看着他。

他伸手摸了摸她的脸颊：“没关系。”

说完之后，两人似乎又陷入沉默当中，就连一向成熟稳重的易择城，都在这时候有些心神不宁。

霍慈想起医生对她说的话，开口道："我今天本来是小腹坠痛，去做B超检查时才发现自己怀孕的。医生说，我需要好好休息。"

"需要住院静养吗？"易择城立即问她。

他突然想到昨晚的事情，有些懊悔，身为医生，他自然知道怀孕前期需要静养。他握着她的手，有些惭愧地说："抱歉，我昨晚不知道。"

看着他歉疚的模样，霍慈正要安慰他，却见他站了起来，匆匆地说："我先出去打个电话，你等我一下。"

到了外面，他拿出手机就给徐狄拨了电话。

徐狄正在做美容，也是朋友硬拖着她来的，说是这个产品就要上午来做效果才好。她脸上敷着东西，一接电话，声音有点儿含糊地问："城城，妈妈在做美容呢，怎么了？"

"您把钱嫂借给我几天吧。"易择城立即说。钱嫂是广州人，特别会煲汤，在徐家做事有二十多年了，照顾人很有方法。

徐狄有些奇怪，不过儿子的要求嘛，她一口就答应了："好呀，是不是在外面吃不好，想念钱嫂的手艺了？"

"不是，是霍慈怀孕了，我想让钱嫂帮忙照顾她，顺便帮她补补身体。"易择城说完，有点儿生自己的气，其实他早就该叫钱嫂来帮忙的。霍慈一向胃口不怎么好，只是他不想让别人打扰他们俩，才一直没请阿姨在家里。

徐狄旁边的人笑着问她，是儿子打电话过来的？她回了一句后，笑着说："这样啊，那我回头……"

她猛地坐了起来，身后正帮她按脸的美容师险些戳到她眼睛。

"易择城，你刚才说什么？"徐狄声音高得险些把旁边的朋友吓了一跳。

易择城当然知道她问的是哪句，笑着重复了一遍："霍慈怀孕了，我要当爸爸了。"

徐狄激动地"啊"了一声，随后就说："你们在哪儿呢？我现在就去，马上就到。”

“您不是在做美容吗？”易择城强压着笑，反问道。

徐狄连声说：“不做了，不做了。我现在就去找你们，等着我，一定等着我。”

等他打完电话，霍慈有点儿害羞地问他：“你跟伯母在打电话？”

易择城笑着点头，轻声说：“她高兴坏了。”

他看着她，低声说：“我也高兴坏了，特别高兴。”

他甚至高兴得不知道该说什么好了，所以只想拼命地宠着她，最好把全世界都给她。

徐狄到的时候，霍明舟的检查还没结束。之前霍明舟刚回国住院的时候，徐狄就来看过他，就连易怀泽都来过一趟。

所以徐狄是知道霍明舟病房在哪儿的，一到门口，她就瞧见病房里的小两口正坐在沙发上说话。易择城一手搭在霍慈的肩膀上，两人挨得有点儿近，说着话时，脸上是带着笑的。

“伯母，您来了。”霍慈先瞧见站在门口的徐狄，立即起身。

徐狄眼睛不自觉地就朝她肚子上瞧，原以为像她这样年轻的姑娘，不会这么快结婚生孩子。毕竟霍慈的事业是极好的，徐狄也不好催促。而且易择城刚了结她一个心愿，就是找到女朋友了。

她可不是一个刻板的妈妈，她知道心愿太多，肯定不会被全部满足。

可谁想到，惊喜来得这么快。

“快坐下，快坐下。”徐狄赶紧让霍慈坐下了。

易择城转头对徐狄说：“今天她是因为小腹痛才去检查身体的，医生说她情况不是很好。”

这句话把徐狄吓得不轻，忙说：“那还等什么，赶紧住院保胎啊。”

“哪有那么严重，医生说我只是休息不太好，回去休养几天就行了。况且现在病床紧张，我这点儿小问题就不用住院了吧。”霍慈偷偷地瞪了易择城一眼，不让他乱说话，这样不是存心让伯母担心嘛。

徐狄可不这么想，她对霍慈说道：“有关孩子的事情，都不是小问题。

咱们不占用公家医院的资源，不是还有私人医院吗？”

“她不想住就算了，让钱嫂到家里来给她煲汤喝吧，我这几天在家陪着她也一样。”易择城见霍慈是真的不愿意住院，也就不想强迫她。

徐狄看着他，立即说：“你哪里会照顾，笨手笨脚的。”

易择城不得不提醒一下：“妈，我也是医生。”

“你是外科医生，能和人家专门的妇产科医生比？况且男人哪里会照顾孕妇。”徐狄是担心霍慈，可她也知道，现在年轻人愿意和长辈一起住的少，她总不能让他们搬回家住吧。

好在徐狄也不是非得强迫别人一定要听她的人。

“那行，回头我让钱嫂去帮你们煲汤，那再叫个家政帮你们打扫一下家里，霍慈现在最紧要的是要休息好。”徐狄虽然不放心，不过目前也只能这样。

她说完，又看了一眼旁边床上，这才问道：“对了，霍老师去哪里了？”

“爸爸他刚才有了意识，医生带他去检查了。”霍慈这才想起来这件事还没告诉徐狄。

徐狄大喜，握着霍慈的手，柔声说：“这些天你也受苦了，好在你爸爸总算是醒过来了。今天可真是个好日子，什么好事情都凑在一起来了。”

说着话，霍明舟就被医生推了回来。当他重新躺在床上的时候，霍慈见他眼睛闭着，着急地问：“医生，我爸爸现在怎么样了？”

“霍小姐，你放心，霍老师的情况已经有所好转，我也向医院还有卫计委那边汇报了，我想很快就会为霍老师再进行一次专家会诊的。”负责霍明舟治疗的严主任安慰她。

霍慈这才放下心来。

严主任又看着他们说道：“今天霍老师也累了，要不都先回去，等明天再来。”

虽然心底有些不舍得，不过既然人已经醒过来了，霍慈自然也很开心。

“霍慈你先回去，明天再让择城送你来医院，今天你也累了。”徐狄劝她。

等下楼之后，徐狄是坐车过来的，她到底还是不放心，干脆送他们回家。之前在来医院的时候，她已经打电话回徐家，让钱嫂坐车回来。所以在车上的时候，她干脆又打了个电话，让钱嫂直接去家里。

徐狄是头一次到这里来，她也是之前听徐斯扬说漏了嘴，才知道易择城没住他自己的房子。

“我瞧这周围也挺方便的。”徐狄还挺满意的。

霍慈一到就真觉得累了，她脸色还是不太好看，易择城让她回房间休息一会儿。霍慈看了一眼徐狄，她立即挥手说：“你快进去休息，一会儿等钱嫂来了，我也该回家了。”

“去吧。”易择城拉着她的手，看着她换了睡衣躺在床上。

没一会儿，她便睡着了。

易择城出来，见徐狄还坐在沙发上，走过去，有些歉意地笑了下：“我给您倒杯水吧。”

“不用，过来坐吧。”徐狄看着他，脸上那笑意是打心底里来的。

易择城坐下之后，徐狄问他：“你们打算什么时候去领证啊？还有婚礼，你有打算吗？”

“领证的事情，我得和霍慈商量一下，不过她父母那边，还要麻烦您和爸爸了。”虽然这个小家伙的到来实在是出乎意料，可现在他只有惊喜，和对未来的期待。

徐狄瞧着他，露出欣慰的表情：“你是我们的孩子，这些事情应该是我和你爸爸做的。不过未婚先孕，只怕霍慈的爸爸妈妈不会给你好脸色。毕竟你拐了人家的宝贝女儿，到时候要给你岳父岳母赔礼道歉的。”

“我明白。”易择城忍不住摸了下鼻子，就像个犯了错的孩子似的。

徐狄环顾了一下这房子，夸赞道：“这家里布置得真好看。

她又说道：“不过你也不能一直住在这里吧，毕竟这是霍慈的房子，回头我让人把悦府花园的别墅收拾出来，那里地方大，就当妈妈给你们的结婚礼物。你让秘书去过下户，过户到你和霍慈名下。”

易择城失笑："我们在这里住得挺好。"

"不愿意搬也行，反正那房子你叫人过户了，这是我给你们两个的。"徐狄知道霍慈并不缺这些东西，可她就是想给，她也没生过女儿，所以不知道该怎么对一个姑娘好。

想当初她嫁给易怀泽的时候，家里老太太二话不说就把祖上传下来的一对儿翡翠镯子给了她。易怀泽的母亲当年可是上海滩资本家的千金大小姐，就是后来参加革命，东西大部分都捐了，只留了几件。

"对了，你奶奶给我的那对儿翡翠镯子，回头我也给霍慈，我这几年还存了一些珠宝首饰，正好你们结婚的时候可以用到。"徐狄越想越开心。

易择城忍不住说："那些东西都是您的，您自己留着。霍慈的，我会给她买的。"

徐狄看了他一眼，抬手捶了他一下，笑着说："你这样可真是把你爸爸给比下去了，你不知道他有多小气。"

易怀泽哪里是小气，是他工资就这么多，那种动辄几百万上千万的珠宝，他当然买不起。

易择城知道徐狄也就是嘴上说说，要是易怀泽哪天真给她送钻石珠宝，头一个吓坏的就是她。

"你要是喜欢，告诉我，我也给你买。"易择城轻笑，哄着她说。

徐狄立即开心起来，不过转头就说："那些珠宝什么的，我可不要，我就要你们给我生个孙女。到时候啊，妈妈给你们照顾孩子。"

易择城低头微笑。

易怀泽晚上到家的时候，刚进客厅，就闻到厨房里弥漫着香味。

居然是红烧肉。

徐狄手艺很好，特别是做红烧肉的手艺，易怀泽不管吃了多少地方的红烧肉，这最喜欢的，还是自家媳妇做的。

他脱了军装外套，进了厨房，就看见徐狄穿着围裙站在锅前，锅里的红烧肉已经散发着浓郁香味。

“今天这是什么日子？”易怀泽今年的体检结果不是很好，其实他身材保持得还好，但是血糖血脂稍微高了点儿。

所以像红烧肉这么油腻的东西，医生建议他能少吃就少吃。

徐狄怕事儿，干脆一刀切，一块都不让他吃了。

这会儿徐狄摆手让他先出去，说：“叫小唐先摆碗筷吧。”

当易怀泽看见徐狄还开了一瓶红酒的时候，又笑了声，问她：“今天是遇到什么好事儿了？”

徐狄没说话，她将红酒倒在酒杯里，举起杯子对他说：“易将军，来庆祝一下。”

易怀泽有点儿无奈，问她：“庆祝什么？”

“当然是庆祝我们要成为爷爷奶奶了。”徐狄说完，一口气就把杯里的红酒都喝完了。

易怀泽端着杯子，愣了半天：“爷爷奶奶？”

“霍慈怀孕了，你说我们是不是该当爷爷奶奶了？”徐狄心底是真高兴啊。大院里这两年可出生了不少小家伙，晚上她和易怀泽出去遛弯的时候，看着人家推着婴儿车出来，白白净净的胖娃娃，心里别提多羡慕了。

可之前自家儿子不争气啊，老大不小的年纪，也不知道找个女朋友。谁知幸福也来得太快了，能不叫徐狄开心吗？想到几个月之后，她也能推着婴儿小推车，跟大院里的那些奶奶一块遛弯，心里真是美呀。

易怀泽没想到会听到这消息，他低头一笑，骂了一句：“这小子……”

可说完，他也一口将杯中红酒喝完了。

霍慈一觉睡到下午六点多，易择城见实在是太晚了，去房间叫她起床。钱嫂刚回去，不过炖的汤还在锅里。

她在餐桌旁边坐下，易择城把碗放在她面前，汤头浓郁，冒着热气。

还没喝一口，她手机响了，是柳如晗打过来的。

霍慈接了，就听那边急急地问：“小慈，你爸爸醒了你知道吗？”

“我知道，我今天去看他的时候，正好碰到他恢复意识了。”霍慈轻声说。

那边不说话了，顿了下，这才说：“你怎么也不打电话和我说一声呢。”要不是沈方棠回来告诉她，柳如晗还不知道这件事。

霍慈用勺子搅动了下碗里的汤，轻声说：“我还有一件事想告诉您。”

“怎么了？”柳如晗听出了她声音里的犹豫。

霍慈抬头朝对面的易择城看了一眼——他就坐在她的对面，然后轻声说：“我怀孕了。”

“吧嗒”一声脆响，也不知道柳如晗那边撞坏了什么东西。她低声“哎呀”了一下，大概是撞疼了，吓得霍慈立即问她：“妈妈，您没事吧？”

“没事，我没事。”柳如晗已经在沙发上坐下了，可是她只觉得心“扑通扑通”地跳，过了好一会儿，才轻声问，“确定了吗？去医院检查过了吗？我明天过来再陪你去一趟医院吧。”

“不用，今天已经在医院检查了，确定是六周了。”霍慈咬了下唇，也像个做错事的孩子一样低声说。

柳如晗也不知为什么，就觉得心里难受，可又开心。

等霍慈挂了电话，易择城立即起身，坐在她旁边伸手抱着她，无奈地说：“这是怎么了？怎么突然就哭了？”

霍慈靠在他肩膀上，有些委屈地说：“我还没做好当妈妈的准备呢。”

于是新手爸爸嗓子一哽，其实他也没有这种准备，现在还是一头雾水，想照顾她，又不知道从何做起。

他轻声说：“我们一起学习好不好？”

“从哪儿学啊？”霍慈抬头看他，有点儿委屈。

易择城沉思了下，拿出手机给杨铭打电话，那边一接通，他就吩咐：“帮我准备一套育儿书籍。”

杨铭傻眼了，结果易择城还特别补充了一句：“最好有详细介绍，怎么当好爸爸妈妈的。”

这一夜，易择城就连睡觉都小心翼翼的，生怕压着霍慈。他早上醒得也比霍慈早，而且没用房间里的浴室，怕吵醒她。

等霍慈醒来的时候，易择城已经把早餐做好了。

“看来你这个新手爸爸比我进入状态快。”霍慈踮着脚在他嘴边亲了一下，甜甜地说。

易择城低笑了一声：“我得照顾你们两个。”

他说得理所当然，叫霍慈忍不住抱着他，贴着他的后背说：“你怎么这么好。”

“现在才知道？”他眉眼一挑，声音里透着几分不满的味道。

霍慈抬起头，下巴磕在他背上，他虽然看着瘦，但浑身都是结实的肌肉，这会儿他只穿一件家居服，她抱着他只觉得温暖又结实。于是她瓮声瓮气地说：“一直都知道。”

结果煎蛋刚端到她面前，霍慈闻着那股鸡蛋的味道，不觉得香，只觉得那股味道顺着她的鼻子往里钻，然后紧接着她就觉得不舒服。

她起身，想也不想地往洗手间就跑。

等她趴在洗手台上吐了半天，鸡蛋的味道消失了，那股翻江倒海的劲儿也算是过去了。

易择城也跟了过来，给她递了湿毛巾，让她再擦擦嘴。

“没事吧？”他皱眉，知道她这是早孕反应，由于孕妇体质不同，有些人前期反应会严重些。

霍慈摇头，苦笑一声：“这才是第一步。”

易择城早上需要去公司主持会议，所以他让司机过来送霍慈去医院，他自己开车去公司。临走的时候，他在车里叮嘱司机开车慢点儿。

司机给他开了大半年的车，今天头一回听他说这么多话。

所以司机这次开得真稳，本来四十分钟能到医院的，这次足足开了一个小时。

霍慈到的时候，柳如晗的电话也跟着来了。

她问：“小慈，我今天能去看看你爸爸吗？”

他们虽然早就离婚了，可到底是多年的夫妻，当初离婚的时候，也是和平分手。听到她的话，霍慈沉默了下，过了一会儿才说："你想来，那就来吧。"

霍慈到病房的时候，霍明舟正好也醒了。

他正睁开眼睛看着旁边的小护士，因为刚醒来，还不能吃东西，所以依旧是靠打点滴维持。霍慈到门口的时候，他的眼睛一下就瞟了过来。

虽然昨天已经看见他睁开眼睛的模样，可是今天再看见，她还是心头一热。

她几步走到他床边喊道："爸爸。"

霍明舟动了动手，霍慈立即伸手去握他的手掌，眼睛里泪光一直在闪烁，直到他竭力喊了一声："小慈。"

"我在，爸爸。"霍慈握着他的手，竭力压制着自己的眼泪。

霍明舟看着她，好不容易扯出一个笑容，说："不哭。"

霍慈怕他一直说话太累，立即伸手抹了抹自己眼里的泪水，轻声说："我不哭，其实我就是特别高兴，您终于能和我说话了。"

霍明舟躺在病床上的时候，霍慈就在想，要是这辈子他都醒不过来该怎么办？

那样他再也不会叫她小慈，再也不会牵着她的手，不会给她做好吃的，更不会看到她披上婚纱嫁人的那一刻。

幸亏这些不会都没有发生。

她得到了命运的垂怜，他醒过来了。

"爸爸，我好想您。"霍慈还是忍不住，她把头埋在床边，双手握着他干瘦的手掌，温热的眼泪一颗一颗地落在他的手上。

柳如晗站在门口，看着床边的女儿，及躺在床上的男人。

霍明舟抬起头，朝她看过来。当看见他眼中微微露出的笑意时，柳如晗突然忍不住撇过头，喉头酸涩，连眼睛都胀痛得厉害。她拼命忍着，肩膀在微微颤抖。

霍慈是因为霍明舟的手指捏了捏她的手心，才转头看向门口。

“您来了。”在霍明舟面前，她对柳如晗的态度也不像从前那么冷漠。

柳如晗走了进来，即便已过中年，可她依旧纤瘦，岁月虽然在她脸上留下了痕迹，可也让她染上了独属于她的优雅。

她看着霍明舟，轻声说：“你可算醒了，我们都很担心你。”

霍明舟此刻说话并不容易，可他还是勉力挤出一个微笑，虚弱地说：“谢谢。”

霍慈低头时，看到他脸上淡淡的笑意。自始至终，他从未怨过谁，也从未恨过谁。霍慈觉得压在她心底的一块石头，突然被挪开了。

这一刻，她心中彻底没了对父母的埋怨。

她的那些自以为都在这一瞬间，烟消云散。

“你要好好保重。”柳如晗看着他，眼眸中含着水光。

随后医生给霍明舟做常规检查，霍慈和柳如晗到病房外面去等着。

一出门，柳如晗就打量着她，还是那么瘦。霍慈本来就高挑，又特别瘦，她之前总是担心她，现在又怀孕……

“你和你爸爸说了吗？”柳如晗忍不住问她。

霍慈摇头：“爸爸身体还没彻底恢复，我想总要等着他好些了再告诉他。”

柳如晗赞同地点点头，又忍不住打量她的脸色，倒也还算不错。只是她忍不住关心地说：“怀孕马虎不得，要不我这两天在家里煲汤给你送过去？”

“不用。”霍慈立即拒绝，见柳如晗的脸色不太好，她立即解释，“易择城的妈妈已经让她家里很会煲汤的一个阿姨过来帮忙，您不用这么累。”

柳如晗有点儿惊讶，不过又很高兴。

因为她一直没见过易择城的父母，毕竟霍明舟之前在国外，要是双方父母见面，总该等人到齐了。所以原本是打算等霍明舟结束援医任务之后，双方再见面的。

没想到这中间还出了这样的事情。

柳如晗听她这么一说，当然觉得开心。毕竟这是人家对她女儿的重视，她也算是放心了。

“还有结婚的事情，要趁早去办了，婚礼你们是怎么打算的？”柳如晗真的怕她受委屈了，恨不得一件一件地问明白。

可是霍慈昨天才知道自己怀孕的事情，现在让她去想婚礼这些事情，她心中也没头绪。

于是她轻声说：“这些都还要商量。”

随后柳如晗就从包里拿出一张卡，递给她，霍慈没接。柳如晗这次却没有由着她的性子来，拽起她的手，就把卡塞进她手心里。

她说：“这是我这些年的积蓄，我就只有你这么一个女儿，不给你给谁。”

霍慈捏着卡，低头看了一眼：“我不用……”

“哪有孩子结婚家长不给钱的。易择城家里有钱，那是他家的事情，反正我不能亏待了你，这也是我全部的积蓄。你现在住的那个房子，两个人住还行，要是以后有了孩子，就有些小，得重新买一套。”

霍慈笑了，说真的，她大学时就不再伸手和父母要钱了。

结果要结婚了，她反而要啃老。

她摇摇头，就想把卡还给柳如晗：“我真不需要这些。”

见柳如晗坚持不要，她笑了下，忍不住说道：“您忘记我是谁了？霍慈，现在最当红的摄影师，天天有人在网上骂我就知道捞钱，没有一点儿艺术追求。”

她难得和柳如晗说这些，结果她刚说完，柳如晗就有些生气地说：“他们懂什么，那是他们没欣赏眼光，不懂得欣赏我女儿的作品。”

霍慈这次真的笑了。

怀孕这件事，霍慈没刻意隐瞒，但也没刻意告诉谁。不过从医院出来时，她还是回了一趟工作室。

自从霍明舟病了之后，她的工作就是能推就推。

正好工作室签了一个挺不错的摄影师，霍慈干脆把他推荐给各大杂志社。她来工作室之后，给白羽打了个内部电话，让他过来一趟。

“你今天没在医院陪着伯父？”白羽有些奇怪地问。

霍慈这才说：“我爸爸昨天已经醒了。”

“真的，这可真是太好了。”白羽高兴地说，“我之前真担心你，现在总算雨过天晴。”

“不过我暂时还是不能接工作。”她接着说。

白羽能理解，说：“我知道伯父刚醒，你多照顾一段时间也是应该的。”

“也不都是关于我爸爸的原因。”霍慈抬起头，脸上带着笑，“我怀孕了，医生叮嘱需要多休息。”

白羽惊得眼珠子都要掉下来了。

他赶紧朝她肚子看了过来，结结巴巴地说：“你，你怀孕了……”

“所以从现在开始，我恐怕得多休息一段时间。”霍慈说。

白羽忙不迭地点头：“应该的，应该的。”可是他那眼神还是惊讶，眼睛一直盯着她的肚子。

等回过神，白羽这才说：“你上次接受电视台的专访，今晚就要播出了。制片方面希望你能转发一下微博。”

“没问题。”

可霍慈没想到，这一转发出了问题。

原本这个电视节目主要是采访她及这次摄影展，但她的摄影展是关于无国界医生的，难免又会引起网友的讨论。

后来一个八卦帖子出现了，这个帖子也很快被网友浏览及回复过万，标题十分吸引眼球：《八一八这个无国界医生组织，到底是一群白衣天使还是战场修理工》。

这个博主截图了霍慈访谈，并且又介绍了几个无国界医生的报道，直指这个组织根本就是战场修理工，甚至为了达到自己的政治目的，选择性地救人。

而最吸引人的，就是博主居然将矛头直指易择城。

“易择城，明盛集团的少东家，居然会放弃好好的 CEO 不做，去当什么无国界医生，你们觉得这可信吗？他根本就是利用这个身份，给明盛医药牟取暴利。每年无国界医生组织从全球募集的那些款项，有多少用在明盛医药采购药品上，说出来大概能吓死你们。”

这段话很快就被人不断地复制转发，不少人都在下面求爆料。

也有人立即就附和，嘲讽地说：“我早就说过了，这些商人无利不起早，也不知道谁给他的人设，现在居然不认了。还无国界医生呢，我呸！”

不过也有人竭力反驳：“无国界医生组织一向都是没有政治诉求，只为治病救人的。我们国家也和无国界医生组织有合作，就说明这个组织根本就没问题。”

没想到这条评论，居然被博主回复了。

他说：“是啊，无国界医生组织没有问题，那你就知道易择城这个人就没问题了？不如你猜猜，他为什么退出无国界医生行列？”

这个回复一出，瞬间引爆了正在追帖的人，几乎所有人都在追问。更有人推测，这个开帖的人，肯定是知道内幕的人。

底下全是要求他赶紧爆料的。

可是十来分钟过去了，爆料者没再继续回复。

“据说这个易择城背景可不简单，明盛集团算什么啊，他真正厉害的背景是他爸爸那边的关系。明盛集团顶多就是有钱，可人家是权贵。”

“完了，楼主不会已经被查了吧。”

就在楼主突然消失了半个小时之后，居然又回来回复了。

“两年前，易择城在非洲某小国参与执行无国界医生的任务时，不顾当权政府的反对，坚持手术救治了一个反政府武装的头目。要知道那个头目一个多月前，刚指挥下属制造了汽车炸弹袭击，炸死了当地五十多个平民。所以当地民众围住了那个无国界医生的驻点，差点让一众无国界医生没能走出来。”

这个爆料实在是猛料，虽然也有人觉得爆料者没有证据，说不定就是在信口雌黄。

“易择城的手掌就是在那次混乱中受伤的，他伤了手，所以不得不退出 MSF。这件事在 MSF 的高层里可不是什么秘密，要不是他家势力大，人家当地人都不会让他活着回来。他就是一个杀人狂的帮凶。”

之后也不知是谁贴出了一篇报道，是无国界医生组织驻地被人围攻的报道，这是从外网转过来的。于是议论开始倒向这个爆料人。

这个有图有真相的爆料，很快就被人搬到微博上，甚至做成了长微博，控诉易择城。评论一边倒地都批判他是刽子手的帮凶，那些恶意的声音一浪高过一浪。似乎一瞬间，易择城就成了为了达到目的不择手段的人。

此刻，明盛集团总部，易择城正在主持召开会议，谈论的是关于收购香港一家医药公司的事，那是一家百年老品牌医药公司，旗下原本主要经营中药制剂，不过这几年又把业务范围扩展到了西药领域。

而最主要的是，这家医药公司的控股家族姓陆。

香港陆家，也算是老牌豪门，只可惜自从创始人陆建华去世之后，百春堂这个老牌医药公司就每况愈下。如今公司的市值更从巅峰期的五百多亿，下跌了一半。

对于百春堂的收购，早在半年前就开始进行了。

易择城是个强势的人，从他入主明盛之后，也一改明盛之前的行事风格。特别是这一年，他不仅收购了美国研究所的医疗成果，还收购了两家上市公司。明盛如今是医疗股中的龙头股，带动了整个医疗板块。

就在他们准备收购百春堂的前夕，突然迎来了关于易择城的爆料。

谁都明白，这表面上是冲着易择城来的，实际上是冲着明盛集团。

“对于百春堂的收购，不管是什么原因，都不要停下脚步。”易择城低头看了一眼手中的工作报告，上周明盛就已经向百春堂提出了口头的收购要约，不过百春堂那边并未回复。

照目前看来，他们拒绝的可能性极大。

会议结束之后，杨铭第一时间向易择城汇报了网上这个帖子的处理情况。他说：“我已经联系了论坛版主要求删帖，可是对方一直借口推托。”

这么劲爆的帖子，能带来的流量可想而知，论坛方面怎么会轻易就删除了呢？

“而且我也找了专门的技术人员，查出对方 IP 是代理的，而且还是国外，所以根本追踪不了。”对于这种恶意爆料，杨铭本来是想直接查出对方地址，然后再报网警。

没想到，人家想得不比他少，连 IP 都是代理 IP。

杨铭见他面无表情，又低声说：“而且我们发现这次有明显的网络水军活动迹象，针对性非常强。”

他小心地觑了易择城一眼，轻声说：“是冲着您来的。”

易择城在做无国界医生时所做的事情，只怕极少会有人知道。对方的爆料这么详细，甚至连具体事件都说了出来，爆料者说不定就是身边人。

这话虽然不该他问，但杨铭还是忍不住提醒了一句：“易总，虽然这些网络水军的话不足为信。可三人成虎，还要早日澄清方才稳妥。”

况且网上的爆料，还牵扯到了明盛集团。无国界医生日常所需资金都是通过筹款获得的，如果在采购方面真的有谋私行为，这无疑是一桩丑闻。到时候别说收购百春堂，就连明盛能否全身而退，都不得而知。

霍慈到晚上才得知了这件事。

她一整天没刷微博，要不是莫星辰给她打电话，她还不知道。

她接了电话，就用平板电脑去搜索了帖子，结果发现才不过一天的时间，光是回帖就接近两万，这绝对是刷屏的速度。

“你说现在这些人怎么就这么听风就是雨呢？”莫星辰没想到霍慈这两口子真是多难多灾，简直就没个消停的时候。

之前是霍慈被爆料当小三，然后被证明是别人故意陷害她，结果这会儿易择城又被爆料出这样的事情。

霍慈沉着脸，将帖子大致地看了一眼，特别是那个爆料人的话。

“霍慈，你怎么不说话？”莫星辰自己说了半天，没听到她说一句话。她有些迟疑地说，“难道这个爆料者，说的都是真的？”

霍慈反问她：“如果是真的，你觉得他做错了？”

莫星辰被问住了，霍慈冷笑，继续问她：“还记得我们第一年在医学院时，班主任说过的话吗？”

不用她再提醒，莫星辰当然记得，她说：“我们是医生，不是法官。”

霍慈不知道易择城是不是真的遭遇了这样的事情，但是即便他真的救了那个反政府武装头目，她也并没有觉得他做错了。医生的责任是治病救人，而审判一个人，那需要法官去做。

只可惜网上这些人并不懂，他们觉得这个人该死，谁都不应该救他。

就在此时，门口传来开门的声音。

她一抬头就看见易择城开门进来，霍慈对着电话说：“那就先这样吧，我先挂了。”

“今天怎么样？”易择城伸手抱住她，柔声问道。

霍慈轻笑，皱眉说：“钱嫂的手艺太好了，我觉得我肯定要长胖了。”

“没关系，你长得这么漂亮，就算再丰满一点儿，也一样好看。”没想到一向冷漠话少的易先生，居然把全部的语言技能都用在了夸赞霍慈这件事上。

他低头蹭了她的额头一下，霍慈软软一笑，她没去提那个居心叵测的帖子。

可是她能看得出来，他心情并不怎么好。

霍慈不知道该说些什么来安慰他，从他选择成为一名医生开始，就一心只想着治病救人。或许他并不是一个伟大的人，但他绝对是个负责任的医生。从他们的相遇开始，霍慈就了解他。

他在 MSF 工作时，付出了全部的心力。他放弃香港医院优越的条件，放弃国内舒适的生活，只为到一个完全陌生的国度去帮助那些处于贫穷和战乱纷扰中的人们。

可现在他原本引以为傲的经历，成了别人攻击他的理由。

那些只需要敲击键盘，就将他绑在道德审判柱上的人，霍慈觉得他们太恶心。

她微抬脚跟，在他下巴上轻轻吻了一下，忍不住笑了：“易先生，你现在很会哄人啊。”

“我只是学会了说实话。”

霍慈这次真的笑了，她抱着他的腰身，高兴地蹭了蹭。

南晚戴着帽子和墨镜走过的时候，还是忍不住垂着头。

现在的她就像是过街老鼠一样。永世珠宝的一条微博彻底将她压垮，别说是所有的合作商家都和她解约，就连她的经纪人徐薇，都在昨天宣布和她解除合同。

南晚在家里待了几天，实在是等不了了。

她必须要找到这个人，要不是因为这个人，她也不至于沦落到今天这个地步。

她已经在地下停车场等了一个多小时，然后就看见一个人走到那辆红色奥迪前，安静的停车场内，随着一声开车门的声音，南晚冲了过去。

“陆小姐。”南晚冲到陆永欣的车子旁边，一下挡住她要关车门的动作。

陆永欣被她突然揽住，原本还有一丝慌乱，不过在抬头看见是她时，突然冷笑了一声。她语气淡淡地说：“是你啊。”

“陆小姐，我给你打了好多次电话。”南晚有些窘迫地说。

陆永欣不屑地看了她一眼，语气淡淡地问：“你有什么事情吗？”

“陆小姐，你也看到了，永世珠宝这么对我，想当初偷创意这件事，是你们都赞同了的，现在总不能让我一个人背锅吧？”南晚没想到她态度这么冷漠，有点儿气愤。

陆永欣“扑哧”笑了，打量着她，摇摇头，鄙夷地说：“你看看你现在的模样，像不像一只丧家犬？”

“你……”南晚愣住了。

陆永欣干脆下车，直接将她推到车门外，让她别再挡着路。

“你说是我同意的，你有证据？”

南晚虽然早已经猜到她会这么对自己，可她找过来时是报着一丝希望的。突然，她眼神变得凶狠，生气地说：“你就不怕我把这些事情都告诉霍慈？她被诬陷成小三的事情，可是你找狗仔去偷拍的。”

“你有证据，尽管去。”陆永欣做了个“请”的手势，临上车的时候，又不屑地瞥了南晚一眼，“如果没有，以后别来烦我，你输了，只能说明你是个废物。”

“你别以为你能一直这么害霍慈，你可别忘了，她身后还有个易择城呢。”南晚愤怒地说。她早就听说了，这次永世珠宝的事情，就是易择城出手解决的，要不然徐薇也不至于立即和她解约，徐薇是怕她自己也一并被封杀了。

陆永欣冷笑一声，往后倒车，倒车镜拐到了南晚身上，把她带着往后退了几步。

很快，红色奥迪消失在南晚的视野里。

南晚拼命地握着手掌，目光凶狠地看着车子消失的方向。

即便要死，她也一定要拉上个垫背的。

第十一章

霍慈，我爱你

WJXHTNY

三人成虎，不过几天，网络上流言甚嚣尘上，连易择城的家族都被陆续爆料，易怀泽的职务也被人爆了出来。

网友一方面感慨他出身权贵，一方面又在质疑他的所作所为。

谁都不相信这种背景的人，会毫无目的，只为治病救人，从而去参加一个世界性质的非营利性组织。

所以很多人更倾向于相信，他是在利用自己无国界医生的身份，为明盛集团谋取利益。

那个爆料人的话，似乎一夜之间被证实了一样，所有人都开始相信。

可谁都没看见这个爆料者拿出一个所谓的证据。唯一的新闻来源，也只是一篇国外报道，其中只是简单地提及了无国界医生在非洲的某驻点发生了不小的骚乱。

网络水军不断地带动节奏，极力抹黑易择城和明盛集团。

以至于当明盛集团提出要收购百春堂时，网上乱糟糟一片议论声。毕竟百春堂是香港老牌医药公司，百春堂这个招牌就有百年之久。当年百春堂在整个东南亚都是龙头，结果时过境迁，曾经的龙头居然落得要被收购的局面。

这真是让人不得不感慨万分。

不过还没等到明盛集团有所行动，反倒是明盛先被证监会约谈。

而约谈的内容就是关于明盛集团之前捐赠给 MSF 的一批药品，有人举报这是易择城利用职务，以权谋私。他是低价将药品以捐赠名头弄出去，之后又在非洲高价出售。

这种说法，无疑就是造谣。

偏偏证监会在这个时候约谈明盛集团，要求他们对之前的药品捐赠一事做出说明。毕竟明盛集团是上市公司，捐赠这么一笔药品，股民有权知道。

结果这件事被财经媒体披露之后，又是一阵添油加醋，甚至连易择城要出事这种流言，都传了出来。这拨网络水军，显然是受人指使的。

就在明盛集团深受舆论压力时，百春堂也在积极自救，宣布与美国一家投行合作，以应对这次明盛的强势收购。

商业上的这些事情，霍慈并不清楚，但她知道网上关于易择城的事情众说纷纭。

特别是他曾救过一个种族主义者。

“我给您削个苹果？”霍慈轻声说。霍明舟恢复得不错，已经可以进食。

霍慈这几天都没去工作室，每天都来医院里陪着爸爸。霍明舟也说过让她不要耽误了工作，但她只是笑笑，说最近她想休息一段时间。

霍明舟看着她拿着一个苹果，轻笑着说：“还是不吃了吧，免得你又削着手，再哭鼻子。”

霍慈一愣，随即无奈地笑着说：“都多久的事情了，您还记着呢？”

她从小就被霍明舟和柳如晗两个人宠着，说一句娇生惯养不为过。霍明舟说的这件事是她高中的时候，心血来潮非要给他们削水果，结果把手割破了。

霍明舟吓得当时就要打急救电话，被柳如晗狠骂了一顿。

霍慈没想到今天他会突然提起来。

“爸爸，我有件事想和您说。”霍慈有点儿犹豫。

霍明舟伸手拉了下自己身上的被子，含笑看着她，轻声问：“是有什么好消息告诉我？”

霍慈一愣，没想到他会这么问，有点犹豫。

霍明舟伸手摸了摸她的长发，轻声说：“不管什么事情，爸爸都会支持你的。”

“包括结婚吗？”霍慈小心翼翼地问。

因为考虑到霍明舟的身体还没彻底恢复，所以霍慈没有告诉他自己怀孕的事情。

霍明舟看着她期待又小心的模样，心里有点儿难受，可是姑娘大了，总是要嫁人的。他和柳如晗离婚之后，就再没想过结婚的事情。在他看来，他和霍慈就是一家人，可是现在他的姑娘有了喜欢的男人，想要结婚了。

说真的，霍明舟心里，不好受。

看着他默不作声的样子，霍慈心下忐忑。虽然结婚是应该的事情，可是霍明舟如今只剩下她了，要是她结婚了……

“结婚是好事，这么吞吞吐吐做什么。”霍明舟轻笑了下，似乎在等着她的话。

霍慈突然抬头看了他一眼，轻声说：“爸爸，恭喜您了，您要当外公了。”

此时窗外传来几声鸟鸣，悦耳动人，似乎真的在恭喜他。只是霍明舟愣住了，呆呆地看着霍慈。

气氛有点儿尴尬，霍慈努力扯出一丝笑：“惊喜吧？”

好吧，看霍明舟的表情，不是那么惊喜。

半晌，霍明舟咬着牙低骂了一句：“这个浑小子。”他就这么拐走了他的宝贝女儿。一向温和宽厚的霍老师这次真的生气了。

霍慈低头，一副做错事任由他责骂的模样。霍明舟又如何舍得真的骂她，只是低声说：“我早该猜出来了，你不但不去工作，而且每天过来都穿着平底鞋。”

他说完，霍慈咋舌，没想到他观察得这么细致。

霍慈有点尴尬，说自己去拿份检查报告，再回病房时，没想到里面居然来了一个令她意想不到的人。

陆林政坐在霍明舟的病床前，两人有说有笑的。

霍明舟见她回来了，笑着说：“小慈，你的朋友来了好一会儿了，正好你回来了。”

“听说霍伯父苏醒过来，所以特地过来看看，霍慈，你不介意我的不请自来吧。”陆林政微微笑着看向她。

此刻他脸上连一丝邪气都找不到，带着淡淡的笑容，看起来格外绅士有礼。

霍慈冷眼看着他没说话，还是霍明舟说："你们要是有什么事情，可以出去谈，不用担心我。"

等走到外面，霍慈直接转头看他："我想你过来，不单单只是为了看望我爸爸吧？"

"如果我说是呢？"陆林政含笑道。霍慈自然不会相信他的话，不过随后他自己也笑了，淡淡地说，"我确实是为了易择城来的。"

霍慈定定地看向他，缓缓地开口问："他的手伤和你有关吗？"

陆林政一愣，随即突然笑了一声，脸上温和的笑意消失殆尽，有些遗憾地说："我真的很遗憾，先遇到你的人，不是我。"

"没什么可后悔的。"霍慈目光淡淡地看着他，坚定地说，"不管我和谁先遇到，最后我选择的都只会是他。"

不管我曾经遇到再多的人，我会选择的那个人，一定是易择城。

因为他是真正能打动她，拯救她的那个人。

陆林政没想到自己居然也能听到这样的话，就连一向放荡不羁的他，都开始羡慕起易择城。毕竟能找到一个可以携手共度一生的人，是一件很难的事情。

"那个人当初是坐着我公司的车子进入无国界医生医院的，易择城并不知道他的身份，当然我也不知道。只是那时候公司内部出了问题，当地雇用的员工与反对派有着千丝万缕的关系，关键时刻将他伪装成公司的雇用员工。"

既然是公司的雇用员工，那就是平民，所以无国界医生组织对他进行救治，也是理所应当的事情。

谁知因为当地发生了武装冲突，引起不少民众向无国界医生组织求救。

然后那个人就被认了出来，不少民众的家人都丧生于此人之手，所以当地民众拿着武器，将无国界医生的驻点围住了。

作为主治医生的易择城，却拒绝交出那个人。

"之后易择城确实知道了他的身份，也知道他曾经屠杀过平民，可他还是坚持给他做了手术。"陆林政冷笑了一声，说，"这激怒了当地的民众，他的手就是在那次冲突当中受伤的，他在那之后，也就退出了无国界医生组织。”

霍慈听他说完，微垂着眼眸。

即便在他知道那个人是个屠夫之后，依旧选择救人，行事果然很易择城。

“易择城一直觉得我的公司发战争财，赚的钱沾着当地百姓的鲜血，可是他选择去救一个手上沾满鲜血的屠夫，你觉得哪个做得好？”陆林政笑道。

其实陆林政和易择城很早之前就认识，他是剑桥中国学联的学生会长，还曾经帮过易择城的忙。易择城唯一一次参加圣诞舞会，就是卖他的面子。可见两人当初的关系，确实不错。

霍慈这次抬起头看着他，坚定地说：“他做得很对，因为他是医生，不是法官。”

陆林政对于她的回答，并没有感到意外。

他轻笑一声，提醒霍慈：“这件事情知道的人很少，你最好提醒他注意身边的人。”

陆林政走了之后，霍慈给易择城打了电话。

接通后，易择城还没说话，她先开口了。

“我今天跟爸爸说了，告诉他我怀孕了。”霍慈轻声说。

那边没了声音，霍慈靠在墙壁上，等着他开口。

易择城问：“霍慈，你的户口本现在在哪儿？”

她愣住，易择城又开口：“霍慈，我们领证吧。”

他是一天都不想等了，其实从知道她怀孕的那天开始，他就想和她结婚。不是求婚，也不是给她戴上戒指，是到民政局，拿着户口本办理结婚证，钢印盖下来，连法律上都会承认他们是一家人了。

那种仪式感，庄重、正式。

这是他想要给她的。

刚才陆林政告诉她的事情，让霍慈更加坚决地认定她所爱着的这个男人是值得她拿全部去换的人。

霍慈低头莞尔一笑："好呀。"

此刻正在会议室内听着的众多高管，亲眼见证了自家老板的求婚。易择城那个当众求婚的视频，只怕公司里没有一个人没看过。可是谁都没想到，居然会亲耳听到老板要去领证的消息。

毕竟这求婚和领证又不一样，多少未婚夫妻在中途就分道扬镳了。

"诸位。"易择城抬起头，环视在场的所有人。为了收购百春堂，明盛内部也成立了专门的团队，此刻这些人都是此次收购的核心成员。他缓缓地看着众人，轻声说，"很快我就会结婚，所以你们是不是应该送我一份结婚大礼包？"

谁都没想到一向严肃冷漠的易先生，居然会这么幽默。

于是会议室内哄然大笑，之前严肃紧张的气氛也被冲淡了不少。

"这次收购是我成为明盛集团 CEO 以来，主导最大的一次并购案，所以……"易择城环视了众人一下，说道，"只许成功，不许失败。"

虽然明盛集团是近期才宣布要对百春堂进行收购的，但是行动之迅速，让人始料不及。因为之前明盛集团就全面收购了百春堂旗下的一个上市子公司，拥有该子公司百分之百的控股权，从而间接持有了百春堂百分之十八的股份。

由于百春堂是家族企业，目前整个陆氏家族拥有百春堂百分之三十七的股份，第一大股东位置似乎牢不可破。

这是一桩价值几百亿的并购案，涉及两家公司，市值加起来超过一千五百亿，所以财经各界都对其密切关注。

况且收购刚一开始，双方就陷入舆论战当中。

易择城在这种时候被爆料出陈年往事，一夕之间，他就从"国民男神"变成了"杀人凶手的帮凶"。就在财经界各方都以为他正在为收购案绞尽脑汁时，易先生却抽空回了一趟家。

"户口本是吧，我早就给你准备好了。"徐狄特别开心地把东西递给易择城。

一旁的徐斯扬简直要被闪瞎狗眼了，惊讶地说：“你要结婚？”

“当然了，城城马上就是要当爸爸的人了。”徐狄骄傲地说。

徐斯扬目瞪口呆，大喊道：“霍慈怀孕了？为什么没人告诉我？”

徐狄一愣，眨了下眼睛，疑惑地说：“我没和你说过吗？”

徐斯扬更生气了，恼火地说：“大姐，你以前可从来不这样的，我现在就这么不重要了吗？”

一想到要有宝贝孙女，徐狄觉得，他好像确实没那么重要了。

看到徐狄心虚的眼神，徐斯扬简直绝望。

结婚的事情，霍慈早已经和霍明舟还有柳如晗说过了，昨天易怀泽夫妇又去医院看了一次霍明舟。

因为霍明舟还没恢复，所以见面也只能在医院。

然后，昨天刚见过面儿，今天易择城就来家里拿户口本。

明天正好是周一，民政局上班。

第二天早上十点的时候，易择城从未更新过的朋友圈突然上传了一张图片。

照片是两个摆在一起的红本本，被翻开摆着，穿着同款白衬衫的两人，头靠着头，有点儿亲密，又有点儿庄重。

而配文，是简单的几个字：你好，易太太。

领证的前一天晚上，连因为怀孕变得嗜睡的霍慈，都在床上翻来覆去了好几遍。

忽然，一个低沉的声音在夜色中响起：“睡不着？”

霍慈被吓了一跳，没想到他也没睡，说：“你差点儿吓到我了。”

易择城伸手将她抱在怀中，沉沉地笑了声：“抱歉，只是你一直动来动去，是睡不着？”

“你不是也没睡？”霍慈不想让他笑自己，反驳道。

易择城却比她坦率：“因为我高兴啊。”

霍慈：“易先生你这样，显得我很不坦率啊。”

易择城低头在她额头上轻轻亲了一口，低声笑道：“太开心了，所以才睡不着。”

“我也是。”霍慈伸手抱住他的腰身，脸颊在他的胸口蹭了蹭。

这一夜是如此漫长又让人期待，两个人都没怎么睡，一直在聊天，没有主题，想到哪里就说到哪里。

直到霍慈的声音越来越小，最后靠在他怀里，安静地睡着。易择城低声一笑，紧紧搂着她。

静谧漆黑的房间中，耳边是她平稳清浅的呼吸声。

现在这一切，是他能得到的最好的。

霍慈醒来的时候，照例没看到易择城。她伸手将床头的手机拿过来看了一眼，才七点半，时间还算早。

但她仍然起身洗漱，挑选衣服的时候，想了想，选了一件干净的白衬衫和一条大红色短裙。

易择城转身的时候，就看见厨房门口的人俏生生地站在那里，短裙下那双白得发光的长腿，笔直、匀称。

霍慈怀孕之后，穿的衣服都是宽松轻便的，忽然这么打扮，好看得有些过分。

吃完早饭，易择城去换了一身衣服，一出来，白衬衫配黑色长裤，腕上戴着一块手表，身上就再没其他修饰，可就是这么简单的打扮，都让他穿出了出尘的英俊。

霍慈看着他穿的衣裳，勾勾嘴角：“情侣装。”

易择城冲她看了一眼，纠正：“是夫妻。”

两个人到民政局的时候，已经有不少人坐在大厅里等着。不过他们有专人接待，直接被带到了一个安静的房间。

当两人站在背景墙前，对面的摄影师给他们拍照的时候，霍慈突然问："我们这样，是不是有点儿傻？"

"不会。"旁边的男人否认。

结果照片拿到，她发现，真的有点儿傻。

可是她没想到，易择城居然会将结婚证发到朋友圈，还配上文字：你好，易太太。

霍慈坐在副驾驶座上，转头看着正在开车的男人，浅笑盈盈。

她不知道的是，易择城的朋友圈早已经爆炸。其实他的好友并不多，能加他微信的，不是打小认识的，就是大学以及留学时的同学。

谁都没想到，一大清早就能收到这样的暴击。

最先评论的是韩京阳，他一连评论了三条。

第一条：？？？

第二条：真结婚了？

第三条：恭喜了，择城。

霍慈拿着手机还在纠结要发什么，毕竟她的微信朋友圈里，有不少是商业上的合作伙伴。各大杂志的总编、各种广告商，一旦发在朋友圈，他们结婚的消息就很快会被传出去。

"我们结婚的事情，可以告诉别人吗？"霍慈有点儿犹豫。毕竟这段日子，易择城处于风口浪尖上，她不想再有让别人利用她炒作易择城的新闻。

此时正好红灯，车子停了下来，他转头，淡淡地看着她："有不告诉别人的理由？"

"我只是怕新闻又要拿你来炒作。"霍慈自己倒没什么关系，她之前经历的那些，比现在的舆论要严重多了。

易择城伸手握了下她的手掌，轻声说："这是我们之间的事情，其他人和我们没关系。"

霍慈低头一笑，谁知他居然轻笑了一下，说："我娶了这么漂亮的媳妇，难道不应该让他们知道？”

霍慈开心地笑了。

绿灯亮了，车子重新启动。

他们是回大院里，徐狄知道他们今天去领证，所以叮嘱易择城领完一定要回来吃饭，就连易怀泽这么个大忙人都被她三令五申地给催回来了。

车子停在门口的时候，徐斯扬就从里头冲了过来，看见霍慈就跟大狗似的，围着她一个劲儿地问：“结婚证，结婚证呢？给我看看。”

霍慈从包里拿了出来，他一把抢了过去，从车上下来的易择城看见了，冷笑一声：“你要是敢弄坏了……”

话还没说完，他手机响了，徐斯扬立即冲着徐狄抱怨：“大姐，你看他，这么和我说话。”

结果徐狄也忙着看新鲜出炉的结婚证，没搭理他。

家庭地位一落千丈的徐斯扬，实在是不能接受这个悲伤的事实。

而那边拿出手机的易择城，低头看了一眼屏幕，这个电话号码很久没出现了。若不是她又打电话过来，他几乎快要忘记这个人的存在了。

电话响了一会儿，他还是接通了。

叶明诗也是抱着万一的希望才给他打这通电话的，原以为他不会接，没想到居然被接通了。她的心一下子猛烈地跳动起来，“扑通扑通”，激动得根本不知道应该说什么好。

直到她低声问：“你结婚了？”

“嗯。”易择城低声应了一句，他之所以会接叶明诗这个电话，只是看在昔日认识的情面上，他提醒说，“叶明诗，陆永欣不是一个简单的角色，你最好离她远点儿。”

叶明诗原本还沉浸在突然得知他结婚这个消息的巨大震惊当中，直到易择城说出这句话，她才大骇。

她立即否认：“什么陆永欣，我根本不认识她。”

易择城露出失望的神色，他对叶明诗从未有过超越同学和同事之间的感情，也从未给过她一丝希望。即便她向陆永欣爆料他在做无国界医生时发生的事情，易择城也从未怪过她。

因为他从来不觉得自己做错了。

即便再重来一遍，当初的他还是会选择救人。

就像他第一天进入医学院，给他上第一节课的教授告诉他的，“治病救人是医生的天职”。

虽然她不承认，但易择城早有证据。那些网络水军虽然看似无迹可寻，可真的想知道，其实还是很容易的。更何况，自沈随安的事情之后，易择城就已经注意到陆家的这位陆小姐了。

她虽然并不在百春堂内部供职，但她从事传媒工作，在新闻上生出是非，是她擅长的。

虽然叶明诗否认了，但他语气淡淡地表示：“你好自为之。”

说罢，叶明诗连掩饰都来不及，电话就被挂断。

此时霍慈就站在门口，回头看着他，易择城上前，握住她的手，一起走了进去。

白羽正在办公室里，T&A 那边对于泄密事件的态度十分强硬，坚决要求追查到底。虽然他也恨艾莉眼皮子太浅，可是到这种时候，他也不能不管她。

结果他正头疼的时候，手机响了起来，是个陌生的电话号码。

他接通之后，就听到对面一个有些熟悉的声音，她说：“白羽吗？”

白羽只觉得这个声音听起来实在是太耳熟了，正在想究竟是谁时，对方已经自报家门了。

“我是南晚。”

白羽愣住了，旋即就问：“你打电话过来干什么？”

“你不是想找泄密的证据？我手里就有，而且我还知道是谁在陷害霍慈。”南晚的声音听起来格外危险，有种孤注一掷的疯狂。

白羽一时愣住了，忽然听她说道："我只有一个条件，你帮我约见易择城易先生。"

易怀泽回家的时候，就看见徐狄手里捧着一对小红本，脸上是说不出的高兴。一见他回来了，她立即抬头，招呼道："快过来看看城城的结婚证。"

"您答应过我什么？"易择城无奈地看着徐狄。

徐狄不好意思地笑了下，立即说道："瞧我，都忘了。择城，择城。"

徐狄答应过易怀泽，以后不再"城城、城城"地叫了。毕竟他也快要为人父，若是让自己的孩子听到，只怕会笑话他。

可徐狄叫惯了，一时还真不容易改。

易怀泽低笑，接过徐狄手中的结婚证。一晃居然这么多年过去了，想当初他去领证的时候，头一天晚上可是一整宿没睡，没想到如今连儿子都结婚了。

易怀泽虽然没像徐狄那样把易择城的婚事挂在嘴边，不过心底也还是担心。如今见他成家立业，他甚是开怀。

等一桌菜张罗好了，易怀泽还开了一瓶茅台酒。

就连徐狄都惊讶不已，立即对霍慈说："这瓶酒还是择城爷爷给他的，是五十年的茅台，平时别人提一句他都觉得别人是想偷他的酒，没想到今天自己主动拿出来了。"

"家里难得的大喜事。"易怀泽看着高大挺拔的儿子，笑着说，"咱们爷俩喝一杯。"

徐斯扬附和："姐夫，我也想尝尝你这五十年的茅台酒。"

"好，也有你一份。"易怀泽心情好，盼了这么多年的事情，总算如愿以偿。

徐狄也面露笑意："今天我也不拦着，你们爱怎么喝就怎么喝。"

最后倒酒的时候，连徐狄面前都摆上了一小杯酒。霍慈因为怀孕，易择城给她倒了一杯白开水。易怀泽虽然是当惯领导的人，不过他一向不喜欢那些官话、大话，可是儿子结婚，还是有两句话想和这对小夫妻说说。

他欣慰地看着易择城和霍慈两人，郑重地道："择城、霍慈，从今天开始你们就是夫妻，是一家人。爸爸没有别的想说的，只希望你们在今后的人生道路上，能相互扶持，彼此体谅。祝你们一世夫妻，两相恩爱。"

他这么一说，霍慈突然觉得有点儿想流泪。

易择城举起酒杯："谢谢爸爸。"

霍慈跟着他举起自己的杯子，轻轻地跟着说："谢谢爸爸。"

这一声"爸爸"，听得易怀泽心花怒放。

好，真好。

吃完午饭之后，易择城也喝了不少酒。今天他要领证，已经提前和杨铭交代过，公司的事情没有紧急要处理的是不会给他打电话的。徐狄看他一身酒气，让霍慈陪着他到楼上去躺一会儿。

两人到了易择城的房间里，他搂着霍慈就不松手。

霍慈见他闭着眼睛，可是手掌死死地扣着自己的腰身，无奈地说："易先生，我去给你倒杯水。"

"叫老公。"他依旧闭着眼睛，可是嘴角微翘，口齿不清地说。

霍慈愣了下，随即发出一声轻笑。

可人已经被搂得更紧，他轻哼了一声，问道："叫啊？怎么不叫？"

霍慈抬头，在他下巴上亲了下，温柔地喊："老公。"

突然，易择城的眼睛睁开了，那双琥珀色的眼睛中带着深意，似要将她吸进去一般。阳光从窗外悄悄地照进来，暖金色的阳光铺满了整个房间。

床榻上，两人安静地躺着。

这一刻，他们只盼着岁月静好。

白羽知道霍慈去领证了，又怕南晚耍花样，故意拖了一天才给易择城打电话。得知是南晚要见他，易择城语气淡淡地问："你问了她是什么事情吗？"

"她说是 T&A 广告泄密的事情，她也是被人指使的，她想亲口对您说。"白羽立即说。

谁知易择城笑了下，告诉他："你转告她，我不会见她的。我也不会和她做任何交易，不会给她一分钱。"

白羽没想到他这么干脆，一时没回过神。

不过易择城又发出一声轻笑，语气淡淡地说："不过你可以告诉她，如果她将东西交给我，我可以保证，那个幕后指使的人，一定会受到惩罚。但是我不会和她交换任何利益。"

易择城这话说得特别干脆，直白点儿就是，东西你要是愿意给我，那就给。但是你想从我这儿用这东西换点儿别的，不好意思，没有。

这就是空手套白狼。

白羽还想着 T&A 广告的事情，忍不住说："可这广告到底是从我们工作室这边泄露出去的。"

"你就这么告诉南晚，还有，告诉她，我知道那个人是谁，如果她不把东西给我，我也会有别的方法让那个人哭出来，到那时候她手里所谓的证据，就一文不值了。"

易择城早就知道这件事和陆永欣有关。

这位陆小姐掌控网络水军，玩弄舆论得心应手，百试不爽，并且多次达到目的。之前霍慈被人诬陷为小三，就是她的手笔。

易择城当时没有发作，就是在等这个机会。

百春堂他要定了。

陆永欣之所以这么肆意妄为，不就是仗着家族势力，他倒要看看，没了陆家，还有谁能保住她。

白羽只得将易择城的原话转告给南晚。

而与此同时，百春堂突然爆出负面新闻，旗下的中成药居然被查出大批过期。上海的工商局在百春堂的仓库里查到这批过期中成药的时候，百春堂的员工居然正在给这批药换新的包装。

这批药原本应该是要被销毁的，可是百春堂居然只是给药品重新换了个袋子，就又重新在市面上出售。

这件事是在周一被查出来的，当天百春堂的股票价格暴跌，一周之内，连续跌停。

而且不仅工商局介入，连公安局都开始介入，这件事被立案侦查。药品安全一向都是敏感话题，作为老牌医药企业，百春堂居然爆出这样的丑闻，实在是让人大跌眼镜。

对于这件事，网上的议论声十分大。

因为明盛集团最近正在积极收购百春堂，有人提出阴谋论，说这件事是明盛集团故意曝出来，目的就是为了让百春堂的股价暴跌，变成一堆废纸。然后明盛集团就可以进场，低价收购百春堂。

结果这个论调刚被提出来，就受到了嘲讽。

有人直接在底下反驳："快别说明盛集团害你了，要不是百春堂自身问题，能被别人抓住把柄？我反而觉得明盛集团收购百春堂是一件好事，就别让现在陆家这帮不肖子孙去毁掉百春堂这个百年老牌子了。"

"同意上面的说法，百春堂自从创始人陆老先生去世之后，都成什么样子了。现在居然连过期药都敢卖，还不如让明盛集团入主，最起码能灭灭现在这股不正之风。"

陆永欣看着网上的评论，此刻她父亲陆伯明正在电话那头怒斥道："你不是说能控制网上舆论的？怎么现在家里出事了，反而一点儿都用不上你了？！"

她一向被陆伯明宠爱惯了，乍然被责骂，一时不忿道："公司出了这样的丑闻，要是强行让网络水军控场，只会适得其反，还不如慢慢引导……"

"慢慢引导？再这么慢慢引导下去，连公司都是别人的了。你以为你现在拥有的这一切都是谁的，还不都是我给你的？网上的这些舆论，你必须给我压下去！”陆伯明气急败坏地说。

陆永欣有些绝望，不禁想起了爷爷在世的时候，百春堂远远不是现在这样。

当时的百春堂是医药行业龙头，她是陆家人人羡慕的大小姐。

可现在呢，公司市值跌得连爷爷在世时的一半都没有，已经连续三年亏损，马上更是要连公司都保不住了。

陆永欣觉得可笑。

一想到这里，她不由得恨了起来。

不过半年，她所骄傲的爱情和家世都没了，她忍不住握紧手掌，心里想着，都是那个叫霍慈的女人害的。

如果在第一次见面时，她知道霍慈会给自己的人生带来这么大的改变，自己一定会毁掉她。

可是现在……

没想到百春堂的丑闻居然还没结束，很快警方调查到这件事与百春堂的总经理，也就是陆永欣的亲哥哥有关。在公司的例会上，他正在给员工打气，结果当场就被警察带走了。

百春堂的股价再次跌停，在连续的跌停之后，百春堂不得不在证交所紧急停牌。

看到消息的南晚，想了想，还是把邮件发了出去。那是一段监控视频，是陆永欣指使她去偷 T&A 广告的事情。因为永世珠宝的临时反水，现在 T&A 将矛头对准了她，所以南晚为了自保，就将这段偷拍视频交了出去。

泄密的事情，她只是从犯而已。

对于这起商业泄密事件，警察早已经立案调查，现在有了证据，于是立即派人到陆永欣公司去抓人。

没想到，她正巧不在公司。

随后几天，陆永欣就像是人间蒸发了一样。

她是持有香港居民证的，警方在机场也并未发现她的出境记录。搜查了她的住处也是一无所获。甚至连早已分手多时的沈随安，都在医院里被警察约谈了。

如今其他的陆家人也是自身难保，陆永欣去了哪儿，一时没了线索。

沈随安没想到事情会失控到这种程度，警察倒是安慰他说："这件事涉嫌商业泄密，如果您有陆小姐的线索，麻烦告诉我们。我们也只是想找她回去了解情况。"

好在这件事并不涉及刑事犯罪，说大不大，警察的意思还是让陆永欣尽快到案，这样方便调查。

沈随安点点头，警察离开之后，他立即给沈茜打了电话。

没想到他一提起陆永欣，沈茜就说："哥，自从上次陆永欣炒作那个小三事件之后，我们也闹翻了，我就再也没和她联系过了。"

沈茜是不喜欢霍慈，可她也不是不知好歹的人，陆永欣这么做，摆明了是想弄死沈随安和霍慈两人。沈茜再怎么样，也不至于站在外人那边对付自己的亲哥哥。

所以她和陆永欣大吵一架之后，两人就再也没有往来。

只是她没想到陆永欣的性格会偏执至此，居然就因为沈随安和她分手的事情，对霍慈这样穷追不舍。

等听到陆永欣指使别人偷了霍慈的广告创意，她忍不住说道："哥，幸亏你没和她结婚。"

沈随安这时候也不想落井下石，说了几句，就挂了电话。

他想了想，还是利用下班的时间去了霍明舟正在休养的医院，他知道霍慈最近都在陪着霍明舟。

霍明舟现在身体已经好了不少，也能到楼下的花园里逛逛了。

沈随安是在楼下看到他们父女两个的，霍慈正坐在长椅上，懒洋洋地靠着椅背。他就站在不远处，安静又贪婪地看着她。可是他越看心里越有种说不出的绝望，当年他到底为什么放弃这个小姑娘？

特别是在得知她曾经为了追自己，在去机场的路上出了车祸之后。

其实他当初偷偷地回来过，可是看着躺在病床上的人，他突然又退缩了。就算他们在一起又怎么样呢，他们真的能冲破世人的偏见吗？

继兄妹的关系，是他们永远跨不过的一道坎儿。

直到霍慈抬起头，看着面前的霍明舟，脸上露出笑意。这一笑，让他也不由自主地跟着笑了起来。

还是霍慈先看到了沈随安，霍明舟也跟着她的视线望了过来。

“那是……”霍明舟只觉得他眼熟。

霍慈：“沈随安。”

霍明舟了然，知是沈方棠的儿子。他轻声问：“他是来找你的？”

霍慈一笑：“大概吧。”

霍明舟倒没因为他姓沈就对他有偏见，还安慰霍慈说：“好好和人家说，爸爸先上去了。”

霍慈忍不住抱怨：“您不等我了？”

“都多大的孩子了，自己的事情自己处理。”霍明舟瞥了她一眼，就往住院大楼走去。

沈随安上前和他打了个招呼，霍明舟说了两句，便先离开了。

“坐吧。”霍慈见他到了跟前，也不说话，只是站在那儿，忍不住拍了拍身边的长椅。

沈随安坐下后，轻声问：“霍慈，最近还好吗？”

霍慈突然举起手，只见修长白皙的手指上戴着一枚素净淡雅的铂金戒指，她说：“挺好的，我结婚了。”

沈随安一愣，随后笑了起来，认真地看着她说：“恭喜你。”

这是预料之中的事情，他并不意外，易择城是个值得托付终身的男人。

霍慈点头，坦然接受：“谢谢。”

又是一阵沉默，她问：“你找我有事儿吗？”

沈随安心底苦笑，却打起精神，把陆永欣的事情说了下。他说：“我觉得陆永欣目前的精神状态一定不太好，我怕她来找你的麻烦。”

“现在她还敢出现吗？”霍慈冷笑，“她不是已经是过街老鼠了？只怕连面都不敢露吧。”

要是之前的话，说不定陆家会给她请最好的律师。可现在百春堂岌岌可危，陆家哪还有工夫去管她的事情。

这也是陆永欣会躲起来的原因吧。

估计是想等着百春堂熬过去，再出面捞自己。

沈随安叹了一口气，轻声说：“我还是不希望她这么一错再错下去。”

虽然责任并不在他，可到底事情是因他而起的。

等事情说完之后，两人之间又是一阵沉默，如今他们连能聊的话题都没有了。沈随安转头看着她说：“这几天你还是小心点儿，我先送你上楼吧。”

两人站起来，并肩往住院部大楼走。

沈随安问她：“婚礼什么时候举行？”

霍慈还真没想过这个问题，反而是柳如晗怕她过几个月显怀不好看，催着她赶紧办婚礼。反正易择城求婚的时候，惊天动地的，他们结婚也不会太突然。

她刚转头，微微一笑，就听到身后突然传来一声大喝：“霍慈！”

沈随安和霍慈同时回头，就看见一个女人手里拿着刀子，直直地冲了过来。而喊她的是易择城，他拔腿就往这边冲，可还是晚了一步。

沈随安一把推开霍慈，刀子就这么直直地刺进了他的腹部。

陆永欣没想到刺到的会是他，双手松开，绝望地看着他，大吼道：“为什么，你为什么要抛弃我，为什么？你们男人为什么都这么可恶？”

易择城上前扶起霍慈，跟着的保镖则将陆永欣制服了。

霍慈转头看着沈随安，见他身体蜷缩着，脸上的表情痛苦得几乎扭曲。她身子晃了晃，就看见他手掌沾满了自己的血。

沈随安此刻还能勉强自己站住，他看着陆永欣，忍着疼说：“你不要一错再错下去了。”

原本还处于绝望中的陆永欣，在听到他这句关心的话之后，突然崩溃了，号啕大哭。

霍慈紧紧地握着易择城的手喊着：“叫医生，叫医生啊！”

她声音激动又惶恐，鲜血在沈随安的手指间不断地往下滴落。很快，就有医生和护士推着移动床从住院大楼里冲出来。

当沈随安被送到急救室的时候，霍慈还在浑身发抖，易择城搂着她的肩膀，不住地安慰她。

“别害怕，肯定会没事的，那个位置不要紧的，别害怕。”易择城亲了亲她的长发，柔声安慰道。

很快，医生出来告诉他们，刀子刺到了沈随安的脾脏，需要立即手术，要家属签字。

霍慈立即说：“我来签，我是他妹妹，我可以吗？”

当霍慈签完字之后，沈随安被从急救室推了出来，此刻他的意识依旧清醒，他看着霍慈，轻声说：“别害怕，我会没事的。”

随后他的眼睛看向易择城，勉强扯出一个笑容：“我还等着参加你们的婚礼呢。”

放手，是他最好的祝福。

一个月后，一场新闻发布会吸引了财经界的广泛关注，几十家国内外媒体齐聚一堂。镁光灯前坐着的这个男人，英俊又挺拔，吸引着所有人的注意力。

这是明盛集团成功收购百春堂之后，首次召开新闻发布会。

就在陆家长房的陆永欣因为伤人、涉嫌商业泄密而在北京被捕，随后就出现了陆家二房突然倒戈，将股权转让给了明盛集团，从而使陆家失去了对百春堂的控制。这一场从外部而起的收购，最后以陆家的内斗而结束。

陆老先生生前有两位夫人，原本是想子息繁茂，可最后败在了这些不肖子孙手中。

在提了几个关于明盛集团以后对百春堂的规划问题之后，突然一个被点到的记者起身问道："易先生，我听说那位陆永欣小姐在医院袭击的就是您的女朋友霍慈？请问这件事属实吗？"

一旁的新闻发言人正要阻止他问这个与发布会无关的私人问题，结果易择城突然抬手，看着这个提问的人，语气淡淡地说："我不知道你这个听说是从何而来，但是有一点我可以告诉你，你错了。"

易择城稍稍停顿，脸上带着淡淡的笑意："霍慈不是我的女朋友。"

众人哗然，没想到会听到这个，正有人想问他们是不是分手时，就听他缓慢而坚定地说："她是我的太太。"

镁光灯骤然亮起，这一幕，透过电视镜头，被无数人看到。

之后，这甚至被称为"史上最霸道的结婚宣言"。

"愣着干什么，赶紧的呀。"韩京阳走在前面，一转头发现旁边的人不见了，再回头就看见蒋静成还站在门口，朝着外面望去。

他回头拉了一把，问道："看什么呢？咱们再不过去，估计择城真该火了。"

就连一向冷静淡然的易择城，结婚这天也是火急火燎的。

结婚戒指被临时拿去调整，结果忘记取回来了，这不，韩京阳和蒋静成又跑了一趟，去取回来，要不就赶不上婚礼了。

蒋静成一笑，自言自语："我看见她了。"

韩京阳一瞧他这模样，心疼了，没好意思像以前一样打击他。

蒋静成喜欢的那姑娘都离开六年了。要是回来，早就回来了。

人家不会再回来了。

大概因为今天是易择城的婚礼，蒋静成触动太大了，韩京阳拍拍他的肩膀，轻声说："进去吧，你要是真想了，回头就去找。"

蒋静成一笑，没再说话，跟他一起进去了。

等看见易择城的时候，这才算交了差事。

今天就是个小型的婚礼，请的都是双方的家人还有至亲好友，一共摆了六桌，安静又温馨。

霍慈在休息室里坐着，一旁的莫星辰和邵宜都穿着伴娘服。原本她只想请两个伴娘，可易择城那边要当伴郎的太多，徐斯扬打破头也要当，况且有莫星辰在，他是绝对不允许别人牵着莫星辰的手的。

于是她临时又找了易端端，好在小姑娘听到消息很开心。

“还有二十分钟，婚礼就要开始了。”莫星辰看了一下手表，提醒道。

邵宜赶紧上前，替霍慈摆弄了一下头纱。霍慈的头纱足足有两米长。

听到有人来敲门，邵宜去开门，霍明舟站在门口。

当霍明舟瞧着重新换了婚纱的霍慈时，他竟是鼻尖一酸，心底生出万分的不舍。

他伸出手掌，微微笑道：“霍慈，挽着爸爸的胳膊。”

霍慈一低头，眼眶中闪烁着泪光。她伸手挽住爸爸的手臂，两人缓缓走出了休息室。

婚礼仪式正在进行中，先是伴娘进场，在她们入场之后，只留下他们父女两个，便是有千言万语，此刻也不知道该说什么。

直到大门突然被打开，追光灯往这边打时，霍慈微低头，旁边的霍明舟说：“不要害怕，有爸爸在呢，你只要挽着爸爸的胳膊就好。”

你只要挽着爸爸的胳膊，爸爸会把你交给那个值得你托付一生的男人。

礼台上，易择城一身黑色燕尾服，英俊耀眼得让人挪不开眼睛。霍慈透过薄薄的一层白纱，深情地看着越来越靠近的他。

直到霍明舟将她的手郑重地交给易择城时，一颗泪珠从她的眼角悄然滑落。

仪式并不烦琐，周围坐着他们的亲人。霍慈的奶奶特地从加拿大赶了回来，还有她的姑姑一家。易择城的外公也坐在台下。

这些看着他们长大的人，此刻就坐在台下，看着他们这么幸福，都笑了起来。

穿云拨雾，他们相遇了彼此，或许相遇时，不是最好的彼此，救赎之后，他们找到最好的对方。

当司仪说到“新郎可以亲吻新娘”时，她头顶的白纱突然被掀开，他微垂着头，倾身上前吻上她的唇。

而在两人亲吻前，她听到一个清晰又坚定的声音。

“霍慈，我爱你！”

（全文完）